U0926748

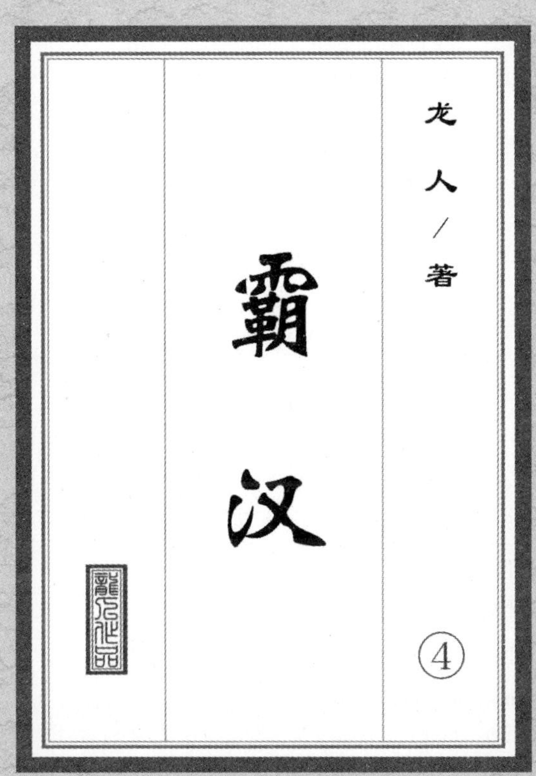

二十一世纪出版社集团
21st Century Publishing Group
全国百佳出版社

图书在版编目（CIP）数据

霸汉：全 10 册 / 龙人著 . -- 南昌：二十一世纪出版社集团，2017.10

ISBN 978-7-5568-3101-2

Ⅰ . ①霸… Ⅱ . ①龙… Ⅲ . ①长篇历史小说－中国－当代 Ⅳ . ① I247.5

中国版本图书馆 CIP 数据核字 (2017) 第 243760 号

霸汉：全10册 龙 人 著

责任编辑 敖登格日乐

出版发行 二十一世纪出版社集团

（江西省南昌市子安路75号 330025）

www.21cccc.com cc21@163.net

出 版 人 张秋林

经　　销 新华书店

印　　刷 北京龙跃印务有限公司

版　　次 2018年2月第1版 2018年2月第1次印刷

开　　本 710mm × 1000mm 1/16

印　　张 160

字　　数 1600千

书　　号 ISBN 978-7-5568-3101-2

定　　价 498.00元（全10册）

赣版权登字—04—2017—743

如发现印装质量问题，请寄本社图书发行公司调换 0791-86524997

目　录

第三十二章　智取淯阳

“岸上也有官兵!”林渺吃了一惊道。

“什么人的船?”岸边的林中走出一名偏将打扮的人向林渺等人所乘之船高喝道。

“父城聚英庄的人，路经此地，前方河道受阻，停船于此!”傅俊高呼。

“靠岸受检，反抗者格杀勿论!”

傅俊诸人心中暗怒，但却知道此刻不是逞匹夫之勇的时候，何况官兵并不是冲着他们来的，他们完全没有必要去与官兵发生冲突。

“不知诸位官爷欲搜何物呢?”傅俊一面令人搭好跳板，一面笑吟吟地问道。

“钦犯刘秀和他的一干余党!”那偏将领着数十人气势汹汹地涌上船来。

“我们这里的人都是与刘秀绝对无关的，家居父城，诸位官兵好好地搜吧!”傅俊拉过那偏将暗中塞过一大锭银子，极为客气地道。

“你叫什么名字?”那偏将的口气立刻缓和了很多。

“在下傅俊，这几位是我的结义兄弟，将军可是来自淯阳?”傅俊问道。

“不错，乃属正大将军属下偏将!”那偏将傲然道，同时吩咐其他官兵上船搜查，但不可破坏船上的东西。

“原来是属正大将军的人，说起来家父与大将军还是故交呢，这次经过淯阳正想去拜见大将军呢，却没想到竟遇上诸位，大将军还好吗？待会儿劳烦将军引我去见大将军可好？”傅俊如拉家常似地道。

那偏将微微吃了一惊，对傅俊诸人有些高深莫测起来，但言语之间显得更客气了，他可不敢胡乱得罪这些公子哥儿，万一这些人说的是真的，那他可是吃不了兜着走了。

“报，船上没有找到可疑人物！”

“报……”

船本身并不大，这些官兵很快便搜遍了整个船舱，但却并无发现。

“既然没有，那我就告辞了，此刻我有任务在身，不便领诸位去见大将军，待事完再说，打扰了！”那偏将显得极为客气，与刚上船时气势汹汹的样子倒成了一个鲜明的对比。

那些官兵都感讶异，但却不敢说什么。

“将军何用客气，我待会儿自去好了，不耽误诸位正事了！”傅俊道。

江中的双桅大船刚与水中的敌人周旋完，又遇上了大量的战船的包围，几乎是插翅难逃，即使是上了岸，也无法逃过岸上伏击的官兵。

双桅大船之上并未因涌现大量的官府战船而慌乱，反而将大船向战船缓缓靠去。

“前方可是淯阳水师的船？”双桅大船之上走出一人高呼道，那人这一呼叫却使得河面上所有人都微微怔了怔，不知道这老者是何意思。

事实上这突如其来的呼喊极出人意料之外，本来淯阳水师是一副如临大敌的形式，可是对方似乎并没敌意。

“不错！”

“老夫乃是棘阳赵志，刚才在此遇上了一些水贼凿船，诸位官爷是来剿灭这些水贼的吗？”那老者高声呼道。

“你是棘阳赵志？”那渐渐靠拢的战船之上一人讶异地问道。

“不错！”

“那你船上载着些什么人？”问这话的人乃是属正手下第一大将蔡恒。

“船上所载的是一些丝绸水粉和几名女眷。”赵志高声应道。

蔡恒吃了一惊，他自然知道棘阳有个赵志，毕竟棘阳与淯阳相距极近，两地的知名人士彼此都不会陌生。

“哦，原来是蔡将军！那真是太好了！”赵志在船上一拱手，欣然道。

“是赵员外，本将军不是闻有水寇而来，而是听说你船上藏有朝廷钦犯，是以本将军才来的！”蔡恒也认出了赵志，便不再作伪，开门见山地道。

“啊！”赵志显得有些错愕，脸色顿变道：“不知将军是从哪里听得的谣言？我赵志虽然有些时候不知好歹，可也不至于连这等杀头之事也会做呀！如果将军不信，可亲自来我船上搜，若有半个钦犯，我赵志愿将全家项上人头奉于将军！”

蔡恒也微错愕，没想到赵志说话说得如此坚决，让人难以怀疑。不过，事已至此，却是不得不搜。

赵志吩咐人准备搭板，向蔡恒道：“请将军上船来查看，虽然与将军相处两地，但将军应该知道赵志的为人。”

蔡恒让战船再靠得稍近一些，领着一干人跃上双桅大船，尽管此刻他有些相信赵志不是在说谎，但搜还是要搜的。

“赵志，把花名册拿来，让所有的人都到甲板上集中，包括水手们！”赵志向一旁刚才与景丹对话的老者赵忠吩咐道。

赵忠很快退了下去。

“我船上一共九十六人，其中六十名水手，三十名家将，一个管家，四名女眷，再加上我，共九十六人！”赵志待赵忠一走，神色很平静地向蔡恒介绍道。

“你准备将货运到何处？”蔡恒淡淡地问道。

“我想自江水东下，到丹阳，再会合广陵的寿通海老板，他有一支船队要自海上去大秦国和扶桑，我想让其将我的货也卖去大秦！”赵志坦然道。

蔡恒自然听说过广陵的寿通海之名，此人乃是奚人。奚人本来不受人尊重，但却有着航海的天赋，更擅长经商，汉朝与大秦及安息国的航道便是奚人所开辟的。

奚人可以说是辟开南方海道的功臣，他们把天竺的宝石、阿拉伯的香米及罗马国的玻璃器皿运回国中，而又把中土的丝绸运出去，所赚之利十倍不止。皇宫之中的许多宝物都是奚人自异地带回来的。而寿通海便是南方奚人的首领，其富可敌国，在广陵国，其声望极高。虽奚人不受汉人重视，但寿通海却可与广陵王平起平坐，更难得的却是寿通海为东海第一高手，与赤眉军的首领樊祟同列天下高手榜中的人物。是以，蔡恒自然听说过此人之名。

“老爷，花名册！”赵忠将一本线装的册子递给赵志。

船舱中的所有人很快便聚到了甲板之上，分列四排。

蔡恒按名字一个个念下去，这本花名册注得极详细，包括每个水手的出身。那群家将则标注了其入府的时间，蔡恒一个个问，并没有人答错。

“这两个人是燕子楼中的？”蔡恒指着两名女眷道。

赵志点了点头，笑道：“不错，她们本是曾莺莺的贴身丫头，但昨夜曾莺莺要出嫁从良了，撇下她们，我见这二女俏丽非凡，若是流落青楼颇为可惜，便向晏总管买下二人，只因家中母老虎太凶，不敢放在家中，是以想带着他们一起以解旅途寂寞！”

“为什么你们没跟曾莺莺一起？”蔡恒冷冷地盯着二女质问道。

二女神色泣然道：“小姐恢复自由身，她嫁给了刘秀刘公子，可是他们欲悄悄离开棘阳，认为带着我们是累赘，也便不要我们了。”

蔡恒一听二女如此一说，神色再变，急问道：“你们小姐真的是嫁给了刘秀？”

二女眼泪哗地一下子流了出来，点了点头，却不语。

“你知道他们是从哪条路走的吗？”蔡恒心中一软，这两个美人的眼泪实不是每个人都受得了的，且刚才听到曾莺莺居然抛下这相随多年的丫头不要，这两人伤心自是难免。

二女已泣不成声，哪里还能回答？

赵志忙上前，左右开弓地搂着二人哄道："两位小宝贝，莺莺不要你，还有我，别哭，先回答将军的话吧，既然她如此无情，也不必为这种人伤心了。"

蔡恒眉头微皱，心道："看来这赵志也是个好色之徒！"

"小姐她是乘马车走的，昨夜总管便带她从秘道出了燕子楼，只待城门一开，便立刻出城，至于她究竟是走哪条路，小婢也不知道。不过，是往春陵方向而去，这一带的路我根本就不熟悉。"二女停住泣声幽幽地道。

"你在说谎！"范忆的声音冷冷地飘来，他不知何时已驾舟靠来。

"你这卑鄙小人，刚才便是你派人来凿我的船，别以为我赵志不知道！"

"是又怎样？"范忆冷冷一笑道。

"蔡将军，如此胆大狂徒，白日里欲谋财害命，应该正以王法！"赵志气得脸色铁青，愤然道。

"赵员外，这事先放到一边。"蔡恒又扭头向范忆问道："公子说她说谎，是因何故？"

"刚才莺莺还让你传话于我，说过去的恩怨化为烟尘，怎么现在又说她不在船上呢？"范忆质问道。

"我是要你恨她！我们曾经是那么尊敬和钦慕她，可是当她有了郎君之后却如此无情地丢下我们，我们不甘心，我们恨她，你是她的知己，如果让你也恨她，我想她一定会痛苦！"两俏婢声色俱厉地道。

范忆不由得一怔，倒没想到对方会如此回答，蔡恒也皱了皱眉，心道："女人可怕起来真让人难以想象。"

此刻官兵已经将船里船外彻底地搜了一遍，但却并没有什么可疑的，连丝绸堆都翻得乱七八糟，所有的厢柜之类的全部捣开。

"没有其他的人！"蔡恒和范忆不由得相互对视了一眼，眸子里却充满了疑惑。

"蔡将军应该相信了吧？不过劳将军费心，将军为国为民请命，劳苦功高，既来赵某船上，还请赏脸喝上几杯吧。"说话间赵志吩咐人去准备酒宴。

蔡恒心中暗恼范忆，此人居然报了一个假情报。

“这位范公子不在我们欢迎之列，来人哪，送客！”赵志冷冷地望着范忆，不带半点感情地下了逐客令。

范忆脸色顿变，赵志此种表情对他像是一种莫大的污辱，但却明白，此时此地，不宜翻脸，虽然他很自负，但是赵志人多，又有蔡恒在，人家占着一个理字，他便难以发作。

“哈哈哈……”范忆一阵冷笑，拂袖飘然落回自己的小舟之上。

“赵员外好意心领了，本将军还有要事在身，不便久留，今日就此别过，有缘他日再相聚吧。”蔡恒笑了笑道。

“哦……”

刘秀果然不在船上，傅文不得不承认林渺的判断是正确的，那刘秀究竟是去了哪里呢？

傅俊诸人与景丹及范忆诸人一样，都被刘秀耍了一手，他们一直都严密地监视着曾莺莺的秀阁，然后被那接出曾莺莺两个俏婢的马车给迷惑了。他们怎也没有料到曾莺莺会撇开两个俏婢，让两俏婢为其掩护，这才害得他们白白地跟了这么长时间，还说是要看戏，结果被人给戏耍了，说起来确实有些不甘心。

“刘秀一定是自陆路走了，这叫明修栈道，暗度陈仓，看来这位刘兄还真是熟读兵书啊。”任光不由得自嘲道。

“我们都被他耍了，这家伙还真能故作神秘，谁知这么神秘兮兮的还是个假的。”宋留根也悻悻地道。

“那个人不是昨晚和三弟一桌的吗？”任光突然想起了什么似地问道。

林渺点了点头，道：“不错，他叫赵志，在棘阳颇有些名气。”

“那三弟有没有觉得这是他们故意和刘秀耍的一场戏呢？”傅俊也问道。

林渺心道：“看来应该是这样，这几人都不知道宋义与刘秀的关系，赵志与宋义、铁二诸人如此亲密，想来也应该是与刘秀关系极好，因此，合演这场戏也是极为正常的。如果蔡恒知道赵志与刘秀的关系，相信也一定可以猜到这一点，那样赵志绝没有这么轻松脱险。”正想着，听傅俊这么一问，吸了口气道：“我想应该是这样。”

“那三弟能猜到刘秀此刻在哪里吗?”傅俊突地问道。

林渺微微皱了皱眉，不答却向景丹问道：“景兄既知范忆与属正联手，当知属正此次派了多少人来吧?”

景丹见林渺问他，不由得沉吟了一下，道：“估计有两千人。”

“我想属正一定还会让人封锁陆路，那他确应该派出这么多人!”林渺推测道。

“这与属正派出多少人有关系吗?”宋留根讶异地问道。

“当然。经上次宛城之役后，淯阳守军只有五千人，其兵力已大弱，而这次属正派出两千人的话，城中便只剩三千了，如果我估计没错的话，刘秀迎娶曾莺莺只是一个幌子，虽然我并未和刘秀接触太多，却知此人绝不是不知轻重、注重美色之人!”林渺悠然道。

“你是说，刘秀的目的是淯阳城?”任光和景丹同时动容道。

林渺眸子里闪过一抹亮光，点点头道：“此刻三路义军结盟而上，平林军、新市兵和春陵军加起来也有数万之众，而刘玄与湖阳世家关系密切，自湖阳至棘阳百余里路，如果他们先秘密屯兵于湖阳附近，有湖阳世家为其掩护，谅难被发现。然后，他们完全可以利用夜晚急速行军，在天亮之前赶到淯阳附近并不是没有可能。在时间上是可以配合，也是来得及的。因此，如果属正一时不察，派兵拦截刘秀，很有可能会反中了刘秀之计，让刘寅或刘玄自后以奇袭的方式破城!”

在座的诸人皆为之动容，如果依照林渺的分析，刘秀兵行险招并不是没有可能。

“如果让大军一夜自湖阳赶到棘阳，已是疲兵，如何还有能力再战?”傅文不以为然地道。

“他们根本没有必要昨夜动身，可以前一天晚上就出发，夜行昼伏，只要事先选好路线，被人发现的可能性不大。另外，他们还可以以分散的形式让一些人化装成过往商人和行客早一步到淯阳附近这也是可以行通的。而曾莺莺最后一次出演也正好为他们找了一个借口。”林渺又道。

“如果如林兄所说，淯阳实是危矣，而这刘秀也真是可怕！”景丹抽了口凉气道。

“如果由三弟去指挥这场仗，只怕属正真的有难了，而刘秀能不能想得这么周密还很难说。”任光赞道。

“大哥见笑了，只是因为我知道许多你们不知道的关于刘秀的事情而已。因为与刘秀有关系的许多人物我都认识，而又在此充当了角色，我才有此一猜，事实会否如此，还得拭目以待。”林渺淡然道，同时心中却又暗忖：“昨天我还在棘阳见到刘秀，难道他真的会有如此能耐算无遗策？我早听说刘秀之兄刘寅也是个有着雄才大略的人物，自不会算不到刘秀这一路上会遇险。而昨晚自己在燕子楼上只见到了宋义和铁二，如果没估错的话，曾莺莺应该是这两人负责接应，可是昨夜怡雪说刘秀有大船等在城外，那刘秀很有可能先一步于昨夜离开了棘阳。如果刘秀是昨夜离开棘阳的，以水路的速度计算，棘阳到淯阳并不远，足够远离棘阳，那么，很有可能刘秀早已到了淯阳的附近。”鉴于这些分析，林渺才大胆地估计，刘秀的主要目的并不是曾莺莺，而是淯阳城，而他自己则是一个活生生的诱饵。

“我们起锚吧，难道不想去淯阳看看热闹吗？”傅文道。

“你以为屠杀很好玩吗？若是我们也去只怕会殃及池鱼了。对付高手我们几人或许有用，但是要对付战争，我们几个人却是唯有送死的份！”任光打断傅文的念头道。

傅文吐了吐舌头，他可不敢在大哥面前逞能，只好有些失望地不再言语。

“不若我们把船放到这儿，我们去岸上走走看吧。打不过，逃命总不会有问题。”林渺见傅文如此，不忍让其失望，遂提议道。

“既然三弟如此说，我们也便弃船登陆好了。”傅俊也应合道，事实上，这几个人都想证实一下林渺的推断是否真正的正确。

淯阳，城门四闭，守在城头远眺的官兵发现一些扬起的尘埃，有一小股人马向东城而进。

旌旗飘摇，却是官兵的旗帜。

“定是抓刘秀的兄弟们返回了！”城头上的哨兵低声道。

“不知道这个人抓到没有，听说此人很是厉害，武功了得，可惜上次打宛城时我没能亲眼目睹。”一个老兵议论道。

“你呀，幸亏上次没去，否则就回不来了，那个刘秀诡计多端，连大将军都吃了他的大亏，你那老命还能有啊？”一个年轻的兵卒打趣道。

“是尹将军回来了，还不准备开城门？”那老兵道。

“好像没抓到刘秀，怎么尹将军的人似乎多了一些？”那年轻的兵卒嘀咕道。

“我就猜到抓不到刘秀！”另一名士兵插嘴道。

“快开城门，尹将军回城！”城下一大队人马停住，有人高呼道。

“尹将军辛苦了，可有抓到刘秀？”城头上一名副将高声问道。

“蔡将军尚在搜寻，快开城门！”尹长天高声道，他乃是职位低于蔡恒的几大偏将之一。

“开城门！”城头的副将也不敢太过惹这位职位比他高的偏将，只好吩咐道。

“轰……”吊桥悠然放下，城门缓缓开启……

属正的心绪有些不宁，不知道是为什么，有种没来由的惊悚，仿佛是突然做了一个噩梦。

他很少有这种感觉，自从昨日范忆来找过他之后，他几乎没有真正安定过。有时候，他对自己疑神疑鬼的表现感到有些好笑，不就只是个刘秀吗？用得着这样挂心？

宛城之败，只是一时未察，而现在，刘秀只是孤身北上，他已经调出了如此多的人力，难道还怕刘秀插翅而飞了吗？昨天夜里，属正是这样想的，可是今天，他又有了疑问。

正是这个疑问让他的心神难安："难道刘秀会是一个不顾大局、贪恋美色的人？在这种时候突然孤身北上棘阳接曾莺莺，其本身就是一个大失误。"刘秀乃是个绝对聪明的人，这种傻事确实不能不让人怀疑刘秀的智慧，尽管属正知道，曾莺莺确有倾城之美，但毕竟是一个女人，虽然他并不了解刘秀，却一直都听说过许多关于刘秀的事情，更在宛城领教了刘秀的厉害，是以，属正不能不怀疑刘秀接曾莺莺的事实，因此他才会心中隐隐有些不安。

范忆是一个很好的说客，属正也不明白，为什么自己被范忆说动了。

范忆的确有些名气，世传其文采不输刘秀，属正相信这一点，当然，他相信范忆，还是因为范忆与他的恩人有着极为密切的关系。他认识恩人的令牌，是以他出兵拦截刘秀还有一个还恩的因素在其中，他不想欠人人情。

推开窗子，好像隐隐嗅到梅花的清香，院中几株梅树显得有些萧条，只有那一两朵梅花的花蕾显出一丝生机。

天地仿佛也只是因此不再萧瑟，可是属正心如梗刺，难以放下心中那说不清、道不明的感觉。

突然之间，他似乎想到了什么，那是他夫人前晚做的一个梦，梦见城破家亡，这是不是一个先兆呢？

"传赵师爷！"属正呼道。

窗外立刻有守卫应了声，匆匆而去。

赵师爷很老，是属正父辈的人物，但赵师爷绝对没有老糊涂，属正很相信这一点，因为他为官近二十年，从小小的县吏开始，赵师爷便跟着他父亲，是他父亲身边的红人，他后来成了大官，赵师爷又跟了他，这位师爷从来没人敢说他不称职过。

"将军传我？"赵师爷神色有些不好看地问道。

“是！”属正缓缓转过身来，却发现赵师爷脸上一闪即逝的忧郁。

“师爷面有忧色，可是有什么心事？”属正开口问道。

赵师爷淡淡地笑了笑道：“也许只是我多虑了，想必蔡将军他们也快回来了！”

属正面色微微一变，故作笑颜道：“师爷只是为此事而担心？”

赵师爷也不否认，道：“确实如此，我昨夜想了一夜！”

“辛苦师爷了。”属正心中有些感动。

“将军何用说此话？叫老夫心有不安了。”赵师爷微微有些惶然。

“师爷昨夜是否想出了什么呢？”属正话锋微转，问道。

“以老夫之见，将军实不该如此劳师动众去拦截刘秀。”赵师爷直言不讳地道。

属正暗自吸了口气，昨天赵师爷就反对范忆的提议，但是赵师爷并不知道，他同意范忆的建议是夹了一些私情的，否则，他还真难断定是否该兴师而出。

“我总觉得这其中有诈，以刘秀的才智，不应犯这种低级错误，就算刘秀会犯这种错误，刘寅也绝对不会！”赵师爷肯定地道。顿了顿，又道：“刘秀这个人我不太清楚，可是刘寅此人却是刘家近年来出现的最有声望的人，不只是其武功，更是因其雄才大略，若是刘秀真的为一个女人而不顾大局，那刘寅要么会阻止，要么便是另有图谋。是以，我们不能不小心！当然，刘秀在棘阳，这自不会是空穴来风，如果他真的去了棘阳，那他是不足为虑的，我们所要防的便是那个一直都未露脸的刘寅！”

“刘寅？”属正的脸色变得很难看。

“现在，平林军、新市军和春陵军联合，其力量之强，实不能小觑，虽然少了王常那支最为强大的下江兵，但若是以奇袭的方式破我淯阳城，却不是没有可能。事实上，淯阳城中因上次损兵折将，又调了些兵马去加固了新夺回的宛城，自己的兵力才五千人，此刻将军为一个刘秀却劳师动众近两千人，城中守军仅三千余，如果刘寅奇袭而至，后果堪忧，这也便是我无法安眠的主要原因！”赵师爷吸了口气道。

属正这次的神色变得更厉害，经赵师爷这一分析，那刘寅奇袭淯阳并不是没有可能，而刘秀接曾莺莺的事岂不是变成了一个夺淯阳的陷阱了？

“谢师爷提醒！”属正擦了擦额角的冷汗，他还是小看了刘秀和刘寅，抑或是他忽略了这支可能会尚在春陵的义军，但事实上这支义军很可能便在淯阳城附近。

“来人哪，速传我令，命全城加强防备，有任何可疑之事便速来向我禀报！”属正向立在门外的亲信偏将吩咐道。

“报——”一道长而急促的声音自院外急速飘了进来，一名甲歪盔斜的士兵跌撞着冲了进来。

见到属正，上气不接下气地惶然呼道：“大将军，大事不好，尹长天将军引入了敌军，他们已破开东门……”

“什么?!”属正和赵师爷同时惊起，脸色大变。

“我们终究还是迟了一步！”赵师爷仰天嗟叹。

城头上的守兵发现尹长天的人马有异时已经迟了，那些已经进城的人迅速控制了城门两旁，城外的人马迅速冲入。

尹长天的属下本没这么多，但这些人却是由义军乔装的，当然尹长天自然不假。

东门大破，立刻有人放出焰火，一支早便已潜在城外的义军如潮水般向东门冲来。

尹长天横刀跃马却并不向城中冲杀，而是守住洞开的城门，不让官兵有任何机会再次将之重新合上。

淯阳城中，许多重要的地方火头四起，见到火光，其余三门的官兵也都心中慌乱。

属正赶出之时，大批后至的义军也已经涌入城门，更让他难受的却是，北门也被早已潜入淯阳城中的义军内应高手趁乱以迅雷不及掩耳之势夺下，义军便自东门、北门两路如潮水般冲入城中。

北门乃是平林军首领陈牧，而东门则是新市兵王匡，两支义军势如破竹。这些人本是绿林军中能征善战的老战士，凶悍勇武异常，城中官兵本就不多，若是凭城坚守，自然不会被义军攻下，但是义军一开始便打开了城门，在城中与官兵短兵相接，这使坚城的作用尽失。在兵力上，义军占着绝对的优势，官兵自然是如崩溃的潮水，节节败退。

属正终于明白，赵师爷的分析不幸成为事实，而这一切，都只怪他夹有私情，抑或说只是因为他的大意。

“退入府中死守!”属正吼道，他败了，再次败在刘秀的手中，而且让他赖以为凭的城池也让给了别人，他不甘心，是以他要凭借太守府的高墙死战，与城同亡。

“将军，留得青山在，不怕没柴烧，我们城外还有两千兵力，我们并未全败!”赵师爷见属正死战，急忙劝道。

“杀……杀……”城中四处都是喊杀声。

属正心中一痛，怔神之际，左右的亲卫家将蓦地出手。

属正大怒，但却没来得挣扎，便已被擒住。

“快，把将军带走，去宛城找严大将军!”赵师爷迅速吩咐道。

那几名家将对赵师爷的话极为信服。

属正哪还不知道这是赵师爷的一片好意？可是他又如何能接受？

“放开我，你可知道这是以下犯上，当处极刑?”属正吼道。

“将军，恕老夫擅作主张，请不要怪他们，这里由我来阻一阵子！你将来再为老夫报仇就是!”赵师爷说完眸子里闪过一丝伤感之色。

“还不快走？带上夫人和公子!”赵师爷吼道，却不再理属正。

属正也明白，赵师爷在他家中的地位虽仅次于他，但却像是他的父辈，忠心耿耿，一向受人敬重，家将们在某些时候，甚至对赵师爷的命令更听从，因为他们知道这老头绝不会做出对属家不利的事。

义军以极快的速度控制了城内的各据点，但在攻下太守府时却损失惨重，遇到前所未有的激烈反抗，几乎用了一个时辰才攻下这座小城似的太守府，却折损了近千人，可到后来，却只是得到一把大火。

走入太守府深处的义军全部被烧死在府中。

义军控制了烧成废墟的太守府，却发现属正已经逃出了城，在太守府中坚守的只不过是一个老头和属正的一干亲兵及城中残卒。

这一场夺府之战只让王匡打得心惊肉跳，陈牧庆幸自己只是四处清扫残余，打扫战场。事实上，这次夺下淯阳城确实是没有花多少力气，相对于攻打其他的城池来说，这次可算是侥幸，总共才伤亡两千人左右。

陈牧不得不佩服刘寅兄弟俩的计策，若不是有这等奇计，以迅雷不及掩耳之势夺下淯阳城，否则打起攻城战来，在这冬日里，至少要伤亡十倍的人力，才有可能攻下淯阳这依水的坚城。

蔡恒远远地看到淯阳城中烟雾大起，心中便咯噔一下，隐隐知道大事不妙，再也顾不得搜寻刘秀，领兵便向城中赶回，他老远便听到了喊杀声，到了城近前，却发现城头的旗帜都变了，差点没昏过去。

“将军，淯阳已失守了!”蔡恒身边的亲军也失声道。

“退回船上，去宛城!”蔡恒沉声吩咐道。

“将军，西门有一支人马冲出来了，好像是我们的旗帜!”一名参军讶异道。

“小心戒备，张参军派人去看看!”蔡恒领人向江边撤去，同时吩咐那名参军。

待蔡恒退到江边，才发现自城中冲出的那队人马乃是属正的亲卫战士，他们拥着属正和属正的家人冲出了淯阳城，这是他们在没有办法时最后的办法。

遇上返城的蔡恒，这让属正的亲卫们松了口气，属正却暗暗流下了泪水，当然不是为了死里逃生，而是为了赵师爷的忠义。他知道赵师爷一定会死，而且会死得轰轰烈烈，这个跟了他家数十年的老人终于以一种惨烈的方式为其生命划上了一个完满的句号。

赶到河边欲登船之时，蔡恒突然发现了一个要命的问题：他的五艘战船已经不再属于他，战船上插着义军的旗帜!

“属正，蔡恒，你们已无路可走，投降是你们唯一的选择!”刘秀的声音是那般清晰，而又带着难以言喻的讽刺。

这本是属正期待向刘秀说的话，可是此刻却是刘秀向他们宣布。

刘秀终还是出现了，却出现在蔡恒和属正最不想出现的地方，这是一个悲哀，也是一种痛苦。

“我们走陆路！”蔡恒断然道，他绝不会投降！属正自然也不会，是以，一带马缰便向棘阳方向狂奔而去。

“你们的挣扎是无益的，根本就不可能逃得了！”刘秀的声音冷而高昂，有种说不出的味道。

属正这才明白为什么攻入城中的只是平林军和新市兵，因为刘秀的春陵战士都静候在城外，等待着漏网之鱼，而他正是那只鱼。

这是一种讽刺，他本来是抓鱼的人，可是此刻却被人当鱼抓。

属正是真的败了，而且败得很惨，但他却起了求生欲，他要活下去，要让刘秀还他的耻辱！是的，刘秀的才智令他心惊，让他心寒，可是支持他活下去并要打败刘秀的是他心中积压的一口难以咽下的怨气！

“刘秀，我会回来的，一定会让你双倍奉还今日之耻！”属正高声怒吼。

战船之上传来了很多人的笑声，是那般轻蔑，那般不屑，便像是一根根刺扎在属正的心头，让他的心头在滴血，这使得他恨、他恼、他悔，可是又有些无奈。

战争便是这么回事，总会有胜败，总会很残酷，这是谁也无法改变的现实。

刘秀似乎并无意追赶属正，那已经不是他的事了，因为他知道，刘寅绝对不会轻易放过属正，除非属正降服，否则噩运会紧缠不放。

“果然如三哥所料，刘秀的目的真的是淯阳城！”傅文吸了口凉气道。

“如果这次换了不是属正而是林公子的话，只怕刘秀和刘寅要大败一场了！”景丹不无感叹地道。

到这一刻，无人不敬服林渺的推断。他似乎完全看穿了刘秀的这些布局，这实在让人难以想象，仿佛他自己参与了计划一般。

“三弟呢？”傅俊突然惊觉林渺此时尚没有归返，不由得出口问道。

“三弟还没有回来。”任光也意识到了什么。

“三哥去干什么了?”宋留根讶异问道。

众人相对望了一眼，皆摇了摇头，他们根本就不知道林渺为什么离开。林渺离开时并没有说明白，只是说去去就来，可是此刻已过去了一个时辰，他尚没有回来，这使傅俊等人不由得微微有些急了。

“林公子好像是去追那范忆去了。”景丹似乎记起了什么道。

“追范忆?”众人愕然，也吃了一惊。

“我想也许是!”景丹也不敢肯定地道。

任光诸人微微有些担心，但他们相信林渺自保应该是没问题的，连幽冥蝠王都难奈林渺何，范忆难道会比幽冥蝠王更厉害?

“我们回船上等吧，也许三哥已经回到了船上呢。”傅文提议道。

……

一直到初更，林渺居然仍未回船，任光和傅俊诸人是又恼又急，却又无可奈何，知道急也没用，毕竟林渺不是小孩子，许多事情根本就难不了他，这么长时间尚没回来，那只有一种可能，便是遇到了极大的麻烦，可是林渺究竟又遇上了什么麻烦呢?

是被范忆给算计了，抑或是被义军给误伤了?但照理应该不会有这种事情发生，因为林渺与刘秀之间关系极好，再怎么说，刘秀也不会为难他。除此之外，还会遇上什么问题呢?难道是幽冥蝠王也偷偷地跟了去，掳走了林渺?

许许多多的猜测，都是不了了之，直到二更时分，才来了一名小二打扮的人物为林渺传话，这小二，事实上很早就要赶来为林渺传话，但是因为交战，使他迟迟无法赶到，这路上都耽误了近四个时辰。

听到林渺的消息，虽然任光诸人尚有些疑惑，却也放下了心，林渺让他们先回去，他有事不能再亲自赶回来与任光诸人会合，他日再去聚英庄相会。

究竟是什么事情，林渺没有细说，或许只是因为传话的人乃一名客栈的小二，才不便说明。不过，任光诸人也不怪林渺，只是这小二在路上误了时间，害他们久等。

刘秀果然不简单，还真这般给了属正致命的一击。

林渺亲眼看着属正逃命途中再一次遇上刘寅的伏击，蔡恒战死，只剩下百余名残兵败将逃回了棘阳。他也看见了刘寅的雄威，这确实是一个难以抗拒的高手，他见过齐万寿的武功，也见过刘玄的武功，还有诸如像幽冥蝠王之类的高手，但是这些人似乎都少了刘寅那种王者的霸气，这是不可否认的事实。

江湖中对刘寅的传说并没有错。

离开任光诸人，并不全是因为范忆，虽然范忆是个重要人物，但是并不放在林渺的心上，之所以离开任光，是因为他看到了铁鸡寨中人留下的记号。

铁鸡寨中的人在淯阳附近留下了记号，这让林渺有些费解，这当然不会是他和猴七手所留，但是除他两人之外，又有谁下了铁鸡寨呢？为什么要下铁鸡寨呢？而且还在这里留下暗记，这确实是让人极为费解之事。

难道说是铁鸡寨中发生了什么事？想到这些，林渺不由得有些担心，因为白玉兰尚在铁鸡寨中，虽然山中有近两百人，这对普通人来说或许有用，但若是对付高手，只怕仍难以保护白玉兰。毕竟，他缺少的是能够独挡一面的高手，而这些可以说是他的私事，所以林渺独别任光诸人，他必须要证实自己的猜测，让自己能够安心。

遗憾的是，林渺居然找到了苏弃，受伤的苏弃。

苏弃受伤了，不太重，但也足够苏弃折腾的了。而让林渺错愕和吃惊的却是苏弃所带来的消息。

白善麟没死，不仅白善麟没死，而且还上铁鸡寨带走了白玉兰。

林渺几乎傻眼了，白善麟居然没死，而且带走了白玉兰！这是他做梦也没想到的，如此说来，那么那封白善麟交给白玉兰的信是真是假呢？宛城之外所藏的财富又是真是假呢？或许，白家将家产转至暗处这并不假。

林渺不敢怀疑苏弃的话，就算苏弃和金田义看错人，但是白玉兰和小晴绝不会看走眼。因为小晴让苏弃给他带来了一封证实白善麟还活着，而且还带走了白玉兰的信笺。

字迹是小晴的，白善麟没有逼小晴走，同时他也因感谢林渺救出了白玉兰，所以也便将小晴当礼物一般送给了林渺，也并未对铁鸡寨下狠手。

铁鸡寨中没有能够挡住白善麟和他那一干高手的人物，是以，只能眼睁睁地望着白善麟带走白玉兰。

与苏弃同来的，还有段斌。苏弃便是白善麟属下人所伤，但是苏弃仍要强撑着来找林渺，请林渺回去主持局面。

林渺真想大哭一场，他在这里为白家的事累死累活，东奔西走地得罪了这么多可怕的对手，可是对方竟然连他也骗了，此刻他才发现自己有多傻。

宛城，局势紧张却有序，因为淯阳的失守，这才使得宛城军民皆大感紧张，战火毕竟是无情的，这一点无人能够否认。

林渺故地重回，却感到有种极为陌生的气息，昔日童年时光的情景虽在，但已人事皆非。

六福楼，依然气派，尽管肃杀总是难免，但那高耸的屋脊如蛰伏的巨兽，有吞吐长空之势。

大通酒楼，门上的封条已经快剥落，也不知道关闭了多少时间，小刀六自然不在其中，这使林渺鼻头不由得有些酸涩，这可是小刀六二十余年的心血，可是因为他，也因为这无情的战火，使得这些全都化成了泡影。

林渺找个僻静的方位自窗子跃入大通酒楼之中，首先闻到的是呛人的灰尘，映入眼帘的是挂满了每个角落的蛛网，地面上一片狼藉，断椅碎桌全都蒙上了一层厚厚的灰尘，嗅不到一丝人的气息。

酒楼之中，只有四面墙壁还是好的，里面几乎没有任何物件是完整的，不用猜，也知道在封锁这大通酒楼之前，一定有一群人在这里大大地破坏了一通，至于是什么人破坏的，那便无法猜测了。

林渺感到一阵心酸，却又无可奈何，不可否认，小刀六是他最好的兄弟之一。

天和街，这是林渺土生土长的地方，昔日，这里贫穷落后，是宛城之中最为寒酸的地方，但却是宛城之中最为热闹的街道。这里的人知道如何自得其乐，知道如何装腔作势，可是如今的天和街清冷，几无人家，只有几个几乎可闻到棺材味、行将就木的老人家守在阴暗而破败的草棚之中等候着死亡的降临。

老包的包子店和祥林酒馆像是被大火烧了一般，四面墙塌了三面，只剩下两堆废墟，使林渺几乎认不出这里曾是天和街最受欢迎的地方。

望着残垣断壁，往事有如流水一般涌过林渺的脑海。梁心仪的一颦一笑，祥林的嬉笑怒骂，老包的鼓励和劝慰，还有包嫂的温柔……

林渺禁不住双膝一软，跪在这片废墟之前，双手捂脸，将头深深地埋在这残垣断壁之间，泪水禁不住奔涌而出。

这一切的一切，便好像只是做了一场不堪回首的梦。

也不知过了多久，林渺感到有一只干瘦的手在自己的肩头上拍了拍，他才缓缓地抬起头来，却闻得一声长而深的叹息。

苍凉、无奈而又伤感的叹息，仿佛是一柄利剑般深深地扎入了林渺的心底。

“六爹！”林渺扭头，吃惊地低呼了一声，他认出了眼前的老人。天和街不大，几乎没有人是林渺不认识的，包括眼下这有着若纵横沟壑般皱纹的老脸的老人。

“孩子，是你回来了？”六爹的声音依然苍凉而沉缓，那微花的眼要弯下本就已弯得很低的腰才能看到。

林渺沉沉地点了点头，总算是看到了一个亲人，天和街的每一个人在此刻都显得无比的亲切，也都是自己的亲人。

“唉……他们都走了，你还回来干什么？这里已经不是以前的天和街了……”老人无限感叹，却又饱含辛酸无奈地道。

林渺的心一阵阵的揪痛，这一刻，他居然可以体会到眼前这老人的心境。

“六爹可知道他们都去了哪里?”林渺心中抱着一丝希望地问道。

“他们哪……”六爹的目光有些空洞地望着前方的虚空，喃喃自语道：“他们哪……有的被抓了，有的去打仗了，也有的迁移了。人呐……总得活下去，也只有我这样快要死的人才留在这里，小伙子，你也走吧!”

林渺心中一阵酸楚，一时之间，他竟无言以对。望着眼前这双目昏花、须发皆白的老人，他也不知道该说些什么，抑或是说什么都没用。

“你还记得我吗?”林渺见老人目光空洞，不由得问道。

“记得，怎不记得？你不就是那个爱捣乱的小盛子吗?”六爹好像想起了什么似地道。

林渺微怔，他知道老人认错了人，但这些已经不重要了，老人或许真的已经记不起他了，毕竟，他离开这里已有一年了。

“六爹，我这里有些银子，你拿去用吧!”林渺想想也该走了，在这里呆着也不是办法，是以起身，将一大锭银子塞到六爹那干瘦的手上。

“银子？我要银子干什么？我都快死了，这些东西又有什么用?”六爹抓着银子，似乎有些生气，抛在地上，拄着拐杖，竟然不再理会林渺，蹒跚地走了。

废墟间，仅留下林渺呆呆地立着，像一棵枯萎了的树。

蚩尤祠依然在，虎头帮的人似乎收敛了很多，但在宛城之中，却仍然存在着这个由混混们组成的帮会。

林渺的心情很复杂，这里昔日也是他风光的地方，昔日这里也极为繁荣，他只要走出山下便会有人跟他打招呼，可是如今，满山萧条，杂草枯黄，剩下的，只是冬日的肃杀和寒冷。

“山上还有人!”苏弃小声地提醒道。

事实上，林渺早就已经发现山上有人，只是他并不想出声而已。这些日子来的变化太大，大得让林渺的心都麻木了。

蚩尤祠内依然有淡淡的余烟飘出，溢着淡淡的香味。

林渺步入其中，却发现祠内的厅中一排横立着二十余名虎头帮的弟子，人人横眉冷目。

林渺微怔，这可不是他往日所受的礼遇。

“你还有脸来这里?”一名虎头帮的弟子愤然喝道，余者皆一脸愤然。

林渺再怔，他认出说话的那名虎头帮弟子，这人曾经还是他的好朋友，那是当初李心湖做帮主时。

“姚勇，这次我不是来打架的，也不是来找麻烦的，我只是想来弄清我兄弟的下落。”林渺暗暗叹了口气。

“这里没有你的兄弟，你的兄弟都已经被你害死了！难道你以为你害得我们还不够吗?”一名帮众愤然质问道。

“我不知道发生了什么，我没做过对不起你们的事!”林渺有些莫名其妙地道。

“要不是你，官府怎会杀我们几十名无辜兄弟？若不是你，帮主怎会变成残废？若不是你抢走令牌又去惹祸，我们虎头帮怎会落到今日这般任人欺凌的地步？在宛城，我们已经没好日子过了，你却还要回来，难道你就不可以放过我们吗?”姚勇激愤地道。

“游铁龙残废了?”林渺吃了一惊，心中更痛。

“你走，我们都不想见到你，有多远你就走多远，否则别怪我们不念往日情分!”一名虎头帮弟子呼道。

苏弃神色微变，这些人居然对林渺如此不客气。他一直都极为尊敬林渺，是以，闻听此言他极为恼怒，若非林渺事先已有吩咐，他还真会给这些人一点颜色看。

“阿勇，不必这样，大家都是兄弟!”一个微有些苍凉的声音自庙后传了出来。

“帮主!”姚勇和众虎头帮弟子的目光扭了过去，却见游铁龙拄着一根拐杖，在一名帮众的相护之下缓缓行出。

“铁龙!”林渺心中一阵揪痛，他几乎快认不出游铁龙的样子了。很明显，游铁龙苍老了许多，整个人再也没有昔日那张扬的气势，仿佛一下子老了三十岁，显得颓废而沧桑，只有那双眸子里似乎仍有那么一点温和而伤感的笑意。

“阿涉，你回来了，能够再见到你，我真的很高兴！”游铁龙的眸子之中竟闪着一丝泪花，语气之中充满了暖暖的情意。

林涉心中一阵抽搐，一种酸涩的感觉涌上了他的鼻头。这个昔日曾经与他不睦的对手，今日却原谅了他一切的过错，包括自己连累他变成残废。他能够感受到对方内心的酸楚苦涩和对自己深厚的感情，那闪烁在游铁龙眸子里的泪花便是一切最好的证明，无须任何言语。

这一刻，林涉才真的明白，昔日的游铁龙并不是对他有成见，虽然昔日两人时有摩擦，但是游铁龙内心深处仍将他当成兄弟看。

苏弃竟也莫名地为之震撼，不是因为游铁龙的气势，对他来说，游铁龙毫无气势可言，但在这个潦倒的残废身上，似涌动着一种足以让人震撼的情感，深沉、真挚而无私，这使他不能不生出一种敬意。

虎头帮所有的弟子都不再出声，游铁龙那一席话，也在他们的心中激起了千万层涟漪，他们知道帮主并没有怪林涉，而是原谅了这个人。

“铁龙，我对不住你！对不住所有兄弟！”林涉突地跪下，痛苦地叫了声。

“阿涉，这是为何？快起来！”游铁龙拄着拐杖吃力地扶住林涉，惊声道。

一旁的人连忙扶住游铁龙，担心游铁龙摔倒。

“我没想到会弄成这样，这一切都是我的错！”林涉心中极为后悔，立起身来扶住游铁龙道。

“这不关你的事，其实，你能杀了孔庸也是为我们虎头帮挣光了，虽然有些兄弟受了牵连，但那只怪孔森那狗官，现在孔森也死了，大仇总算得报，过去的就让它过去好了，你能安然无恙，老帮主在天有灵，也应该含笑九泉了！”游铁龙深情而诚恳地道。

林涉顿时内疚于心，可一时却不知道该说些什么好。

“都是自家兄弟，何用瞪目相对？还不去告诉所有兄弟，阿涉又回到了我们之中！”游铁龙显得很兴奋和欣慰。

姚勇心中似乎尚难以释怀，但自从游铁龙为了赎回众兄弟而宁可自残其身后，他对游铁龙无比尊重，昔日的游铁龙总是一副以和为贵、息事宁人的态度，让虎头帮收敛作风，却被众兄弟看不起，认为其胆小怕事、懦弱，是以上次林渺的强硬作风立刻受到了帮中兄弟的欣赏，这才有人在林渺拿走帮主令符时没有阻止。可是事实却证明游铁龙绝不是胆小怕事，他所做的一切，只是想让帮中兄弟们不再损伤，一个懦夫是不敢为兄弟而自残其身的。是以，游铁龙得到了帮中所有兄弟的尊敬，但这有什么用？他没了一条腿，等于成了个废人，于是兄弟们只好倾心照顾这位帮主。

“你怎会变成这样？”林渺扶住游铁龙，痛心地问道。

“孔森给我出了一道题，他说：要么我要自己的腿，要么我要这一帮兄弟，于是我便选择了。不过，这些都已过去，我带你去看一个人，我想他一定很想见你！”游铁龙平静地道。

林渺听着游铁龙这番平静的话，不禁心中升起了一丝敬意。

“帮主！”“帮主……”几名帮众恭敬地叫道，同时都惊讶地望着林渺，他们自然都认识林渺，只是他们不知林渺何时与游铁龙一起，因此都是欲言又止。

“阿四醒了吗？”游铁龙吸了口气，轻轻地问道。

“他正在后园练走路。”一名帮众望着林渺，有些顾虑地道。

“阿四，阿四在这里？”林渺喜问道。

游铁龙点了点头，神色却有些无奈。

林渺好像意识到了什么，心中升起一团阴影，问道：“是不是发生了什么事？”

游铁龙叹了口气道：“他没有了双腿！”

“什么？”林渺如遭雷殛，想到阿四当日与他同去杀孔庸的情形，当时他们不是已经逃出了城外吗？可是又怎会断了双腿呢？

……

第三十三章　再回宛城

园中林木萧萧，阿四跌倒，再被扶起来，再拄双拐走路，又跌倒，又被人扶起来……如此反复不止，虽是在寒冬，却也让其浑身为汗水所湿透。

“阿四，今天就算了吧，你已经太累了。”一名帮众关心地劝道。

“不，还没有到一个时辰，再来！”说着移身拄拐再次一步步艰难地挪动着，每多一步，他的眉头便皱一下，仿佛是在承受着莫大的痛苦，但他却咬牙坚持，只不过，仅走了十步便又一次跌倒。

“看，我已经可以走十步了，已经可以走十步了！……”阿四似乎有些激动地扭头向那帮众喊道，但他的声音却戛然而止，他居然看到了林渺！

阿四的目光直直地望着林渺，像是做梦一般，世上所有的一切仿佛在刹那之间都静止了。

所有人都没有出声，包括林渺和阿四。

良久，阿四脸上的肌肉抽动了一下，嘴角似乎被牵动了一下，却仍没能发出声音，只是眸子变得有些湿润。

“阿四！”林渺的声音有些哽咽。

阿四的目光依然定定地望着林渺，双手却在地上颤抖地摸索着那跌于一旁的双拐，几次碰上竟没能抓稳。

“怎会这样？究竟发生了什么事？”林渺步子极为沉重地来到阿四的身边，心酸地问道。

“真的是你吗？你还没死？你居然还没死?!”阿四激动得嘴唇哆嗦，但脸上却展出了一种奇怪的笑，似开心，但又双目含泪。

“是的，我还没死！祥林呢？老包呢？你怎么会成这个样子？是谁干的?”林渺抓住阿四的双肩，也有些激动地问道，眸子里禁不住有泪花转动。

阿四像是并没有听到林渺的话似的，只是仔细地打量着林渺，似乎是要看看眼前的林渺是不是真的。

“果然是你小子，你耳朵里的一颗痣是别人装不了的，你没死，那真是太好了，你看！我没有了双腿也照样可以走路……”说话间，阿四竟突然握拐将自己的身子撑了起来。

林渺和一旁的人都吓了一跳，同时也都感到心酸。

阿四双拐移动之间竟显得极为平稳，虽然缓慢，但是竟然奇迹般地走了四十多步尚没倒下，只是累了，将身子倚在树上，扭头喘着粗气，兴奋地问道：“我刚才走了多少步？我刚才走了多少步?”

一旁本来护着阿四走路的虎头帮弟子也吃惊不小地望着阿四，道：“有五十步了！你走了五十步了!”

“看，阿渺，我可以走五十步了，我可以走五十步了，我一定可以好，一定可以好，很快就可以不用双拐走路了!”阿四激动而兴奋地呼道。

众人似乎也被阿四的心情给感染了，虽然心中仍然无尽的酸楚，但是他们也为阿四的毅力和意志所震撼。

林渺心中更是千百种滋味全都有，感到有种前所未有的愧疚，这一切，都是他所带来的，为他的亲人、为他的朋友，竟带来了这般的灾难，若不是他，这些人也便不必受如此的痛苦和折磨了。

苏弃和段斌心中的感觉也极怪，这里的所有人，虽然都是生活在社会底层的混混，但是他们却有着不同寻常的精神，一种足以让人震撼，更不敢小觑的精神。

他们的言语没有华丽的修饰，但每一个动作和表情都饱含着坦诚而浓重的感情。

“是的，我相信用不了多久，你便可以再和我一起并肩作战了！”林渺有些激动地行至阿四的身边，拍拍他的肩膀道。

听到这话，阿四的神色微黯，吸了口气道：“可惜祥林也不知跑到哪里去了，没有他，总像是少了点什么。”

“祥林不见了？那小刀六和老包呢？”林渺急问道。

“阿四的腿是孔森那混蛋让人打的，不过那混蛋却死了。小刀六在狱中，他被官府抓了，已经关押了好几个月！”游铁龙叹了口气道。

“那老包呢？”林渺又问道。

“老包走了，跟义军走了，他说他一定会回来的！”阿四叹了口气，眸子里闪过一缕泪光道。

“那包嫂呢？老包不会带着她一起参军吧？”林渺反问道。

“包嫂去了，被王兴那狗东西看中了，所以包嫂去了。老包再无牵挂，便去参军了，他说，如果你还活着的话，他会回来找你，他还说，只要你还活着，我们兄弟一起还可以大干一场！所以，我的腿绝对不可以断！我必须让我的腿尽快好起来！一起杀到监狱中去把小刀六救出来，然后我们远走高飞！”阿四伤感的语调到后来竟变得激昂。

林渺的脑中一片空白，包嫂居然也去了，这个自小便对他很好的女人，在很多时候，自己都将之当母亲一般看待，她温柔贤惠……可却如梁心仪一样红颜薄命，他心中涌起了无限的伤感和仇恨。

恨这个世界，恨这些贪官，恨自己无能，想到老包对他的期待，他便感到一阵难以掩饰的羞愧。他早该回到宛城，可是他没有，他的兄弟们为他在宛城受苦受罪，为他担心分忧，可他却只是为了一个女人滞留湖阳，而结果却没有人感激他的好意，只是想一想，林渺便觉得羞愧，这一刻他才发现，自己有多么自私，有多么无知。

林渺向来以聪明自诩，可是却做了这样一件难以饶恕的事情，他竟不知该如何向这群兄弟交代。

“你尚活着就好，我们的苦也便没有白受，活着，就可能拥有一切，就可以去做很多想做而没做的事！”阿四似乎对自身的伤残没有半点放在心上，而只是对未来充满了憧憬。

宛城天牢，在原都统衙门之中，这是宛城最大的天牢。

所谓天牢，是直接挖于地下，再全以石头砌建的，其坚固是不可否认的。

外人很难想象这天牢之中的痛苦，当初杜茂便是因于此地，在这种监牢之中想要越狱或是救人，那几乎是不可能的。

小刀六便是关在这座天牢之中，他是当日被安众侯王兴命人所擒，但侥幸的是，王兴还没有得来及下令杀他，便已被王莽下令调回了长安，就因王兴失守宛城。因此，小刀六被抛在这监牢之中几乎被官府遗忘了，这也是小刀六得以活下来的原因。

天牢看守的人受了虎头帮的好处，因此对小刀六也没怎么折磨，而且还有人会经常来看看小刀六，但却无法让小刀六自天牢中出来，因为没有新任的都统之命抑或是大将军严尤之命，天牢之中的犯人谁也不敢放。

林渺与姚勇大步行至天牢门口，他手中提着一个大大的食盒。

看门的认识姚勇，但却故作不识地喊道："干什么的?"

"探监!"林渺淡淡地道，同时将一锭银子塞入两名看守者的手中。

两名看守的狱卒眼睛一亮，立刻打开门问道："是看那个小刀六吗?"

林渺暗骂，这两人明知自己要干什么，却还要明知故问。

"是的!"姚勇道。

"你们跟我来!"一名狱卒笑嘻嘻地道。在他们的眼里，只有银子才是最可爱的，林渺出手就是十两银子，这使他们不得不热情一些。

小刀六所处的地方是监牢之中最里层的，空气十分潮湿，光线也极暗，虽然有个天窗可透光，但仍要举火把进去。这还是白天，如果是在晚上，那只会更暗。

"小刀六，有人来看你了!"那狱卒呼道。

天牢之中传来一阵脚步声，一旁的犯人全都叫了起来。

"官爷，给点吃的吧……我要出去……"有的人甚至把手都伸到木栅的外面来了。

小刀六所在的囚室是石头做的，只有一扇门和一扇窗，里面有铁镣的声音

狱卒的喊声中，一个蓬头垢面的人在窗前晃了一下，然后有一双系着铁镣的手抓住了天窗的两根铁柱。

“小六子，是我。”姚勇唤了一声。

那探至天窗的面孔上显出一丝欣慰之色，声音却有些暗哑地叫了声：“你来了！其实你们不必常来的，你们可有阿渺和祥林的下落?”

林渺心中一阵酸楚，小刀六在狱中仍记挂着他，这份情谊，确实让他愧疚。

“你看看我带来了谁?”姚勇身子一让，道。

小刀六本来面上尚挂着一丝欣慰的笑意，但此刻却突然僵在那里，仿佛完全傻了。

林渺单膝跪在天窗外，一把抓住小刀六的手，激动地唤了声：“六子，让你受苦了!”

“阿渺……”小刀六半晌才回过神来，嘴角牵动了一下，那被须发和污垢遮掩的面容之上似乎有肌肉抽搐了一下，艰难地吐出两个字，眸子里却绽出狂喜但又略带伤感的神采。

“真的是你，你没事就好了!”小刀六终于回过神来，欣喜地反抓住林渺的手叫道。

“我来救你出去!”林渺淡淡地道。

“我在这里很好，这囚室之中还有一位老先生，如果你有办法，便连这位老先生也一起带出去。”小刀六小声地道。说话间让开身子，林渺探目，却见囚室的一个还算干燥的角落卷缩着一堆什么东西，看上去略有人形，但是所看到的却尽是白色的毛发，一动也不动，真难想象这个人仍是活的。

“好！我一定会办到的，你在这里等些时候，我立刻便去想办法!”林渺沉声坚定地道。

“小心点，不要强来，若太危险，我便从里面想办法，再过一个月，我就可以挖通出狱的地道了！”小刀六小声提醒道。

林渺吃了一惊，他没想到小刀六居然会在狱中挖地道以求逃脱，这足以证明小刀六的求生欲望极强，这让他感到欣慰。

“不会有事的，我知道该如何去做。”林渺肯定地道。

“我要见严尤大将军！”林渺沉声道。

“你是什么人？”一名护卫以怀疑的眼光望着林渺，冷冷问道。

“精锐左七营的战士林渺！”林渺沉声道。

“精锐左七营？”那护卫沉吟了一下，脸色微变道：“精锐左七营已经不存在了，你好大的胆！”

“是的，精锐左七营已经不存在了，但我便是幸存下来的战士，现在回来面见将军，你还不去报？”林渺沉声叱道。

那人被林渺的气势给怔住了，也不知道林渺所说是真是假，但却知道精锐营中的人都不好惹。

“你稍等！”

半晌，那护卫匆匆出来，变得很客气地道：“严大将军在开会，无法见你，严允将军请你进去！”同时有些奇怪地望了林渺一眼。

“带路！”林渺老实不客气，心中暗称侥幸，严允居然还记得他，这使他微微有些感激。

严允并未在帅帐中开会，他只是主持精锐营，直接由严尤指挥，是以可以不与其他各营统领一起开会。

见林渺大步踏入，严允的脸上舒展出一丝淡淡的笑意。

“备座！”严允抬手道。

“谢将军！”林渺谢了一声才规矩地坐下，虽然他不将那些官兵放在眼里，但是对这位名噪天下的大将军却不敢怠慢，毕竟他曾是其属下。

“真是人生何处不相逢，我们又见面了！”严允笑道。

“是啊，只是林渺寸功未建，却又要来麻烦将军了！”林渺开门见山地道。

严允并不以为意地道："怎算寸功未建呢？至少，你让我们知道刘玄的平林军与湖阳世家勾结，这本身就是大功一件！不知今日有何疑难，如果是我力所能及的，何不妨说出来听听？"

"我一位朋友，当初因我犯事，而受牵连被囚狱中，我想恳请将军高抬贵手，还其自由，其罪我愿为其承担！"林渺沉声道。

严允眉头微皱道："所犯何事？"

"小人因昔日身入军中，留一娇妻于家中，谁知却为前都统之子孔庸强抢而去，小人自军中返家，得知我妻因不欲受辱而自尽于都统府，因此，小人一怒之下杀死孔庸，这才连累了我的朋友，我直至今日方知此事，特恳请将军为我做主！"林渺将事实如实说了一遍。

严允顿时大怒，骂道："好个禽兽孔庸，我的战士在沙场出生入死，他却在后欺其妻儿，此等人渣实在该杀，你没错，杀得好！若此等人渣不杀，如何能让战士奋战沙场！"

严允乃是军中的大将，因少在朝中，常受人所排挤，朝中那些人根本不知战争的残酷，贪生怕死却喜搬弄是非。因此，严允最恨人拖军中战士的后腿，林渺身为他的战士，在沙场出生入死，其妻却在家中被人逼死，他自然会大怒！林渺正是看中此点，才敢来找严允，因为当时他是在严允和严尤手下当兵，而严允和严尤是出了名关心战士疾苦的好将军，所以他们能成为名将。

"你的朋友叫什么名字？被关在何处？你拿我的令牌去放他出来！"严允沉声道。

严允相信林渺，并不只是因为林渺曾是他手下的战士，而是因为那夜在战船上的交谈，他相信严尤不会看错人，因为严尤对林渺印象极好，所以他也自然对林渺印象极好，而此刻林渺只是以一个属下的身份来求他，他自然不会不帮忙。

"谢谢大将军！"林渺大喜谢恩。

“开门!”天牢的天监向狱卒命令道。在天牢中，天监便是最高长官，但是当他见到了林渺手中的令牌时，却只好变得低声下令。

那狱卒也吓了一跳，没想到林渺这么快又回来了，而且还是由天监带路。

“放小刀六出狱!”天监沉声吩咐道。

“是!”那狱卒有些难以置信地望着林渺，但见到林渺手持严大将军的令牌，不由得暗暗吐了吐舌头，暗自庆幸刚才并未得罪他。

铁门缓缓地开启，林渺伸出火把照亮了整个潮湿的囚室。

小刀六显出了无限的惊讶，林渺这么快便又回来了，而且还带了钥匙开启这封闭了几个月的门，连他都怀疑锁已经生锈了，可是林渺却为他打开了。而且林渺身边陪着的是几名狱卒和天监大人，这使小刀六大感意外。

“六子，你自由了!”林渺伸手一把拥住脏兮兮、一身异味的小刀六，欢喜地叫道。

“还愣着干吗？快给他打开脚镣!”天监大声吩咐道。

两名狱卒忙迅速为小刀六打开手上和脚上的铁镣。

“你去扶起那位老先生!”林渺向小刀六吩咐道。

“老先生！老先生!”小刀六推了推那须发皆白的老头。

那老头睡眼惺忪地抬起头，茫然问道：“什么事这么吵呀？我正在做梦呢，你小子欠揍吗？扰人清梦!”

“老先生，我们可以出狱了，我的兄弟来接我们了。”小刀六欣喜地道。

“出狱?!”那老头子一骨碌地站了起来，麻利地抓住小刀六的肩膀，定定地逼视着小刀六问道：“小子，你没骗我吧?”

“我怎敢骗你老人家呢？你看，这位便是我的朋友!”小刀六指了指林渺道。

那老头子放开小刀六，扭过头来，歪着脑袋眯眼打量了林渺一遍又一遍，只看得林渺心头直发毛。

“晚辈林渺见过老先生!”

“小子，你真能让他们放我出去？”那老头怀疑地问道。

“林护卫，这人乃是朝中要犯，只怕，只怕……”那天监有些犹豫地提醒道。

“哈哈……”林渺望着天监大笑了起来，在天监莫名其妙的时候，伸手接过姚勇手中的一个盒子，道：“他都这么老了，也没有多少日子好活了，天监大人慈悲为怀，自然不会为难他老人家，是吗？”说完打开盒子，捧到天监手中。

天监眼前一亮，盒子之中光彩夺目，却是十锭大金，每锭足有十两之重。

“哈哈……”天监也干笑起来，迅速关上盒子，道：“好说，好说，本官知道该怎么做了！”

“那就好，还不打开他老人家身上的铁镣？”林渺欣然一笑道。

“哈哈……你小子还真有一手，出手这么大方，我这条老命哪里值得了这一百两黄金？小子，你不如把这些金子给我，让我坐在这牢里好了！”那老头突然道。

“如果老先生想要的话，外面还有很多！”林渺淡淡地笑道。

“哦？”老头子一怔，扭头向小刀六问道：“小子，你这朋友很有钱吗？”

小刀六也怔住了，他没想到，林渺出手竟是一百两金子，他的大通酒楼也卖不出一百两金子，而林渺自哪里弄来这么多钱呢？

“小六子，走吧，这里没什么好呆的。”姚勇催道。

“有劳天监大人了。”林渺扭头道。

“护卫何用说这话？为大将军办事便是为我自己办事！”天监得了一百两黄金，哪还不喜出望外？本来若是严允的命令，他也不敢有违，但是林渺居然还给他这些金子，等于是让他白赚了，只要呆会儿给点小钱堵住这几个狱卒的口，便万事大吉了，即使老头是朝中重犯，这么老了，他大可找一个人代替，或说是病死了，拿去埋了，谁能追究呢？

淯阳，义军聚集于此。城中的粮草因义军以迅雷不及掩耳之势攻入，还来不及运走和销毁，义军捡了个大便宜。

夺下淯阳，似乎顺利得出奇，而义军的粮草也向淯阳大量屯积。既攻下淯阳，自然要乘势而上破棘阳，下夺宛城了。

此战中，刘秀的奇计立下了大功，虽然属正已逃，但这并无碍大局，事实上，这次胜利已经超出了他们的想象之外。

“我看，我们应该挥军而下，直破宛城!”王匡提议道。

“此刻我们士气正旺，此时出兵确实大利于我们!”陈牧也附言道。

“此刻宛城有严尤把守，据有重兵，只怕要攻城实在不易，但要破棘阳却非难事，对于宛城，我们宜缓不宜急，要对其实行蚕食鲸吞之法，使其成为一座孤城!”刘秀立身而出道。

上首的刘寅和刘玄相对望了一眼，王凤却点了点头道：“文叔所说正合我意，此刻宛城兵力不下于我们，又有严尤这个厉害角色镇守，想要破宛城应不能急躁，否则只怕会为其所乘，不知圣公和伯升兄意下如何呢?”王凤将目光又投向刘玄和刘寅，问道。

“确实应该如此。”刘寅说着举目下望，向众将望了一眼，问道：“众将谁愿领令去攻棘阳?”

“末将愿领兵攻棘阳!”李轶大步而上，沉声道。

“末将愿为先锋!”朱鲔也应声而上。

刘玄与王凤相对望了一眼，道：“好，你二人领兵五千，让文叔领人为你们后援，此战只许胜不许败!”

“末将明白!”李轶和朱鲔大喜。

“文叔认为我们应该什么时候才能算是攻宛城时机成熟呢?”刘玄扭头向刘秀问道。

王凤也知道，刘秀是自宛城起兵，对宛城极熟，因此，攻宛城他是最有发言权的。

“我想我们是忽略了下江兵了!”邓禹突然自人群中挤出，出言道。

“哦，仲华此话怎讲?”刘寅一直在留意邓禹的举动，见邓禹终于肯说话了，心中甚喜，问道。

“我们三家联合，却忽视了下江兵，以王常的性格，他一定不会心服，必定会与我们争功。是以，他会领着他的下江兵也来对宛城分一杯羹，如果我们能够联合王常，那时可以对宛城四面出击，宛城再坚固，只怕也唯有沦陷了！”邓禹淡淡地道。

“没有王常，我们照样也能攻下宛城！”王匡立刻反驳道，他与王常之间在绿林军时便有些不睦，是以王常领着一群人独下南郡。提到王常，连陈牧也微微皱了皱眉，他也明白王常心高气傲却又刚毅的性格，但不可否认的是，此人确是一个难得的帅才。而且王常生活简朴，最厌奢华之风，而陈牧和刘玄本身出自富贵之家，奢华之风自然是难免。所以，陈牧和刘玄也有些忌惮王常。

“我看，没有必要联合他，因为我了解他的性格，想说服他，只会花上更多的时间，而我们不能够让士气磨消了才攻宛城。因此，联合王常待我们攻下宛城再说吧！”刘玄也道。

刘寅眉头微微一皱，若刘玄和王凤都反对的话，那他一人之言也难以起到作用，毕竟这不是他一路人马。

“王将军以为我所说的可对？”刘玄不等邓禹再有说话的机会，便把目光投向王凤，因为他知道王凤对王常也很忌惮。当日王常在绿林军中极有声望，几乎盖过王凤而威胁到王凤的地位，这一点刘玄自然知道，后来绿林军分成三路，因王常人气最旺，治军最严，又因其清廉公明，爱护将士，是以愿跟他走的将士反多一些，下江兵也成了绿林军分解的三支义军中最强的一支。

王凤干咳一声，避开刘寅和邓禹的目光道：“圣公所说甚是有理，我们不能把时间浪费在去说服王常之上，若以我们眼下的力量一鼓作气，拿下宛城想必不是难事！”

“二位将军此言差矣，我们完全可以一面攻宛城，一面派人与王常的下江兵联系，谋求共举，这之中又不会花去多少人力和时间，又怎会误了我们攻宛城呢？”刘秀出言道。

邓禹却略带不屑地笑了笑，淡淡地道：“仲华的话说完了，先行告退！”

邓禹此言一出，让厅中众将皆为之愕然，脸色微变，但邓禹乃军中重要人物，更是刘秀的义弟，平时被舂陵诸将极看好，虽刘玄和王凤对邓禹的举止不悦，却也不好说什么。

“仲华若有事，你便先去吧。”刘玄故作大方地道。

刘寅和刘秀都欲出言，但邓禹却不让其有说话的机会，拱手道：“仲华告退！”说完转身便行了出去。

“三爷，邓公子要走了。”一名家将快速跑入正准备整装出征的刘秀房间，神色怪怪地道。

“怎么？四弟要走？”刘秀吃了一惊，放下手中的东西问道。

“是的，邓公子正在收拾行装，好像是要走，小的便来向三爷禀报。”

“走，我去看看！”刘秀吃了一惊，此刻他们正获得大胜，士气大旺，邓禹却要走了。

“大哥不必挽留了，小弟我来了！”邓禹说话间，已经出现在刘秀的帐门口。

“四弟，你真的要走？”刘秀惊问道。

邓禹点点头，肯定地道：“是的！”

“为什么？”刘秀不解地问道，同时挥手喝退帐中所有人。

邓禹缓步踱到帐中的一张椅子之上，悠然坐下，反问道：“大哥认为攻下棘阳有几成胜算？”

“十成！”刘秀肯定地道。

“那么攻下宛城呢？”邓禹又问道。

刘秀沉默了，他也没有把握。他曾经在宛城住了一段很长的时间，而且对城中的一些工事还深入地研究了一番，因此，他深知宛城的坚固，沉吟半晌才道：“大概有五六成吧。”

“大哥是在骗自己！”邓禹目光紧紧地逼视着刘秀，吸了口气道。

“为何如此说？”刘秀有些不悦，反问道。

"攻下棘阳，自是不在话下，有三哥和朱鲔五千兵力足矣，因棘阳城小兵寡，但是宛城却不同，需倾所有的力量方有六成胜算。当然，这必须是在不出任何意外的情况下才可能有这样的效果，可是依眼下联军的情况，会不发生意外呢?"邓禹反问道。

"四弟是指?"刘秀皱了皱眉，反问道。

"行军作战最重要是指挥者的决策，天无二日，军无二帅，眼下军中三帅，各怀私心，更无容人之量，何以能同心协力?何以能默契配合?何以能够调度统一?若只是属正之辈，或可侥幸一搏，但对方是严尤，此人智计深沉，素有雄才大略，治军有方，为王莽手下第一上将，哪怕只有一点点的破绽，都会成为致命的地方。因此，此战宛城最多也只有一成希望!愚弟虽随大哥起事宛城，却不想睹此战局，故来辞别大哥，若是他日大哥能独自成事，或是寅大哥成其魁首，我便再回来!"邓禹淡漠地道，语气之中似乎有些无奈。

刘秀的神色数变，他绝不是愚人，邓禹所说的情况他并不是不知，只是胜利让他稍稍忽略了这一切，但此刻邓禹提出，他立刻意识到事情的严重性。可是，他也有些无奈，因为这便是联合的弊端，尽管他想让长兄成为三支义军的龙头，将之整合，而刘玄和王凤又何尝不是呢?谁也不肯将到手的权力让出，这也许便是人类的劣根所在。

尤其是刘玄，他一直都野心极大，在刘氏宗族之中，他便一直暗暗与刘寅较量，这一刻若要让他将权力交给刘寅，那绝对是不可能的，而这权力不统一所酿成的后果只会导致义军最终的失败。

事实上邓禹也看到了此点，是以他才会提出联合王常，让义军有一个缓冲的时间，好先让内部稳定统一，这样自然是胜算大增。当然，另一个原因则是因为王常是一个极有军事才能的人，此人不会如刘玄和王凤那般存太多私心，会以大局为重，到时候，只要下江兵与春陵兵能够调度统一，而平林军与新市兵协同攻击，便可立于不败之地，但是刘玄和王凤却忌王常之能，气度狭窄到不能容人之境，事到这种地步，邓禹也没什么好说的。他自不可能当众指责刘玄和王凤，也没这个权力，是以他根本就不多加解释屈身而退，这也坚决了他离开联军的决定。他很明白，即使是刘秀和刘寅努力，也不可能让刘玄和王凤交出指挥权，在看到了未来的结果后，邓禹自然是要失望而去。

刘秀叹了口气，他知道邓禹的性格，如果他决定了的事，便不会再更改，而且邓禹所说的确实有理，由于他们曾经共同求学于长安，他知道邓禹自小的抱负和志向，如果让邓禹再留在这里的话，因义军之中勾心斗角，邓禹根本就没有一施才华的机会，也正因此，他才不欲再加挽留。

“四弟要去何地呢?”刘秀吸了口气，问道。

“大哥要去攻棘阳，城破，燕子楼自是难保无损，大哥已接出莺莺，我想我也应该将宛儿带走了。”邓禹吸了口气道。

刘秀想到那被宋义送去春陵的曾莺莺，心中升起一丝暖意，断然道：“无论棘阳城怎样，我都会确保宛儿的安全!”

“那就好!”邓禹露出了一丝欣慰的笑。

小刀六出狱，因林渺与严尤的关系，虎头帮的声势顿壮，也趁机将宛城中的青蛇帮并吞，可是这并不能让林渺心中痛快一些。尽管他救出了小刀六，阿四的双腿仍有可能恢复，但是老包去了哪里？祥林又去了哪里？而包嫂的死对他的打击尤其大，但这一切又是谁造成的呢？是他吗？

游铁龙那一轻一重的拐杖拄地声惊断了林渺的思绪。

“有官府的人来找你!”游铁龙道。

林渺一怔，立身而起，他估到应该是严允的人，是以点了点头便抽身而出。

蚩尤祠外，两名偏将领着十名小校静候着。

林渺行出蚩尤祠，马背上的两人立刻拱手问道：“不知哪位是林渺林公子?”

“在下便是!”林渺跨上一步道。

“严允大将军命小将请公子去营中一叙!”那马背之上的两名偏将极为客气地道。

“哦，竟劳烦二位将军，实在是不好意思，那请二位将军带路吧！”林渺说着也接过一名虎头帮弟子牵来的马道。

虎头帮的弟子皆大感有面子，堂堂大将军居然派人来请他们的兄弟，这是他们的荣耀，他们帮中还从没有出过如此风光的人。

尽管林渺曾给他们带来了苦难，但林渺也给他们带来了中兴，让他们扬眉吐气，是以虎头帮众人皆信服林渺。

“阿渺，我和你一起去！”小刀六有些担心地道。

“不必了，我自己去就行了。”林渺摆了摆手道。他知道小刀六是担心他的安危，但他明白，如果严允要对付他，多加上一个小刀六仍像是捻死一只蚂蚁一般，而事实上严允应该不会对他不利，这是他的直觉。

……

大将军府，戒备森严，来者到了门口皆要下马，外来之人还需解剑入帐，因为近来那杀手残血连连刺杀了数名朝中高级将领，这使得大将军府也显得更为森严。

没有人见过杀手残血的真实面貌，是以，任何人都不敢稍有大意，林渺也不例外。

林渺没有坚持带剑和刀，那是没有必要的，若严允要取其命，有刀剑也无济于事。

“请进！”大厅外的守卫似乎认出了林渺，极为客气地道。

林渺跨步行入，却发现了严允。

严尤坐于堂上的虎头大椅之上，面目含笑，却是不怒自威。严允则坐于其下手左侧，另外一人居然是自淯阳逃脱的属正。

厅中设置比较简陋，素洁而朴素，无半点奢华之风。

“见过纳言将军、严允将军！”林渺恭敬地向严尤和严允行了一礼。

“这位乃是属正将军！”严尤介绍道。

林渺其实早认识属正，他见过属正仓皇逃命的样子，这一刻仍是施了一礼。

“看座!”严尤大手一挥，立刻有人为林渺搬来一张桃木大椅。

林渺也便不客气地坐下，只是属正眉头微微皱了一下，显然对林渺这种受之不恭的态度有些恼。在他眼里，林渺只不过是个小不点人物，怎配和他平起平坐呢？不过这是严尤的府上，他也不敢多说，对严尤，属正在内心仍有几分敬惧。

“你可知道我找你来有何目的吗?”严尤淡淡地问道。

“将军之意，小人无法猜到!”林渺淡淡地道，但又似乎隐隐地猜到了一些什么。

严尤并不在意，又淡淡地问道：“刘秀的义军攻破了淯阳，你可知道?”

林渺心道：“我比你们任何人都先猜到，我还亲眼看到了!”但他却只是平静地道：“外面对此正传得沸沸扬扬，民心有倾动之象!”

“不用十日，义军便可推进到宛城之外，你在宛城之中住了近二十年，我想，你一定会很了解宛城内的一切吧?”严尤又问道。

林渺一怔，顿时明白严尤的意思，点点头道：“略知一二!”

“听说你手下虎头帮的兄弟都是生活在最底层的穷人，平日里多是走街窜巷，定然知道许多城防上的漏洞，我希望你能让你的那些伙伴为眼下的城防提一些意见。”严尤坦然道。

林渺心头一震，心道：“这严尤果然与众不同，对我们这些混混居然这么在意。”事实上林渺知道严尤如此做是非常明智的，他的那些兄弟平日里偷鸡摸狗，什么地方没去过？连宛城哪里有个狗洞有一清二楚，更知道哪里的守卫松一些，从哪里更容易溜出城外。因此，林渺这才知道严尤确实有过人之处，其之所以能够成为名将确非侥幸。

属正也觉意外，严尤行事总有些让人意料不及，但属正不相信这些混混能起到什么作用。

“如果将军真有此意，林渺愿尽绵薄之力!”林渺诚恳地道。心中却暗忖道：“这不是要我与刘秀为敌吗？不过刘秀既与刘玄合作，那就是与刘玄乃一丘之貉，也好不到哪里去，何况，我只是说说，不助严尤作战便可以了。”

“宛城的防卫已经够严密了，何用再让他们指点?”属正反驳道。

“属正将军此言差矣，我们所设，只是依兵法所需而设，但那只是大局，帛虽密，却不能盛水，是因其有隙。刘秀和刘寅这两兄弟绝不可小觑，尤其是刘秀，对宛城的防事曾深入研究，他曾以此城退将军之兵，而又在宛城生活数年，其早有谋逆之心，因此对宛城必定了如指掌。因此，任何的失误，哪怕只是一丁点的小漏洞都可能成为我们致命的破绽!”严尤侃侃而谈道。

属正脸上一阵红一阵青，严尤提到他的败，的确让他有些难看，但他却不信林渺的那群混混兄弟能有什么作为。

“我们让其指漏并非改建工事，只是在某些地方多加注意一些而已，小心总不会错的。”严允也附和道。

林渺对眼前的属正并没有什么好感，但却有少许的同情，但对属正看不起他们有些微恼，淡淡地道：“事实上就算城防之上出现了些微的漏洞，也绝不会有问题，因为义军若十日内便可攻至宛城的话，那么其败局已定，就算城防有漏洞也无伤大雅!”

林渺的话让厅中的几人眼睛一亮，属正却感到林渺有拍马屁之嫌，同时又像是在挖苦他，微有怒意地问道：“此话怎讲?”

“是啊，你为何能如此肯定?”严允也讶异问道，唯有严尤似在沉思。

“很简单，若他们能在十日之内破棘阳或来攻宛城，其准备定不充足，而其最大的弱点却在于他们是一支联合的义军，不像赤眉军和昔日的绿林军有着统一的指挥，这只是一支连内部都不完全稳固的队伍，虽然有新胜之锐气，却难坚持。因此，若骄其气，则必使其内部指挥失调。再说军无二帅，但他们却有三个作主的人，到时候其结果唯有一败。”林渺侃侃而谈道。

属正的眸子里闪过一丝异彩，他第一次仔细地打量林渺，看来他是小看了这个年轻人。

“好，好个骄其锐气之策，我果然没有看错人!”严尤拍掌叫好道。

“刘秀和刘寅这两人极有眼光，更是智计深沉，只怕他们很难上当!”

严允有些担心地道。

“如果他们不是这种人而和刘玄、王凤一样的话，只怕骄其锐气之策便难以奏效了，正因其认为是计，而刘玄和王凤必会认为其怕事，这样几支队伍之中出现两种意见的话，必有破绽，只要我们把握时机，完全可以在城外击溃他们！”林渺肯定地道。

“好！”这次连属正也拍手叫好了，林渺所说的，确实到了点子之上。

“如果本帅想请你回到营中，不知你意下如何呢？”严尤话锋一转道。

林渺苦笑道：“那只好请大将军治小人的罪了，因小人实不愿再入军旅！”

属正愕然，他没想到严尤如此出言相请，那是极度欣赏某人才会如此，而林渺竟如此断然拒绝，谁不知道，若是能追随严尤而被其欣赏的话，将来必定会飞黄腾达。

严尤似乎并不意外，事实上那日在船上，林渺便已表了态，此刻林渺只不过是重复一遍而已。

严允却暗叫可惜，但他也不想勉强林渺。

属正也猜不透这年轻人是怎么回事，好像对名利根本就不在乎，连这么好的机会都不要，于是他更不敢小看林渺了，反有种高深莫测之感。当然，直觉告诉他，林渺自身也是个高手，难道此人真的只是市井之中的一名小卒？属正有些怀疑。

“你如此年轻，难道就没有想过要建立一番大业？”属正惑然问道。

林渺自然不会实话实说，打个哈哈道：“我这人一心钻到钱眼里去了，这我当然想过，可却不是如何去行军打仗，而是想着要如何去赚钱，如何让自己拥有良田万顷……”

“如果你能效力朝廷，建功立业，皇上自会赏你良田万顷，若是真有本事，封个万户侯也非难事，这岂不是更好？”属正又道。

“不成不成，沙场征战，刀尖舔血，我怕没那命活到等封赏，尽管曾经也想过，可也太累了，我这人或许只适合做江湖浪子，过闲云野鹤的生活。”林渺驳道。

严尤知道林渺只是在找理由推托，不由得淡然道："人各有志，本帅也不勉强于你，但希望下次相见不会是敌人！"

"我怎会与将军为敌呢？"林渺肯定地道。

严尤笑了笑道："如此甚好！"

"如果将军没有其他的事，我想先告辞了！"林渺道，同时将严允所给的银虎令递上道："谢谢将军开恩，小的一定铭记于心！"

"举手之劳，好吧，你可以先回去了。"严允毫不在意地道。

"近几天，你会不会都在宛城中？"严尤问道。

"可能过几天小的便要离开宛城办一些事，行程未定，想来这几日尚在宛城，若将军有用得上小人之处，小人定当竭力！"林渺并不想隐瞒，如实道。

"好，送林公子！"严尤点了点头道。

宛城，林渺的生长之地，对每一条街，每一道胡同都了若指掌，因为这里几乎没有他足迹未至之处，要说有，那便是王府和一些大豪的府中。

林渺今日却在宛城大街上策马悠然而行，这可是往日所没有经历过的。此刻宛城实已是大劫之后的苍暮老人，经济不再如往昔那般繁荣，城中的许多豪强大族已在上次刘秀起事之后离开了宛城，要么是加入了义军，要么迁至洛阳或是长安，也有些迁至蜀中，这使得宛城的一切都变了，变得冷冷清清，已不复昔日的雄姿。

宛城齐家，仍然在，但是齐府的许多资产已经移向了长安和洛阳。不过，齐府依然是宛城的豪门之首，仍有着绝对不可忽视的实力和财力。齐府的人仍然可以在宛城大街上张扬、横行。

林渺最不想见的人，自然便是齐万寿，因为他与齐万寿之间存在着许多难以解开的矛盾，他相信齐万寿定难忘却那一剑之仇。事实上，齐子叔的死，林渺便已经与齐家结下了怨仇，所幸，齐家的力量已经大部分调去了洛阳和长安，以及全国各地经营的生意上，在宛城之中虽有高手，但林渺并不惧。

林渺相信齐万寿不会把自己伤在他手中这等事说给其他人知晓，当然齐勇之死，已使他与齐家没有和好的可能。因此，他尽量避开齐家的人，当然，在大庭广众之下露脸，林渺易容而行，根本就不怕齐家的人认出。

走过吉庆门，林渺心中似乎突地注上了一丝阴影，隐隐感到仿佛有一丝潜在的危机存在于身边的某一处。

这种感觉林渺好像不是第一次有，他不明白自己为什么会有这样的感觉。

穿过吉庆门，便是兴和大街，这里林渺熟悉至极，几乎闭着眼睛也可以数出兴和街旁的店铺和酒家。

走入兴和大街，林渺不安之感更甚。他禁不住绷紧了心神，扭头向一侧的天策楼望去。

林渺目光过处，却见天策楼的牌匾已如一幕黑云般狂压而至。

天策楼上，传来了一片惊呼。

林渺也吃了一惊，顿时明白心中不安的原因所在，那并不是空穴来风，而是因为对危机的一种超前感应。

不过，此刻林渺也没有多余的心思去细想面对射来的牌匾，他低啸一声，身形蜷起，脚下暴踢而出，对于这样的袭击，林渺并不以为意，只是他不知道袭击者究竟是谁。

“哗……”牌匾爆碎成无数块，但林渺的灾难并未中止，因为在巨大牌匾之后尚隐着一人。

踢碎牌匾，林渺倏然发现左足踝已落在一只干瘦的手中，而另一只干瘦的手，正以快捷无伦的速度箝向他的腰身。

“幽冥蝠王！”林渺几乎要哭一场，这个鬼家伙总是阴魂不散地缠着他，好像一个噩梦一般挥之不去，他到哪里就跟到哪里，而且几乎都是想要他的命。如果有可能，林渺真想把这个阴魂不散的家伙剁成八大块，但遗憾的是，林渺打也打不过，逃也没他快。

幽冥蝠王的鬼爪箝向林渺的腰际，林渺身在空中，几乎避无可避，唯有那尚存有后招的右脚，聚全力暴踢向幽冥蝠王的面门，他不信幽冥蝠王会选择与他两败俱伤。

“砰砰……”幽冥蝠王的手在空中变换了十八种手法，任林渺如何变换脚下的方位、速度，也无法穿过幽冥蝠王的防护网，但幽冥蝠王也无暇再出招攻击林渺的腰部，两人的身体因无空中支撑之力，双双下沉。

林渺下沉之际，手中同时出刀，以左脚为支点，身子倒勾而回，刀锋化成厉芒直削幽冥蝠王的脑袋，脚下却并未停下。

林渺身子之灵活倒很出乎幽冥蝠王的意料之外，他双手难以及时回救，只得冷哼一声，将林渺的身体重重地甩出。

林渺身在空中，根本就无力抗拒那沉重至极的力道，他的刀自然斩空，但身子却撞开街边的一家店门，落入杂货铺中，那些杂货几乎将他给埋了。

杂货铺的掌柜吓得尖叫，但却似乎忘了这是他的铺子。

林渺只觉得整个足踝快要被卸下了一般，幽冥蝠王差点没把他的骨头捏碎。他刚自杂货中爬起，幽冥蝠王又如大鸟一般飞扑而至。

“小子，你死定了!”

林渺骇然，平日里他觉得自己的功夫还真的不错，可是在这个鬼老头的身上，似乎根本就发挥不出威力来，这让他头痛，更多的是无可奈何。

“我看不见得!”林渺双臂一挥，地上的杂货如一层狂潮一般倒冲向幽冥蝠王，完完全全地遮住了所有人的视线，包括林渺。

林渺无法透过杂货看到幽冥蝠王的方位，但是却可以感受到来自幽冥蝠王的气机，是以他挥刀而出。

幽冥蝠王倏觉眼前一片暗淡，劲风瑟瑟，自己也被杂货给包围了，不由得吃了一惊，袍袖一抖，强大的气流激得那瘴目的杂货四散激射。

光线顿明，幽冥蝠王正欲再击林渺，却见林渺左手一扬，一层灰雾直射向他的眼睛。

幽冥蝠王顿时惊觉，双手一掩，但仍迟了一点，有些微的灰尘射入他的眸子，他只感到一阵热辣。

“该死的人是你!”林渺的刀半刻也不迟缓，直切而出。

幽冥蝠王骇然而退，他知道射入眼中的是炉灰，而这炉灰还有余温，肯定是这店家刚刚用来烤火取暖所残留的。

幽冥蝠王没有猜错，这炉灰正是店家烤火所烧的柴灰，林渺刚落地，翻倒的杂货使炉子倒翻，更被压在杂货之下，幽冥蝠王没看到，但林渺却看到了，是以幽冥蝠王竟然中招。

“哧……”幽冥蝠王的速度确实快得惊人，居然避过林渺这开胸的一刀，但胸前仍被刀气拉开一道近半尺的伤口。

“你卑鄙！”幽冥蝠王大怒，但此刻眼睛热辣辣的痛，看东西一片模糊，他第一次意识到惊惧。

“对你这种老怪物，还用讲规矩吗？你不是先偷袭本公子吗？”林渺懒得辩解，挥刀再攻。他知道，如果不趁这个机会干掉幽冥蝠王，只怕以后根本就没有机会了。这几次他能够险险逃命纯粹是侥幸，但幸运并不是每次都有，此次对方中计，下次就定不会再犯同样的错误，那只会是自己死了。是以，他决定要除去幽冥蝠王。

幽冥蝠王受伤，他仍可以清晰地感受到林渺那暴涨的杀机和那如风暴般卷至的刀气，他在惊骇之中，选择了走！

幽冥蝠王虽然视线模糊不清，但其速度却依然超绝，并未受伤势的影响，如展翼的巨鸟一般乘风而去，在虚空之中仿佛连气都不用换。

林渺刀势落空，尾随而追，但比身法，他似乎要比幽冥蝠王逊一筹，不过林渺不相信幽冥蝠王能支持多久，至少，流血也会让他死去。是以，林渺紧追不舍，根本就不给幽冥蝠王有停下来包扎伤口的机会。

在宛城之中，幽冥蝠王自然不会比林渺熟悉路径，加之眼睛又不好，更是四处乱撞。

幽冥蝠王自然感觉到了身后紧追不舍的林渺，这一刻他才发现林渺的身法原来并不慢，同时更深切地感受到了被人追赶的滋味，这是一种无奈。他怎也没料到，自己行走江湖数十年，竟然被一个后生小辈追赶得如此狼狈，而每次他追杀林渺，仿佛都是以狼狈收场。这并不是因为林渺的武功好到他所不能企及的地步，而是因为林渺太过奸滑，诡计多端，而这次更着了林渺下三滥的手法的道，连他自己也感到窝囊。

想到堂堂赤眉军三老，却被一个无名小辈追得满城逃，幽冥蝠王便大感窝火。他恨林渺，但又有些无奈，这个年轻人什么手段都用，根本就不讲江湖规矩，高手相争，哪有拿炉灰袭击人的？

“什么人，保护小姐！”

幽冥蝠王正在胡思乱想之际，倏闻一阵惊喝自他正欲穿过的一条大街上传来，数道人影破空而起，更有一群人守着一辆马车。

幽冥蝠王尚不能将这些看得太清楚，但却更是怒火狂烧，这群人居然也敢来欺他，还这么不分青红皂白地向他攻来。

幽冥蝠王哪里知道，自己本来将那辆马车看成了一个小木棚的棚顶，想在棚顶上落足借力。因此，身形自上泻下，那群人见幽冥蝠王装束怪异，又来势汹汹，速度快捷惊人，还以为是刺客。是以，他们便迅速抢先攻击，以保护好马车中人的安全。但这些人却没料到，如此一来更激怒了本来心中就窝火的幽冥蝠王。

“找死！”幽冥蝠王冷哼一声，双掌疾拂而出，强大至极的气劲如狂泄的山洪般，居高临下地奔涌而出。

那群自下攻上的人皆骇然，强大的气流使他们犹如卷入了一个强大无比的漩涡中，他们的兵刃根本就递不出去，甚至连身子都不由自主地被掼出老远。

“砰砰……”几声惨哼中，那几人被摔得几乎五脏移位，口角溢血。

幽冥蝠王真的是被激怒了，身子不停，这次却不只是要在马车上借力，而是如一颗陨石般撞向那马车，他知道马车之中坐的是这些人要保护的人物，而这些人既敢向他出手，他便要这些人付出代价。因此，他轰然撞碎了马车的车厢，带着一股风暴般，在所有护卫都没有来得及反应之下，已将车中之人卷出。

马车爆碎，车中却传出一声娇喝，一道娇影如冲天火凤一般直射向幽冥蝠王。

“小姐小心！”众护车之人惊呼。

幽冥蝠王微感惊讶，他没想到马车之中的少女武功还真不错，虽然他的眼睛尚未恢复正常，但可以感觉到对方的身法和招式都极为精绝，只是功力太弱。

“哼，不知天高地厚！”幽冥蝠王脚下踏着一块疾飞的碎木，身子微旋之际，在不用眼睛的情况下竟准确无比地捏住那少女刺出的剑尖。

那少女一声惊呼，只觉一股无法抗拒的力道使她再也无法握剑。而五脏六腑都快被这股力道震碎，身子不由自主地向下坠去。

“哼！”那少女倏闻一声冷哼，却发现这自天而降的怪人一只干枯的手已捏住了她的足踝，她不由吓得尖叫起来。她深深地感受到了来自这怪老头身上的杀机，而这怪人的武功似乎高得超出她的想象，如同可以御风而行，且功力之高是她前所未见的，在倏遇此强敌和危机之下，她这娇生惯养的娇小姐哪里还会镇定？

幽冥蝠王正欲下杀手，他可不管这女娃是什么人，此刻他正在气头上，而且双目不能清楚视物，是以他要将在林渺身上积下的怨气全发泄在这群人身上，但便在此时林渺的声音却传来了。

“臭蝙蝠，今天就是你的死期！”

幽冥蝠王吃了一惊，林渺追得好紧。他与林渺交手三次，知道这年轻人的功力奇高，虽尚逊于自己，可是自己此刻目不能视物，又有刀伤在身，这一路狂奔，血流不止，让他也有一种心疲力竭之感，哪里还敢与林渺交手？只好闷哼一声，将夺自少女手中的剑与少女一起，全都向林渺声音传来之处甩去，而他则踏上马车，借力疾射而去。

林渺欲追，但这少女和她的剑却让他欲避无能，因为他不能眼睁睁地看着这姑娘被撞得脑浆迸裂而亡，只好身子一缓，右手刀锋偏转，切向射来的利剑，左手却以柔劲迎向飞射而至的女子。

“铮……”刀与剑相擦，发出一阵刺耳至极的金铁交鸣之声，两股力道在虚空之中相触爆散，利剑竟以一个美妙的弧度和角度落入林渺的刀鞘中。

那少女惊呼之中，已被林渺御去力道揽入怀中。强大的冲击力使林渺飘于空中的身子以一种极为潇洒的姿势悠然而落。

但让林渺尴尬的却是这少女的手竟无巧不巧地落到他的脸上，在御去冲击力之时，那只手竟顺带撕下了林渺脸上的面具。

少女的眼睛瞪得好大，一张本来惊得尖叫的檀口依然未曾合拢，她与林渺的面孔仅仅相距不到半尺，林渺那充满性格且无比英俊的脸完完全全地暴露在她的眼下。

四目相对，林渺眸子里的自信而略带傲意的霸气使得双眸更深邃难测，与面容相配，仿佛有着一种无以言喻的魅力，这使少女看呆了，抑或只是因为刚刚太过惊吓，一时不曾回过神来。

林渺却暗叹冤家路窄，他自然认出了这少女是谁，在宛城之中几乎没有哪家的名门淑女是他不认识的。天和街的小伙子们白天无聊之时便会四处访美，更会找一些让人津津乐道的趣闻来谈，这当然都是关于女人的。因此，几乎所有人家的美人林渺都知道，便连王兴的丑女儿足未出阁，却也被天和街的兄弟摸出了老底。

林渺暗叫倒霉，他最不想碰见齐家的人，而此刻怀中所抱的却正是齐万寿的女儿齐燕盈。这个曾有宛城名门第一美人之称的少女在天和街无赖们的口中是唯一可以与梁心仪平起平坐的，林渺也曾被好事的兄弟拉去偷窥过几次齐燕盈的芳容，但是却没想到此次将之抱在怀里，而且还近在咫尺。

齐燕盈那火热的躯体和如兰的气息使林渺心中升起一团莫名的火，更要命的却是这个女人的酥胸正被挤压在他的胸前，那超凡绝俗的俏脸在惊骇和惊讶又好奇的复杂表情之下，显得更是诱人至极，一身火红的紧身衣所勾勒出的线条，是任何男人都无法不为之惊叹的，连林渺也不例外。

林渺飘然落地，齐燕盈却仿若仍沉浸在林渺刚才那有如行云流水、洒脱飘逸的一连串动作中，又仿佛是醉于林渺这一身充满豪情霸意的阳刚气息之中，久久未曾回过神来。

林渺却不敢耽误，插刀于地，夺过齐燕盈手中的面具，以最快的速度掩在脸上。

“啊……”齐燕盈似乎惊觉，伸手又要抓林渺的脸，像是尚未看够林渺的真容一般。

林渺不由得好笑，轻轻地抓住齐燕盈那不老实的小手，笑道：“如果你还要摘下的话，你会后悔的!”

齐燕盈一呆，也笑了，仿如百花齐放，美不胜收，更多了几丝娇憨慵懒之意，确有勾魂摄魄的魅力，连林渺也愣了一愣，不得不承认这美人与他所见过的其他人有着其独特的特点，但让人心动那是不可否认的。

“为什么?”齐燕盈似乎很好奇，有些天真地问道，但是却没有离开林渺怀抱的意思。

“有些问题是没有答案却只有后果的。”林渺眨了眨眼，浅笑道。

“难道你觉得戴上这个会比你真实的面孔更英俊?”齐燕盈又问道。

“这个问题应该你回答！我无法拿你这美丽的眼睛当镜子，但你却可以。”林渺有些顽皮地道，他突然觉得这美人有些可爱，也有些好玩。

齐燕盈一怔，突地又笑了起来。

“小姐，你没事吧?”那群齐府的护卫们此时才回过神来，围上来关心地问道。他们并没有及时看见林渺戴面具和被摘下面具的样子，因为林渺当时是背对着他们的，这当然是林渺故意如此了。

齐燕盈檀口凑到林渺的耳边，小声道：“我喜欢你那张真的面孔，不过，我更喜欢被你抱着!”说完却挣开林渺的怀抱，向林渺抛出一个风情万种的笑容，连那群齐家家将都看呆了。

林渺耸耸肩，也苦笑了笑，齐燕盈确实有些特别和有点可爱，不过，他却消受不起。

“谢谢这位大侠仗义相救，不知大侠尊姓大名?”一名家将赶上前客气而感激地问道。他们的感激倒不是假，若是齐燕盈有个三长两短的，那他们也就再无脸回齐府了。

林渺扭头，那幽冥蝠王早就踪迹全无，想追也是追之不及，只好暗自叹了一口气，只盼这老妖怪伤势不要好得那么快便是万幸了。

“哈，此点小事何足挂齿？无名之辈，不说也罢!”林渺可不想说出自己的真名。

众人皆愕，连齐燕盈也愕然，但她见林渺不愿意说名字也急了，急道：“那你跟我们一起去我府上，让我爹好好谢你，可好？”

林渺摇头笑了笑道：“小姐何出此言？施恩图报，岂是大丈夫所为？好了，今日就此别过，若他日有缘，自有相会之时。”说完，林渺抽出背上齐燕盈的剑。

握剑在手，林渺眼睛一亮，赞道：“好剑！”欣赏了几眼，双手递给齐燕盈道：“剑好，人更好，小姐好好珍惜这柄剑吧！”

齐燕盈好像受了点委屈似的，又问道：“你真的不愿告诉人家你叫什么名字吗？”

林渺见齐燕盈那楚楚可怜的样子，大为怜惜，笑了笑，问道：“这很重要吗？”

齐燕盈认真地点了点头。

“不过我暂时还不能说！”林渺摇摇头道。

“那什么时候能说？”

“以后吧，以后若能相见，以后再告诉你！今日就此别过了。”林渺不愿在此多作逗留，说完转身便欲走。

“对了，在哪里可以找到你？”齐燕盈又问道。

“孤萍遥寄天涯，我仅一浪子，随遇而安，我也不知下一刻会身在何处，要找我，便在缘分中相见吧！”林渺顿了顿，头也不回地边走边道。

“我叫齐燕盈，有事可到宛城来找我……”

第三十四章　怪盒之秘

有惊无险，林渺却只有暗叫侥幸，所幸齐燕盈并不认识他的真面目，虽然昔日缉拿他的告示贴得到处都是，但是齐燕盈乃千金大小姐，这等闲事却是不会搭理的。

当然，让林渺头痛的仍是那块什么狗屁三老令，他真想将这狗屁玩意儿丢到河里去，那就省了许多麻烦。

当初琅邪鬼叟还说这玩意儿可以号令赤眉军，甚至有生杀大权，可是现在是未见其好，已见其弊，自己的小命都差点被丢了。他真不明白琅邪鬼叟何以要把这狗屁三老令给他，还有那个劳什子的盒子，里面究竟装着点什么玩意儿呢？有那么重要吗？此刻他倒很想知道盒子里是什么玩意儿。

盒子制作极为精巧，整个像是一个完整的整体，找不到下手的地方，仿佛本就是一块实心的铸铁。

但林渺知道，这绝非实心的铸铁，只凭其在手中所显示的分量就可以知晓，这盒子是空心的，而其中所盛的应是相对较轻的物品。

盒子并不大，长八寸，却仅有三指宽，这也是林渺总是将之带在身上而未成为累赘的原因。

林渺拆开包着盒子的锦帛翻看了良久，却并未找到开启之法，而其质地似乎比较坚硬，林渺并不想强行将之捏碎，毕竟，这是琅邪鬼叟以生命换来的东西。

这种怪盒子，大概也只有隐仙谷的那种怪物才做得出来。不过，他暗自庆幸，隐仙谷中的那几个老怪物不会出谷，如果出得谷来也像幽冥蝠王那般死缠不休，那可就真够他头痛的了。至少，那几个老怪物比幽冥蝠王可怕多了。

弄了半天，都没找出一点头绪，林渺也有些不耐烦地将之向桌上随手一扔，寻思着该不该派人去找出幽冥蝠王的下落，趁其受伤时及时地将之除掉。但想到人家毕竟是赤眉军的三老之一，若是将之杀了，只怕自己与赤眉军的仇恨就不可避免了。

可是若不杀死那老鬼，又会有头痛的麻烦，至少，幽冥蝠王不会轻易放过他，且欲杀他而后快。想到这里，林渺不由得咬咬牙暗忖道："妈的，管你是谁，想杀老子，那老子就先杀了你，有什么问题到时候再说，不相信樊崇便知道是老子干的！大不了也跟你赤眉军斗一场，又有什么好不起！绿林军老子还不是照样不放在眼里？"

咬牙决定之后，林渺抓起桌上的盒子正要呼人，但突地怔了一怔，他居然发现盒子之上竟掉下一角。

盒子竟掉下一角，这是怎么回事？林渺也搞不清楚，自己刚才仔细找过都没找到开启的方法，只是随手向桌子之上一丢，却被摔开一角，不由得再次拿起仔细看了看，摸了摸断口，顿时明白，这盒子的一角曾受过一股极为阴柔的气劲气袭，使得其内部已经受损，只是自外面无法看到而已。而刚才自己随手向桌上一丢，轻微的震动便使得这受"伤"的一角自然而然地掉了下来，而这肯定是第二次与幽冥蝠王交手之时发生的。思及此处，林渺伸手自破角之处探入，却只发现有一卷质地特异的帛纸。他心中不由得一动，暗忖："这会不会就是传说中的《神农本草经》呢？"

念及此处，他好奇心大动，忖道："反正盒子已被那老怪物打破了，要算账也应该去找那老鬼才对！"不过，他却暗自庆幸，那日在船上幸亏这盒子为他挡了幽冥蝠王那一脚，否则只怕已身受重伤了，当时他并没有想得太多，现在回忆起来却有些后怕。

盒子之中仅是一卷杏黄色的帛书，一看便知是宫廷之物，只有皇宫之中才有人敢用这杏黄的帛书。

林渺心情倒有些激动，这果真是宫廷之物，那这会不会就是成帝聚千家之绝而编成的《神农本草经》呢？他有些激动地缓缓打开这薄若蝉翼却并不透明的黄帛，他不知道这是何质地所制，但却是他从未见过的织品，入手极为柔软，而且是折叠了数层，翻开之后竟有四尺宽，然后才是卷成筒状。

缓缓顺轴拉开，映入林渺眼中的几个篆字让他心跳加速——《神农本草经》之“巧夺天工”卷。

果然是《神农本草经》，这确实让林渺兴奋，但是，他没想到，这个劳什子《神农本草经》居然有这“巧夺天工”卷，而这一卷又是记载着什么呢？

林渺深深地吸了一口气，定定神才继续打开这四尺宽的黄帛，但见黄帛之上竟绘着一些奇奇怪怪的图样，仔细看都是一些极为特别的器械，而旁边还有注解说明。

“天机弩，源于强秦之连弩，注之以铁精，除其所赘……轻便可独用，射千步，穿坚盾，发十支……”

“鲁公船，长十丈，载兵五百，有桨二百……”

林渺看得心神大震，这上面所述的竟是一些精巧至极的作战用的兵器和器械，有战车、攻城车、云梯，还有各类守城的器械，如火弩、掷石机、飞天炮，一些制法和名称许多都是林渺往日见所未见、闻所未闻的东西，还载有许多山间野猎的巧器，在雪地之上可以滑动的车，叫什么雪橇……也有制作锁器之类的。同时林渺也知道了这个怪盒的名字，正如其形，叫天衣无缝。

这卷帛书上竟记载了数百种巧器，还注有制法、用法及由谁发明和制造的。

林渺这一刻明白了，为什么琅邪鬼叟会冒死盗这卷东西了，因为若这些东西给了樊祟，再制出来装备赤眉军的话，那时赤眉军便可以横扫天下，战无不胜了。这东西确实是极有用处，不过这东西对林渺来说，却好像用处不大，除非林渺也想揭竿而起，而这确实是一个极为诱人的想法。

想到梁心仪之死，包嫂之死，还有祥林的失踪及这一系列的事情，无不体现了强权至上、强存弱亡的真理，刘秀可以起兵，让天下瞩目，而为世人称道其乃汉室之后，而刘玄起兵，还不只是为了权力，为了让自己生活得更光彩！为什么总是要一个人被敌人追得逃来逃去？如果自己手中有千军万马，幽冥蝠王还敢来放肆吗？白善麟还会带走白玉兰小看他吗？

想到白玉兰，林渺便有些心痛，白善麟事实上根本就看不起他，顶多只是将他当成一个下人，一个家奴，根本就不认为他配得上白玉兰。而这是为什么呢？就只是因为他无权无势也无财，只不过是个江湖浪子，寄人篱下的无名小卒而已。

想到这些，林渺确实有些愤然，而要拥有自己的力量的愿望更加迫切。他从不认为自己的智慧会比任何人逊色，他也读过四书五经，看过兵书战策，只是他是生长在一个没落的书香门第，生活在社会最底层的穷人，但这并不表示他便缺少自尊和自信，他也曾有高远的志向，只是感情的打击使他有些消沉而已。

“阿渺！”小刀六的声音惊断了林渺的思绪。

林渺吃了一惊，忙将地上的黄帛卷收了一些，叫了声：“进来吧！”他并不怕小刀六看到，因为他相信小刀六便像相信自己一样。

小刀六走进屋中吃了一惊，一眼便看到了那半卷未卷的帛书，不由得讶异问道：“这是什么东西？”

“宝贝！”林渺高深莫测地笑了笑道。

小刀六好奇地看了看，顿时惊讶地问道：“哪里弄来的这好东西？”

“这可是宫中的瑰宝，一言难尽！”林渺有些得意地道。

“这东西要是卖给义军肯定可以卖到很多钱！”小刀六兴奋地道。

“财迷一个，为什么要卖给义军？你很缺钱花吗？”林渺没好气地笑骂道。

小刀六也笑了笑，他与林渺之间开玩笑习惯了，自然是不以为意。

“要想把这些玩意儿制造出来，可不简单，那得花多少钱？而如果不把这些东西制造出来，这玩意儿又有什么用？放着只是浪费！”小刀六看过帛卷后认真地道，他也一眼便看出了这些东西的价值。

对于生意头脑，小刀六就比林渺更精，这也是小刀六何以能如此年轻，在这短短的一些年里就能够从一个小人物拥有自己的大通酒楼的原因。在敛财方面，林渺是自愧不如。

林渺向来喜欢大手大脚，为人豪爽，毫不在乎花钱的多少，总是左手进右手出，是以他很难聚到钱财，除非他是突然有花不完的钱财，否则手头之上总不会太充裕，有时候还常到祥林那里赊酒喝。

“那倒也是!”林渺不能不承认小刀六所说的有理，如果没有大量的资金作后盾的话，根本就无法造出这些稀奇古怪的玩意儿，如果这些东西不能够将它做出来，这宝贝图纸也便成了废物。

想到这儿，林渺想到了白善麟留下的那张地图，猴七手如果早到了宛城，为什么还没有与自己联络?难道他没有发现自己留下的暗记?如果能够快些打开白家的财宝，给他弄出一大批出来，那就不愁没钱了。

只是知道白善麟没死，而且带走了白玉兰，这样看来，这批财宝应该很难拿到手，至少，白善麟不会明知自己去拿宝藏而就这样轻易让他拿去。

“我倒有个办法可以让这些东西变成白花花的银子!”小刀六眼珠一转道。

“什么办法?”林渺一听，顿时来了精神，问道。

“老铁的同仁行不是已经大不如从前了吗?没有老铁，无论是生意还是什么都冷落至极，那里有好多技术非常好的铁匠，我们可以把同仁行给买下来，挑几样成本不高但又适合战场上用的容易生产的玩意儿，我们大量生产。现在战火四处纷起，若真有这么好的深具杀伤性的武器，谁不愿买呢?只要想打胜仗，便不会吝啬几个钱了，加之你与严尤大将军的关系和刘秀的关系，说不定可以赚个满盘呢。”小刀六兴奋地道。

林渺一听，眼睛大亮，如果说购下同仁行，在没有老铁主事的情况下，也花不了多少钱，再加上没有老铁之后，那些以打铁为生的人都已经非常拮据了，如果他愿意出钱重整同仁行，这些铁匠自是非常欢喜。

“好主意，果然好主意，不知这购买同仁行要多少钱？这运作又要多少钱呢？”林渺有些担心地道。

“你等等！”小刀六迅速出去，又很快拿了个大算盘，噼里啪啦地算了一通，笑道：“这容易，若在平时，要买下同仁行至少要花三千两银子，只这个招牌便可值很多钱，但这个特殊的日子，却顶多只需三四百两银子，再给每位铁匠预备三个月的工钱，也只要一千两，再就是精铁、牛筋等一些材料，大概三千两银子便可小规模地运作开了，就如这天机弩，如果每个月能出一千张，便至少可以收回一万两，一千张我们最少可净赚五千两以上，三个月便是一万五千两……”小刀六噼里啪啦地边打算盘边道。

林渺虽然也不笨，但对于这种算法和生意上的头脑确实没有小刀六在行。

“好，我可以给你八千两银子的本钱！”林渺肯定地道。

“哇，八千两银子的本钱？那就太好了！有这些钱，我们不仅可以制造这天机弩，还可以造一些别的小玩意儿，我们便先赚那严大将军一笔好了！这件事情包在我身上。刚好宛城外的铁矿已经好久没生意了，我便给他先做一笔买卖，小长安集上有的是牛筋和铜丝！不过，得赶在这打仗之前，牛筋铜丝大跌价时买一批回来。”小刀六兴奋地道。

林渺不由得好笑，小刀六谈到生意总会是这副德性，不过对于小刀六生意眼光和节约资金方面，他向来叹服，笑道：“那这就交给你了，我这里没这么多现金，但有一些珠宝，你拿去变卖了就是！”

虎头帮的弟子四处查探幽冥蝠王的下落，这些人虽然武功不怎么样，但多是地头蛇，因此，要探听消息却是比那些武功好的人还有效，而且探听的消息比别人更准确全面。

林渺却想起了那自天牢之中救出的无名老人，他知道这老头绝非凡人，只凭能够让小刀六在无意间学会那绞手刀，便知此人是个深藏不露的高手。不过，无名氏的脾气极怪，整天似乎总是醉醺醺的，不过，看在小刀六的面子上，所有人都对无名老头客客气气。

无名氏也是要酒有酒，要菜有菜，好像在天牢之中二十年没吃上的酒肉要在这几天之内全部补回来一般。

林渺来到之时，无名氏尚在喝酒，一天之中，无名氏手上总不曾脱开酒壶。

林渺也不客气，自己拿过碗，便坐到无名氏对面，径自为自己倒上一碗酒，道："前辈，一个人喝有点闷，我来陪你喝如何？"

"闷只是俗人的心思，老夫在狱中二十年都没觉得闷，何况只是喝酒？不过，你若要陪我喝，我也不吝啬把壶中的酒分成两份！"无名氏有些结巴地道。

林渺不由得好笑，无名氏居然说这番话，他倒没料到。不过，若一个人在不见天日的大牢之中蹲了整整二十年，自然会变得脾气古怪。

"前辈今后便没想过有什么打算吗？"林渺试探着问道。

"老也老矣，何来打算？今朝有酒今朝醉，想那么远干吗？喝酒！"无名氏一瞪眼，叱道。

林渺只好举杯同饮。

"如果我没看错的话，老前辈昔日定是大名鼎鼎的人物。"林渺道。

无名氏翻了一下眼，没说什么，只是喝了一口酒，顿了顿反问道："你认为这个很重要吗？"

"或许重要！"林渺淡淡地答了一声。

无名氏突然笑了起来，望着林渺笑得前俯后仰。

林渺并不以为意，只是淡淡地呷了一口酒，极为平静地注视着无名氏。

无名氏见林渺居然不为所动，感到有些惊讶，打住笑声，悠然地望着林渺，道："年轻人果然与众不同！"

"前辈过奖了！"林渺只是淡淡地笑了笑。

"你想说什么？就直说吧，老夫喜欢爽快的人！"无名氏的醉眼突睁，直截了当地道。

“听说前辈在狱中二十年求自由之心一直未泯，锲而不舍地挖掘地道以求逃生，可见前辈心中定有未了之事，而非像前辈所说的那样，忘记了过去，忘记了姓名，不知我所说可对？”林渺也不再绕弯子道。

无名氏又笑了起来，目光变得犀利，像刀锋一般落在林渺的脸上。

林渺并没有回避，目光也没有半丝退缩。

“英雄出少年，你的思维很敏捷。是的，老夫绝不甘心困死狱中，也确有未了心事，老夫不用过去的名字，并不是忘了过去的名字，而是不配用过去的名字！”无名氏不无慨然地道。

林渺心中一震，这老头居然说不配用过去的名字，那是什么意思？难道说什么事情使他很是伤心？

无名氏的目光遥遥地望向窗外的天空，眸子里闪过迷茫而怆然的神采。

林渺心下再怔，知道自己触动了老头过去的伤心事，不由得歉然道：“对不起，我不应提起这些！”

“现实是不可能逃避的，醉生梦死骗不了灵魂，每个人都应该正视现实，包括我。其实，我应该谢谢你提醒我，让我知道，逃避现实的人，终会被现实所抛弃，活在虚无缥缈的谎言里，那会很孤独，我已经孤独了二十年，我是该醒了！”无名氏叹了口气道。

林渺反而怔住了，他不知道无名氏的过去究竟发生了什么事。

“告诉你也无妨，老夫二十年前被江湖谓之为天下第一遁！讲到潜逃之术无人能及，更是削刀门的唯一传人，但是二十年前我却败给了秦盟，我始终无法逃出他的手心，连被他抓了三次，于是第三次我只好依约为他去皇宫中偷出了《神农本草经》。后来，我们又打了一个赌，他赌我在天牢之中二十年之内不可能自己逃得出去，我不信，于是我便住进了宛城天牢，谁知他在天牢四周布下了奇阵，我打了十年的地道都无法挖通通向狱外的通道，我的遁地之术根本无法找出出狱的方向。是以，我输了，还枉我被世人称为天下第一遁，连一个普普通通的天牢都逃不出去，真是让天下人笑掉大牙。因此，我不再用过去的名字！”无名氏叹了口气道。

林渺吃了一惊，秦盟不正是秦复的伯父吗？原来这老头跟他比呀，难怪会输。可是，那《神农本草经》不是在隐仙谷吗？又怎会是无名氏偷出来给秦盟呢？秦盟自己就是天下第一巧手，为什么不自己去偷呢？这不是很奇怪吗？

“前辈真的将《神农本草经》偷出来给秦盟了?”林渺讶异问道。

“当然，老夫一诺千金，输了绝不会赖账，自然是要把《神农本草经》给他!”无名氏道。

“我想天下也就只秦盟一人可胜前辈，不过现在秦盟早已死了，前辈仍是天下第一遁!”林渺道。

“我不相信他死了！这个人绝不是那么容易死的，也许江湖中人不了解他，但老夫却太了解他了，这二十年来无时无刻不在想他，天下大概还没有人比他更奸滑！也没有人比他野心更大！这种人怎可能死呢?”无名氏肯定地道。

“听说，因他弟弟秦鸣之死，他入皇宫刺杀王莽而被侍卫乱刀砍死了!”林渺道。

“秦鸣倒是个好人，与他哥哥完全是两种不同类型的人，秦盟是不可能为秦鸣的死拼命的!”无名氏依然固执己见地道。

林渺也只好苦苦地笑了笑，如果无名氏硬要这么认为，他自然难以再去辩驳。

“阿渺，有一个自称猴七手的人要找你。”姚勇在屋外喊道。

林渺一听，大喜，猴七手终于还是来了，忙立身而起道：“前辈，来日再陪你喝酒，我先告辞了。”

“你去忙吧。”无名氏长长地叹了口气，淡然道。

猴七手的样子有些潦倒，倒像是一个流浪的乞丐。

见到林渺哭丧着脸说了这几天的经历，原来他竟被义军抓住当成了奸细被押了起来，后来，他费尽千辛万苦才逃出来，所幸保住了那份地图未丢，否则他还真不敢来见林渺。

“能逃出来就好！”林渺淡淡地道。他并不怪猴七手，他知道此人虽然机警，但武功却不高，而那次又被幽冥蝠王所伤，是以才会被义军给抓了去，否则他打不过，逃还是没有多大问题的。

“事不宜迟，我们必须尽快去打开宝藏！”林渺断然道，却暗忖：“自己正缺财物，就算白善麟活着，如果他这般对自己的话，自己去拿他的一些财物应该不过分。要知道，自己出生入死为白家得到了些什么？还为之得罪了魔宗，得罪了刘玄，甚至间接地与齐家也结下了深仇，还有邯郸的王家，这一切又都是为何？”

林渺绝不会良心不安，他只要对白玉兰好就行，就算没有这些财物，也只是损失白家的九牛一毛而已，根本就不在话下。谁不知湖阳世家几是富可敌国，天下没几家可比。

林渺不欲太多的人知道这件事，毕竟人心难测。因此，只有少数几人知道，他吩咐姚勇准备了三辆大马车，更让小刀六准备一处安全存放的地方，这才请无名氏一同前去。

无名氏自然也知道湖阳世家的财富，不过，他相助林渺并非因为财富，而是因为林渺将他自天牢中救出，又对他如此礼遇，替林渺做些事自然不会推托。

在宛城之中行事，对于林渺来说，一切都是驾轻就熟，现在又有与严尤的关系，城中有些将领依然能认出林渺，这使他行事更为方便，连官兵都不为难他。

三辆马车并非同时驶出，而是自三个地方绕道而行，然后聚合在一起，这样可减少目标，也不会引起猜疑。

白家藏物地点倒也偏僻，如果不是林渺对宛城的一切都了若指掌的话，绝对难以在短时间内找到城外五里处的这座年久失修的破庙，想找到此地没有一个月时间绝对不可能，这或许是天助林渺。

棘阳城破在即，城内一片混乱，卒无战意，百姓更无法与官兵配合。

事实上棘阳城中守军本极少，才二千人，义军的兵力是其近五倍，而且在城中早安插有义军的人，使得城中早就人心惶惶。

岑彭这几天似乎苍老了许多，这些日子为整个城池操劳，县令几乎早已吓破了胆，一切大小事务都交给岑彭，自己吓得躲在家中。

虽然明知破城只是迟早之事，但是岑彭却不想未战便放弃，毕竟他是主管城防的。

这几天另一个折腾难休的则是晏侏，晏奇山也回到了棘阳，燕子楼虽然不在乎城池破不破，因为无论是义军还是官兵，都不敢找它的麻烦。至少，到目前为止，它仍是两头吃香的。

只是，如此一来，燕子楼的生意会很长一段时间难有好转。事实上，让晏侏头痛的还不是这些，而是那群被人劫走的美人，居然无法追查到下落。不过，他却知道不是林渺干的，因为第二天林渺在淯阳遭袭时并没有带太多的人，也便是说林渺应该不会带走这些女人。晏侏猜来猜去，嫌疑最大的人仍是安陆侯之子和李纵之子李震，只有他们连夜出城，而且有数辆马车。只是，他们追向安陆的人回来相报，却并没有发现这些女人的任何踪迹，是以晏侏才头大，他不知道该如何向晏奇山交代，也不知如何向贵霜国的人交代。

朱鲔围城，独留北面不封，仿佛是故意留给官兵逃走似的，似乎对潜走的难民都不加追截，这使棘阳城中更是军心不稳，有人欲逃，有人欲降。

谁都知道，淯阳城比棘阳坚固多了，可是仍被攻破，因此官兵对守棘阳根本就没信心，这一切，主要是因为义军的来势太汹。

李轶对朱鲔这个先锋官并不满意，他主张不放任何人离城，那样至少在攻击宛城之时少一点阻力，但朱鲔并不执行他的决策，按兵不动，只在城外虚张声势。

后援的刘秀却对朱鲔的战略很欣赏，任何战争，攻城只是迫不得已而为之，攻城之战是最损兵力的，而朱鲔此招是赌民心之战，在重压之下，使棘阳从内部瓦解。

官兵并不得民心，在王莽的酷政之下，民心思变，现在联军来了，自然会让百姓生出希望，而朱鲔更故意放出风声，说义军攻入淯阳之后善待百姓之事传入棘阳城中，只要这些消息传开，那么棘阳几乎是不攻自破。

有刘秀认同朱鲔的策略，李轶自不好反对，毕竟，刘秀是其义兄，他对刘秀的智谋向来信服。

有无名氏在，打开那秘址的机关并没有花多大的力气。

秘址所设极为隐密，埋于地下十丈有余，一条并不宽的通道之内也布满了许多机关，但让林渺意外的却是这些机关竟然全部被人破坏，这不由得让他头大。

“好像这里曾经有人来过！”小刀六极为讶异地道。

林渺心中充满了阴影，暗忖道：“难道是白家的人先来了一步？但是就算白家人先来，他们也没有必要破除这些机关呀，这是没有理由的，但如果不是白府人来的，那谁又会知道这秘址的所在呢？难道说是猴七手先来了？”但又为之否认，心想：“先看看再说，如果真是猴七手干的，那我便绝对不会客气。”

地道长不过百步，便是几道暗门。

暗门以精铁所铸，极端厚重。

“想来宝藏便在这暗门之后了。”猴七手道。

猴七手此音刚落，突地听到一阵吱吱声，仿佛是齿轮在绞动的声音。

“这铁门开了，大家小心点！”小刀六吃了一惊，提醒道。

苏弃一脸戒备的神色，但暗门开启之后，并没有什么异样，只是所有的人都呆住了，因为在暗门之后居然有两个人。

“欢迎各位到此，想来诸位应该是林渺林公子的人了？”那两人笑容满面地向诸人客气地道。

林渺也傻眼了，愕然问道：“你们是什么人？”

“我们是湖阳世家的人，奉主人之命在此等候诸位的光临，并将这些礼物留给林公子。”那两人依然客气地道。

苏弃和小刀六全都愕然，林渺也显得有些尴尬和惊愕，对方似乎知道他必定会来此地一般，显然对方是奉了白善麟之命，那岂不是白善麟已经比他早一步到了这里？

“谁是林渺林公子？”那两人淡淡地问道。

“在下便是林渺！”林渺立身而出道。

“主人说，林公子有龙腾刀为证，还请公子能够让我们确认，否则我们不敢将这礼物乱送！”其中一人又道。

林渺再无怀疑，这两人确实是湖阳世家的人，否则的话怎可能知道自己的刀名龙腾呢？心忖：“既然是白家的人，那自己也没有必要隐瞒什么，只不知那是什么礼物，但无论如何，白善麟总不算无礼，自己也不能失礼于人！”于是便解开龙腾刀抛了过去。

那两人接过龙腾刀，仔细看了一遍，相互对视一眼，同时点了点头，似是确认了林渺的身份，这才上前两步双手将刀捧给林渺，恭敬地道：“果然是林公子！主人留下的礼物便在这里！”说完扭身一指洞壁，另一人则在一边按了一下一颗圆珠。

“咔……”洞壁再裂出一道门来，若是不注意看，绝难发现这壁上会有这道暗门。

暗门洞开，里面是一个丈许宽、极为方正的小间，在小间的石壁上似乎嵌有几颗明珠，光线温润地洒落在小间的每一个角落，将小石室照得一目了然，但在这丈许的小间石室之中却只有两个看上去极为沉重的铁箱。

“这是什么？”林渺讶异问道。

“这是主人留给公子的二十万两银子，主人说，其中十万两，是感谢公子为我湖阳世家付出了那么多，还救出了我们小姐；另外十万两则是感激公子对我们小姐的错爱，但我们小姐已有未婚夫，是以希望你能够就此忘了我们小姐！”那两人相视望了一眼，其中一人吸了口气道。

所有人的神色都变了，有些人变脸色并不是因为白善麟传达的话，而是因这二十万两银子，这确实是一个让人入耳心惊的数字，也可见湖阳世家是如何的富有，出手竟是如此的豪阔。虎头帮的几名弟子和小刀六都在猜测，林渺究竟为湖阳世家做了些什么，居然使白善麟送他这样一份厚得让他们咋舌的礼物。

苏弃却绝不会如此想，区区二十万两银子算得了什么？林渺为其找出许多魔宗的秘密，更让湖阳世家的奸细露底，又得罪了这许多要命的人物，为白善麟和湖阳世家减少的损失何止这区区二十万两银子？而且他更明白林渺与白玉兰之间的关系，而白善麟却要用这十万两银子来买断林渺与白玉兰之间的关系，这对林渺简直是一种侮辱，他不由得担心地望了林渺一眼。

林渺的神色冷静得让人吃惊，但在苏弃望向他的时候，他居然露出了一丝悠然的笑容，平静地问道："这入口的所有机关都是你们破坏的吗?"

"是的!"那两人肯定地答道。

"为什么要破坏这机关呢?"小刀六也讶异地问道。

"因为这个秘址我们将不再使用，另一个方面也是为了让你们更好地进入。当我们搬走了这里所有的东西之后，这里已经没有什么价值，是以毁去也不会觉得可惜!"那人回答道。

苏弃心忖："果然早已把东西搬走了，白善麟好狡猾，也好快的速度。"

猴七手却面若死灰，如果不是他耽误了几天时间，便一定可以抢到白善麟之前打开这秘址，那时候情况就完全是两回事了。

"很好，你们回去告诉你们主人，他的这二十万两银子我先全部收下，但我并不会接受他的任何条件，让我忘掉玉兰也是不可能的，如果他认为十万两银子可以买断一个人的关系的话，那我可以把属于我应得的十万两给王贤应。不过，今日这不属于我的十万两银子先借来用用，他日定当加倍奉还，但如果你们主人真的要把玉兰嫁往邯郸，那他一定会后悔的!"林渺神情冷漠，但语气坚定地道。

那两人神色微变，却没有说什么。

"收了这些银子，湖阳世家已不再欠我什么，我也不欠湖阳世家的，以后大家各行各的，谁也无法干涉谁，是敌是友，日后再说。"林渺又补充道。

“林公子，我想你误会了！”一人解释道。

林渺向姚勇诸人打了个眼色道：“把银子搬回去！”旋又扭头向那两人道：“我只是说话直接一些，没什么误会可言，你们便将我的话转告回去就是了。”

无名氏一直都只是默默地看着，并打量着周围的一切，仿佛并不在意林渺与别人之间的对话。

小刀六与另外几人将两个沉重的大铁箱抬了出来，打开箱盖，果见其间堆满了光彩夺目的金银，直让几人大大地吞了口口水。

小刀六虽然很有生意头脑，但是却从未见过这么多银子，心中的欢喜那是难以言喻的。他可没有注意到林渺心情的难过，在他眼里，这些金银可是比女人要重要多了，他甚至在脑海中已经盘算着该如何将这些钱拿去做生意，拿去赚更多的钱了。

“我们走！”林渺并不想在此地多待，吩咐众人将这些金银全部抬走，至于那两人该如何处理，却并不在意。

小刀六做事确实是雷厉风行，趁这出城有马车是空的，又与小长安集极近的情况下，他带着银子入小长安集采集了一车铜胎、铁线与牛筋之类的杂物，这才进城。

进城连口水都没喝，便又匆匆忙忙地跑去同仁行与其谈购买之事。

事实上，林渺和小刀六与同仁行都有些交情，现在同仁行生意极差，有买主来，他们自然乐得转手，但在价格上却被小刀六杀在五百两银子之下。

整个交接过程仅用了半天时间，小刀六愿意多出两百两银子，让原来的掌柜为其打理行中的铸造诸事，只是不管账目财务。

原来的掌柜铁仁本是老铁的同宗，跟老铁一起打铁很多年，后来也做了同仁行的管家。而老铁走了之后，这同仁行便送给了铁仁，但没老铁主持，生意便难做多了，又因战乱，铁仁没老铁那胆量，根本就不敢跑远做活买卖。是以，本来几十个铁匠兄弟都走得差不多了，现在小刀六愿意以每月二十两银子请他打理行内之事，这已经是高得不能再高的薪水了。他没胆加入义军，但是也要养家糊口，是以一拍即合，迅速招回所有走开的铁匠，在小刀六拿来图样之后，便连夜利用同仁行内所拥有的极为齐全的设备铸造第一张天机弩。

小刀六希望这张天机弩能够在两日之内制出样品，所以这些人连夜赶工。

……

小刀六办事之积极，连林渺也感到惊讶。

虎头帮的弟子也都极为振奋，但真正知道这批银子数目的人却很少，如何来用这批银子，对于虎头帮的弟子来说，都是束手无策，他们都是一些混混，平日里花天酒地大手大脚地花身上所能拥有的钱，现在若叫他们如何用这些钱，他们定会去青楼痛玩几天。

虎头帮除了少数几人外，都是目不识丁的人物，林渺不由得又想起祥林和老包，这两人虽是混混出身，但也颇有头脑，更随自己一起被逼念过几年书，虽然不像小刀六一般有那么好的生意头脑，但也会是自己的好帮手。

说到做生意，苏弃也是爱莫能助，叫他杀人还好，但叫他去拨算盘，那便等于是要了他的命，倒是段斌曾经做过师爷，还有点主见。

无名氏回到蚩尤祠中便又开始喝酒了，根本就不理会外面的事。

“我回来了!”小刀六兴奋地自外面赶回。

“怎么样?”林渺问道。

“当然搞定，只是多浪费了两百两银子，不过，这个浪费应该值得!明天大概就可以赶出第一件宝贝，那时就看你的了。”于是小刀六将情况简略地向林渺讲述了一遍。

“我们的小六子以前总是亲自下厨，怎么现在改了性，让别人去打理了呢?”游铁龙调笑道。

“此一时彼一时也，那时是因为我钱少请不起主厨，只好屈就；现在不同，我们有的是钱，怎能再把我这好脑子浪费在铁匠铺里？”小刀六不无骄傲地笑道。

众人不由得都笑了。

小刀六望了望众人，问道：“怎么？你们在这里想了这么久，可想到了什么好点子没有？如何用这笔钱赚更多的钱？”

众人不由得你看着我，我看看你，都摇了摇头，谁也没有想出什么办法。

小刀六不由得得意地笑了起来，道：“我就知道你们想不出什么好点子，说到赚钱，你们可就不如我了。”

“难道你有什么好点子？”林渺喜问道。

“当然有，现在这天下大乱的日子里，做什么最赚钱？”小刀六反问道。

“运私盐！”阿四抢先道。

“开青楼！”猴七手道。

“还有呢？”小刀六又问道。

“放高利贷！”游铁龙眼睛一亮道。

“开赌场！”苏弃也道。

小刀六不由得摇头叹了口气，道：“真是没脑子，这战乱之时，最好做的生意不是在百姓身上，而应该是在各路有财有势的义军身上去赚钱，他们打仗需要什么？”

“武器，兵刃！”林渺眼睛一亮，兴奋地道。

“不错，就是武器，只要我们能造出最好的武器，试问有哪一路义军不想要？要知道，天下义军何止百万，每天要消耗多少兵刃，如果每一百个人有十个人用我们的兵刃，就至少可以出十万件，十万件，便可有百万两之数，而我们还可造出多种多样的兵刃供他们选择，这样的话，能够卖得出多少兵刃啊？当然，这只是其中一点！”小刀六兴奋地道。

“可是他们能来买我们的兵刃吗？”猴七手有些疑惑地问道。

“事在人为，我们既然可以在宛城弄个同仁行，可以向官兵卖兵刃，也可暗自向义军卖，而且我们也同样可以在其他有义军的地方去开个同仁行的分店，他们不买我们的好兵刃，我们就卖给他们的敌人，若他们不想败亡，就必须选择我们这些精锐兵刃。”小刀六不无傲气地道。

“好方法，好方法！”林渺大喜，因为只有他跟小刀六知道有《神农本草经》之事，因此，知道小刀六正是取长而舍短。

“我们如何能制造出最好的兵刃呢？”游铁龙不解地问道。

“这个问题包在我身上！”小刀六说着向林渺打了个眼色，又道：“那位无名老前辈可不是简单的人！”

众人这一听，都以为这些兵器都是无名氏设计出来的，顿时疑虑大消。

“那你有什么打算没有？”林渺问道。

“我想去河北开几家大的同仁行！”小刀六语出惊人地道。

“去河北开？”林渺讶异地问道。

“不错，你想想，河北可是块宝地，有多少支义军呀？什么上江、大彤、铁胫、五幡、青犊、尤来、富平、获索……单这十五支义军便足够让我们大发特发了，而且河北几乎官兵管不了，许多大家族想不被义军给吃掉自保的话，便必须装备自己，如果我们在那种地方立下足的话，保证会成为香饽饽，你就只管数钱就是了！”小刀六如数家珍地道来，只听得众人张口结舌。

“要是你去河北，被义军吃掉了怎么办？”阿四反问道。

小刀六一脸兴奋的表情顿时僵在那儿，半晌才无可奈何地道：“这确实是个问题，但是人不冒险，怎么挣钱？”

众人不由得也都无语，小刀六的点子倒是非常好，可是河北那么乱，一个不好，被哪路义军给宰了，那可就得不偿失了。

“这是值得一试的。不过，我们可不能孤家寡人前去河北！”小刀六道。

“就算是把我们虎头帮的所有兄弟都叫过去，也只有两三百人，还不够人家义军打呢。”游铁龙立刻意识到什么，反驳道。

“这个问题就交给阿渺喽。”小刀六把目光投向林渺，摊了摊手道。

所有人的目光都聚在了林渺的身上，苏弃更有些期待地道："这么多人可以揭竿而起，为什么你不可以？只要我们也拥有自己的地盘和力量，便不惧其他义军了！"

林渺暗暗叹了口气，他怎会没有想到这些？但是起事可不是一件容易的事，至少要有财力、物力做准备，没有任何后备，那与流寇又有什么区别？

"是啊，如果阿渺起事，我们虎头帮三百兄弟定全力支持！"游铁龙道。

"我们铁鸡寨的两百兄弟只等大龙头一句话，便可杀官劫粮！"猴七手肯定地道。

"这便有五百人了！"小刀六兴奋地道。

林渺不由得好笑，不屑地道："五百人又能如何？一群乌合之众，落草为寇还可，想掀起什么大浪那是不可能的，什么时候我们先去河北走走吧，生意的事先不要太忙着办，你便去开个两家试试，若真能在河北立足，我们再去。"

小刀六无可奈何地点了点头，道："我已让人将这些金银全部兑为黄金，再打成金叶以便于携带，另外我再去寿通海的银号里换了一些银票，这样就不用费劲收藏，要用时又方便。"

"好，那一切就交给你了！"林渺点头首肯，对能有这样一个帮手，倒是感到松了一口气，也是一种幸运。

林渺觉得此刻三老令是多余的，很明显，他不可能再将那盒子里的帛书交给樊祟，尽管有些对不起琅邪鬼叟，但是这也应该有幽冥蝠王的过错在其中，若非幽冥蝠王死缠烂打地追杀他，说不定他还乐意将之交给樊祟，但那幽冥蝠王实在太可恶。

幽冥蝠王的踪迹并未被发现，很可能已经出了宛城，抑或此人行踪太过飘忽，虎头帮的这些帮众根本就无法发现。不过，不管怎样，这个人确实是个隐患。

第二天，同仁行果然已将第一张天机弩赶制了出来。林渺试过其性能之后，确实大加赞赏，同仁行的铁匠们确实是一群巧匠，对着图纸，能够分毫不差地制出，而且手工极为细腻。由于是许多人配合的功劳，是以很快捷。

林渺曾在严尤的精锐营中呆过，因此知道军中的武器装备，虽然他昔日的配置是军中最精良的，但是与这天机弩相比，却相去甚远，所以他信心十足地带去见严允大将军。

严允看了天机弩之后，也大喜过望，对天机弩大加赞扬，林渺说明来意，并按小刀六核算的价格先与军方定下了两千张天机弩的协定。

于是林渺召来城内城外所有铁匠，开炉赶制，要在一个月之内赶出这一批货物，而且这一切都是秘密进行，小刀六制定了这群铁匠一个月内不能出宛城的条例，而严允更专门选定一块地方让这些铁匠赶工，每天送饭。当然，工钱绝不会少，甚至可以预付半月。因此，这些铁匠们极为乐意。

林渺自然知道，严允要用天机弩这种秘密武器给刘玄的义军迎头痛击。当然，他不在乎这些，在这个世上生存，要想挣钱便不能太过妇人之仁。他们为权力而争，自己便在其中谋利，这并不为过。

小刀六都兴奋得快要死了，这两千张天机弩，他算一算，足足可以赚上一万多两，如果能够再做几笔买卖，便可再去开几家分店了。往日他想都不曾想过一个月之中可赚一万几千两银子，现在想来，赚钱并不难，只要有本钱，有机会。

他做梦都在笑，这只是投资了七八千两的银子便可一月赚上一万多两，如果开十家，便可一月挣十几万两，若开个二十家……小刀六怎能不兴奋？不过他却绝不想单一地只做这种生意，他要做一系列的大买卖。他跟林渺商量，如果能够在北方开一家这样的工场，便可把制出的东西去与匈奴人及塞外各族换取马匹，再把马匹买入中原，还可以把这些东西用船运去扶桑，换回许多货物在中原卖。那时，便不只是简单的铸造了，他也可以像寿通海一样，对外开通海运，对内开银号，把生意网络遍布全国各地。那时，他小刀六便不再是别人眼中的小混混，而是一代大贾巨商了。

他做梦都想拥有属于自己的商业王国。

林渺并不想将这件事情与自己太过明显地挂钩，因为他知道，自己目前树敌太多，如果让小刀六的生意与自己挂钩的话，只可能引起许多不必要的麻烦，这绝不利于生意的发展。他让小刀六将各种图样都复制一份，再将大部分资金交由小刀六运转，而他自己则可以遍游天下，或者是去河北看看。突然之间，他想到了沈铁林和吴汉。

沈铁林和吴汉不就是在北方吗？他们所在的渔阳，北可通塞外，南可入河北接触义军，如果在那里开一个巨大的制兵厂，有沈家的势力和吴汉的保护，便是义军也不敢轻举妄动。思及此处，他不由得兴奋地找来小刀六谈起此事。

小刀六也大喜，只要北方先有一个据点，然后再逐渐扩张，那绝不是一件难事。因此，林渺决定去北方走一趟，不过，在此之前他尚需去铁鸡岭一趟。

白玉兰虽然被白善麟带走了，但是小晴依然在铁鸡岭，说到做生意，小晴自小在湖阳世家长大，耳濡目染，相信应该会是小刀六的一个好帮手，而林渺尚想让白才把白良等人自湖阳世家拉过来助自己。在帛书上有鲁公船这项东西，如果白才能够自湖阳世家找几名擅造船的兄弟来相助，说不定真的可以把这玩意儿造出来，那时候完全可以把生意做大。

此刻虽得了白善麟的二十万两银子，有这么多的银子足以富甲一方，但是比起那些经营已久的大家族和豪强来说，这点钱根本算不了什么，要想做大买卖也是难以展开手脚，因此必须一步一步地来，一步一步地发展，而这之中，却更需要人才！没有足够的人才，有钱也是枉然。

“老包派人带信来了！”姚勇兴奋至极地奔进屋中，打断了林渺和小刀六的谈话。

“啊……”林渺和小刀六也都大喜而起，道：“快，快，快拿来看一下！”

姚勇手中的信还没来得及递出，便已经被眼疾手快的小刀六抢了去，并迫不及待地展开。

“铁龙兄：今吾已寄伏牛山数月，蒙龙头申屠勇青睐，相处颇好，唯心系六子于狱中，阿渺踪迹不详及众兄弟安危，特差人寄信于兄，还望如实告之。”

属名“包，地皇三年腊月。”

“他在伏牛山申屠勇的义军中!”小刀六喜道。

“申屠勇?!”林渺微微皱了皱眉头，申屠勇乃是数年前起义于颍川的铁官徒申屠圣之子，但这几年，却只能寄于伏牛山，势力已大不如从前，而且申屠勇无当年申屠圣之勇，被官兵败了几阵，现在的形式并不乐观。

“老包怎会投靠他呢?”林渺微感惑然，问道。

“这个我也不清楚。”小刀六也摇了摇头。

“听说老包的父亲也曾是铁官徒，还与申屠圣的关系不错，不过后来老包的父亲逃出了颍川铁矿，来到了宛城，所以老包去找申屠勇也是很正常的。”游铁龙的声音传入了屋子之中，他拄着拐杖缓缓地步入屋内。

“哦。”林渺恍然。

老包有着落了，但是祥林依然不知下落，这仍是林渺所挂心的事。不过，有的时候，急也没有用，但他隐隐地感到，祥林可能已经不在人世了，否则怎会如此之久没有音讯，也不回宛城来看看呢?

“老包是想让我们也一起去投靠申屠勇。”游铁龙道。

“那信使说的?”小刀六反问道。

游铁龙点了点头，道：“那信使便在堂外。”

“阿渺认为呢?”姚勇望了一下林渺，问道。

林渺笑了笑道：“申屠勇是难成大事的，否则寄于伏牛山十余年，为什么还是现在这个样子?如果略有谋略，有十多年的经营，绝不会比以前更差，可见此人难成大事!”

游铁龙点点头道：“我也觉得，老包跟了此人是投错了主。”

“不过，这些日子，申屠勇是不会有事的，因为官兵没有空闲去找他们麻烦，或许申屠勇可以借机喘几口气，老包也不会有事。”林渺道。

同仁行的铁仁来找小刀六，竟是宛城的齐家找上同仁行，欲分同仁行的一些生意，铁仁不敢得罪齐家，便只好来找小刀六。

齐家居然要分生意，确实让小刀六有些意外。不过，若是齐家执意要捣乱的话，倒有些麻烦。

所谓瘦死的骆驼比马大，尽管齐家大部分产业已迁出宛城，但宛城毕竟是他的老家，在这里仍然是一方豪雄，没人敢惹。

当日刘秀起事，老铁和刘秀耍了齐万寿一手，使得齐万寿怀恨于心，而今见同仁行居然再次振作起来，便将这恨意转移到了同仁行的身上，这种可能性极大。而另一个原因，可能是因为林渺，林渺回到宛城而且与同仁行有所联系的消息可能已为齐家所知，这件事也很难瞒住齐万寿的耳目，是以齐万寿便开始找林渺的麻烦了。

林渺本来准备去一趟铁鸡寨，但此刻看来是难以脱开身，毕竟他放不下宛城之中的诸事，只好让苏弃和段斌再返回铁鸡寨，吩咐铁胡子好好练兵，同时准备招兵买马，再令白才去试试游说湖阳世家的几位要好的兄弟来帮忙，最好是把小晴接到宛城协助小刀六主持各项生意。

林渺知道小晴是个绝对有头脑、聪慧异常的女子，如果有小晴相助，又加一个小刀六，那问题可能会容易多了。不过，只凭这么几个人尚还不够用，他所需要的是各种各样的人才，不由得想到了几位义兄义弟和景丹，这些人都是乱世中的人才，如果能得这些人之助，那便真的不难成就一番大事了。只是，任光和傅俊会助自己吗？傅俊有自己的理想，又有显赫的家世，而自己只不过是一个混混出身，想让其为自己效力那是不可能的，但若是与这几个人合谋，那无计不可，反正都是兄弟，谁成为最后的头领都无所谓。

所有这些念头都可暂时搁置，眼下所要面对的却是齐家的挑衅。

同仁行，齐家的新管家齐鸣领着两名齐府的家丁趾高气昂地坐在大厅之上，铁仁也在一边陪其饮茶。

铁仁尚不敢得罪齐鸣，尽管他也是同仁行的总管，但终究是为小刀六办事，而且深知齐家的力量是他所惹不起的。

“你们老板何时才能到?”齐鸣坐得微微有些不耐烦了，不由得有些不悦地问道。

“我想快了，我已经派人去请了!”铁仁赔笑道，但心中却也有些不悦，毕竟他也曾是老铁门下的红人，在宛城怎么说也算是有头有脸的人物，而齐鸣似乎并不将他放在眼里。

“不知是哪一阵风把大管家吹到这里来了?让大管家久等了，实在是过意不去!”小刀六大声笑着自门外阔步行入厅中，他的身边紧跟着无名氏和姚勇。林渺并未随来，那似乎没什么必要。

铁仁忙起身施礼让座。

“铁叔不用客气，都是自己人!”小刀六摇手道。旋又扭头望向齐鸣笑道：“实在不好意思，因为生意太忙，有太多的事情要处理，是以让大管家久等了。”

齐鸣并不起身，只是微微点头应了声，看得姚勇和铁仁大为气恨，反倒是小刀六毫不在意地坐在搬来的椅子之上，与齐鸣对面而坐。

“萧老板真是年轻有为呀，如此年轻，便开了大通酒楼，现在又买下了同仁行，而且让生意做得这么火，整个宛城都知道萧老板的名字，而萧老板更把满城的铁匠都召集在一起，害得我想找个铁匠都没法找了。”齐鸣皮笑肉不笑地道。

“原来大总管要找铁匠啊，难怪找来了同仁行，确实，这里有全南阳最好的铁匠，还有像铁叔这样最好的指导，也有最上等的精铁，自然应上我这里来找了。只不过说到年轻有为，在下就不敢当了，想你们当家的，像我这年龄时已是名满天下，我是永远都无法相比的。”小刀六淡淡地道。

齐鸣不由得暗暗有些得意，有人夸齐万寿，他自然感到脸上有光。

“对了，不知大总管找我有何事呢?”小刀六也不想拐弯抹角，直截了当地问道。

“听说萧老板近来与军方合作，想来是一笔大买卖，一来，我是想来道贺，二来，我家老爷一直都欲谋求与军方合作的机会，只是苦于找不到合适的人牵线搭桥，因此想来询问一下，不知我们两家可有合作的可能?”齐鸣怪怪地一笑道。

小刀六哈哈大笑起来，只把齐鸣笑得莫名其妙，同时也有些恼怒，他不知道小刀六是在笑什么。

“萧老板因何而笑?”齐鸣微感不悦地问道。

“我笑大管家，这样的话还用问?能与齐家合作乃是天下商家都求之不得的事，我们之间又怎会没有合作的可能呢?生意场上本就是相互扶持，相互合作，何况，我们又同为宛城之人，人不亲水亲，这一点大管家还用得着怀疑吗?”小刀六顿住笑声，爽快地道。

齐鸣露出一丝喜色，虽然小刀六的话中有种责备之意，但是他却很乐意，不觉得小刀六话中暗含的责备听起来刺耳。

“萧老板果然是爽快之人，难怪如此年轻就有此作为!”齐鸣客套地赞道。

“这种多余的话也不必说得太多，我也正缺人合作，我不仅想做冶炼的生意，还想做造船的生意，不过苦于资金周转方面出现了一些紧缺，因此，想找一个能够给我注入资金的大合作伙计，便是大管家没来，我也想去找大管家!”小刀六抢先道。

“哦?”齐鸣大为动容，讶异地问道：“萧老板还想造船?”

“这有何不妥吗?现在湖阳世家已大不如前，更因义军的关系，很难大展手脚，若是我有齐老爷子这样的人出头，足可与湖阳世家一比，只要我们能产生出比湖阳世家性能更好的船，何愁卖不出去?”小刀六自信地道。

“湖阳世家造船有百年的历史，你怎么能让船的性能比他们所造之船的性能更好呢?”齐鸣不相信地问道。

“这个问题暂时恕在下卖一个关子，先不奉告大管家，若两方合作，我出人力和技术及如何把船卖出，资金方面，我们也会出一些。至于双方如何合作，若齐老爷子愿意的话，我们可以择日共商!”小刀六神秘地笑了笑道。

齐鸣干笑了一声，他对那仍是虚无的造船并不感兴趣，因为他根本就不相信小刀六会造出比湖阳世家更为优良的船，何况他此来之意并不是为了洽谈其他的合作方案，而只是想就现有的生意插一手，抑或说，便是想来寻找点晦气。齐家对同仁行的不满并不是一天两天的事，既然小刀六仍打着同仁行的名号，那便不会与老铁没有半点关系，而更重要的却是，小刀六是林渺的朋友，而听青蛇帮的一些人传言，林渺回了宛城，而且还把小刀六自狱中救了出来。因此，齐家找小刀六的晦气自是难免。

第三十五章　劫监计划

齐万寿与林渺之间的恩怨已经是难以化解开的，齐勇之死及齐万寿之伤，都使得齐万寿欲置林渺于死地。当然，这之中还有秦复的原因，在齐万寿的眼中，如果能够找到林渺，那便可以找到那盗去帝王印的秦复。

可是眼下小刀六居然异乎寻常地客气，倒使齐鸣难以开口找麻烦，伸手不打笑脸人，毕竟对方对自己是那般客气。

“难道大管家还有什么疑虑?”小刀六坦然问道，心中却在暗忖：“老子还不明白你那点鬼心思？早就料到了你想干什么，还以为老子真的傻得以为你会与我真心合作吗?”

“对于造船我尚难决定，待我回告老爷子再作决定。我今次前来主要还是想在另外一方面合作!”齐鸣想了想，还是决定切入正题，不再与小刀六绕圈子。

“其他方面的合作?”小刀六故作惊讶地反问道。

“不错，我们齐家在西平买下了一座铁矿，因此我们想与同仁行在制造方面合作。”齐鸣道。

“那没问题，大管家是让我们购买齐家的铁矿吗？这只不过是举手之劳的事，只要价钱合理，铁质好，用谁家的都一样，这一点请大管家放心!”小刀六故作恍然道。

“我并不是这个意思，而是想参与到你们的制造之中去。”齐鸣终有些不耐烦，直接道。

“参与到我们的制造中去？不知大管家要制造些什么呢?”小刀六故意沉思了一会，皱了皱眉，问道。

“你们造什么，我们就造什么，包括这一次你们与军方的合作。”齐鸣的目光紧紧地逼视着小刀六，冷冷地道。

“大管家的的消息可真灵通，那你知道我为军方造什么吗?”小刀六神色不变，淡漠地一笑，反问道。

“这个便要你说了。”齐鸣道。

“我说?”小刀六笑了笑道：“至少，一个月内我不能对外人随便说，如果齐老爷子真想知道，一个月后我会告诉他，若齐家诚心在这一项上与我们合作也无不可，但也必须在一月之后，当然这些问题若我可以做主，我立刻就可答应大管家的提议，只是如果在一个月之内我又与齐家合作，只怕大将军会以军法处置我，除非能得到大将军的同意，因为这一个月，我们全被军方包下来了，一个月之后我才是自由的!”

齐鸣眉头一皱，小刀六居然在这个时候拿军方来压他，倒叫他不好找借口和理由，心中也暗暗对这个小混混不敢小觑起来，仿佛无论什么条件他都可以答应，可是齐鸣的目的不是如此，倒让他有些不知如何是好起来。

“如果齐老爷子真想合作的话，便请你们提出合作的方案和协议，或者是我们什么时候再约个时间具体地谈一谈。只要齐家愿意，我们也乐意，有钱大家赚嘛，我小刀六从来都不是吃独食的!”小刀六爽快而又果断地道，显得颇为豪气干云。

铁仁和姚勇看了暗暗心折，今日的小刀六似乎不再是昔日的混混，而是一个生意场上八面玲珑的老手，说话得体有分寸，使得老奸巨滑的齐鸣也找不到借口。

“萧老板既然如此爽快，那我便回去转告老爷子，至于合作的事宜待老爷子决定了再说，我此来尚有一事相求。”

“大管家有事请只管说，如果我能做到的而又不伤彼此和气，我定竭力而为!”小刀六淡然道。

齐鸣心中暗骂:“好狡猾的小子,说话留这么多的余地,什么叫不伤彼此和气的事呢?”但他表面上仍装得坦然,道:“听说此次萧老板走出监牢是你的朋友林渺出的力,可有此事?”

“来了,这才是正题!”小刀六忖道,同时心中骂道:“老东西终于露出了狐狸尾巴!”口中却认真地道:“不错,大管家怎会知道的?唉,说实话,我能够有今天,全亏了他,没有自由别说想做生意,便是想喝口热水洗个澡也难,可惜呀可惜!”说到这里小刀六故意顿了顿。

“可惜什么?”齐鸣讶异问道。

“可惜他却不留下来陪我共享富贵,而要去那什么狗屁地方牧马,我真不知道他是怎么想的!”小刀六故意叹了口气道。

“什么地方?”

“还不是那个叫什么渔阳的地方,他说那里有马可贩,又有他大哥吴汉在,所以他便去了。唉,我这个哥们尚不比他们兄弟之情亲,要是有他帮我打理这里的生意,我就不用这么忙了。”说到这里,小刀六一脸遗憾和无奈,但旋即又似乎自我安慰地道:“人各有志,咱们毕竟兄弟一场,我也不能勉强他做他不喜欢做的事,大总管觉得我说的对吗?”

齐鸣盯着小刀六的表情,却找不出一点破绽,见小刀六此刻问他,忙点头道:“这倒也是。”

姚勇和无名氏都不能不暗自叫绝,小刀六可还真是个演戏的天才,那表情神乎其神的,连他们都差点以为林渺真的去了渔阳。

“真是不好意思,我只光顾着自己说话了。对了,大管家有什么事情便说吧?”小刀六似乎突然醒悟了过来,忙道。

“啊哈……其实我也没什么大不了的事,不说也罢,我这便回去把你的意思转告给老爷子,待老爷子作出决定后再来与萧老板洽谈!”齐鸣干笑一声道。

小刀六和姚勇诸人不由得暗笑，但表面上却依然客客气气地应合着送齐鸣出去。

林渺独自坐在大通酒楼中喝酒，他相信小刀六一定可以应付齐鸣，又有无名氏相伴，是以，他可以独自清闲地来此喝喝酒。

棘阳城终于是破了，大量的难民涌入宛城，一个个饥寒交迫地拥于大街小巷的角落，也有许多尚有些钱财的人，也会到置有暖炉的酒楼之中喝上几杯温酒或是喝上两杯热茶，是以酒楼中的生意极为火爆，不仅酒菜的生意好，便是楼上的客房也都住满了客人，大多数都是自棘阳而来的人。

大通酒楼重新开业，便扩大了规模，并多设了十间上房，好像小刀六早就看到了今日这般情况一样。不过，由于客满为患，整个宛城的客栈和酒楼的住宿都抬高了价钱，相对来说，这段时间确实是可以大赚一笔。

酒店里比较暖和，门窗都关着，透过窗纸有些光亮透进来，光线并不暗，四角处又置有火炉，是以环境不坏，而这里的气氛也有些糟糕，满座的客人都在诉说着棘阳城是如何如何破的，有些人则是在谈论着义军是如何如何凶猛，也有人说义军是如何如何多，还有人在担心义军要是攻来，只怕连宛城也保不住了，那时候便不知道该去哪里。

林渺听着，也只是笑笑，他静静地品着大通酒楼中最好的酒，掌柜不是别人，而是天和街中土生土长的另一个和林渺父亲一样的穷儒杜林。

这也是小刀六和林渺绝对信得过的人物，只是有些固执，当然，由于潦倒，使其性格倒也不会太古板，反而有点滑稽和狡黠。因此，小刀六便让杜林来此做了掌柜，而小刀六也确需要有个人来相助他。

杜林自然知道林渺是坐在西首角落的人，是以他让人搬出好酒，当然，林渺并没有要什么特别的好菜，只是一碟炒花生米，一盘卤牛肉片，还有一碟小菜，一个人在那里悠然自得地喝着。

正喝间，林渺忽感一丝冷风吹来，有一丝亮光，门帘被撩了起来，一个背上背着个大包、头缠头巾、个头极为矮小、神情颇为猥琐的中年人便立在门口。

众人的目光不由得都射了过去，顿时都哄然笑了起来。

林渺也不由得有些好笑，此人在门口用手托了一下背上的大包，然后昂头长长地吁了一口寒气，众人才发现那颗脑袋却是大得与其身体不成比例，显得很怪异，而那张脸胖乎乎的像个肉球，头发被头巾包住，眉毛和眼睛显得特别细长，但鼻子却大得像个石榴。那头巾紧裹的头发显得比较高，好像是在西瓜蒂上盖着一片西瓜叶。众人忍不住发笑的原因还不只是这些，而是这人吁了口气之后以衣袖在身上重重地拂了一下，似乎要将浑身的风尘全部拂去。

那怪人见满堂哄笑，不由得扫了众人一眼，虽然满脸憔悴，但仍然掩饰不住其清高孤傲的内在气质，目光之中仿佛略带一丝鄙夷和不屑，而所过之处，那些人则笑得更大声。

当林渺与怪人的目光在空中相遇之时，两人不由得都同时震了一下，但怪人又很快移开目光，落在柜台之上，大步向柜台边行去。

“有没有下等房？”

杜林不由得微微一怔，有些不好意思地道：“我们这里只有一间，但已经有一对老夫妻住进去了，现在只有上房一间！”

那怪人吸了口气，又问道：“上房多少钱一天呢？”

“上房一日五钱银子，包早晨的早餐！”掌柜杜林解释道。

“那算了，先给我来一壶酒吧，不需要太好的，便宜一些就行！”那怪人吸了口气道。

杜林不由得再愣，点头应了一下，又问道：“要什么下酒菜呢？”

“那给我来两个铜子儿的花生米吧。”怪人道。

酒楼中许多人都听到怪人和掌柜杜林的对话，不由得都再次哄笑起来，反倒是杜林没笑，生出一丝同情之心，向堂内喊道：“一壶烧酒，一斤炒花生米！”

“这一斤炒花生米多少钱？”那怪人吃了一惊，问道。

“十五个铜板!”杜林道。

“我只要两个铜板的。”

“那十三个铜板算是我请你的，伙计，大老远来这里不容易，蒙你看得起大通酒楼，这十三个铜板记在我头上!”杜林大方地道。

“这怎么可以，无功不受禄……”

“何用拘泥于此?看你也是个读书人，天下穷儒是一家，你就吃吧。”杜林笑了。

那怪人神色一变，讶异地望了杜林一眼，感激地笑了笑道：“那我就却之不恭了。”

“客爷，你请这里坐!”小二客气地引着怪人到西首靠火炉处坐下，还将桌椅再擦了一遍。

这里的店小二要么是天和街的无业年轻人，要么是虎头帮的弟子，是以人人对杜林极为尊敬，上下一心，既然杜林尊敬这怪人，他们也自然客气。

“掌柜的，你怎么知道他是个读书人?我看他像是种菜的!”门口一桌的四名汉子其中一人张口不无嘲弄地问道。

“是啊，还是种南瓜的!”另一人附和道。

那怪人神色愤然，店中其他人一阵哄笑，但也有一些人对怪人多了几分同情，感到这两人有些过分。

杜林神情自若地笑了笑道：“我觉得他是读书人，那是因为我也是读书人，我没看出他是个种南瓜的，那是因为我并不精于种地，看不出来!想必两位一定精于此道吧?”

酒楼中的众人不由得都哄然大笑，有的心中叫好，有的则幸灾乐祸，杜林这一席话看似是回答，实则是反讥那两人。

怪人也不由得绽出一丝笑容，向杜林投以感激的一笑。

那两人被杜林损了一番，顿时羞臊得满脸通红，恼羞成怒道：“掌柜的这句话是什么意思?”

杜林不惊不躁地笑了笑道：“没什么意思呀，只是说物以类聚，人以群居，志同者，必有感，义同者，必有所趋，二位只怕误会了！”

众人皆讶，顿对掌柜的肃然起敬，便连那怪人眸子里也绽出异彩，觉得这掌柜确不简单，但那人更怒，却又无法反驳，人家只是借他们的话，就事论事，便是自己挨了骂，也只有哑巴吃黄连。

四人打了一下眼色，都拍桌而起，冷哼着立身就走。

“哎，几位客爷，你们的账还没结呢?”一名小二忙上前叫住道。

“你也不打听一下老子是谁，你们这里的菜这么难吃，老子没让你们赔我损坏胃口费，你还敢找我们要钱?”一名汉子怒道。

“让开！别挡住老子的路!”

“吃饭给钱，天经地义，要是菜不好吃，为何你们一开始不说，等吃完了才说?”小二并不害怕，向另外几名同伴打了个眼色，仍然很客气地质问道。

那四人一怔，倒被问住了，恼羞成怒道：“老子说不好吃就不好吃，哪来这么多废话！你若再不让开，小心老子让你吃不了兜着走!”

店中众人顿时大感不忿，这几人明明是想吃霸王餐嘛，这样蛮横的人确激起了众人的义愤，不过，却没人敢出头，也有些人见有热闹可看，便一副幸灾乐祸地等着看好戏。

“几位好像不是宛城人吧?”那小二不惊不惧，淡淡地反问道。

“不错，老子乃是自棘阳而来，棘阳四虎你听说过没有?”其中一人傲然道。

店小二不由得笑道：“没有，不过，在我们这里，老虎肉不怎么值钱，只要十个铜板便可以来一盘，保证味道正宗，不会有假!”

众人听了小二这么一说，不由得也都笑了，同时也为店小二担心。

果然，这四人大怒，吼道：“小子找死!”挥拳便揍。

店小二身子很灵活地一闪，在门口立着叱道：“你们敢打人，也不问问这是什么地方，吃了饭不给钱便休想走!”

“老子看你敢把我们怎样!”那四人见一拳击空，有些惊讶，但又大步向外走去。

“几位慢走，有话好好说，吃饭不给钱是不对的!”说话间，一人掀开门帘，走到四人身前，客气地道。

“你是什么东西?要你来多管闲事!”棘阳四虎怒道。

“七爷!”店小二客气地向走进来的汉子唤了声。

林渺将一切看在眼里，却并不想出手，因为仅凭这几个角色，根本没必要让他动手。眼下何七来了，他更不必露面，倒是将目光投向那与他并不远的怪人。

怪人神色激愤，但却把背上沉重的大包摘了下来，放在一边。

林渺隐隐看出，包里似乎是一些竹简和帛书之类的，不由得暗叫书呆子，这么沉重的一包书简至少有七八十斤，看来是他就这样给背来的，听其口音，料来是棘阳人，若是背着一包书简行这么远的路，可真是难能可贵。

何七是虎头帮的长老之一，在宛城中的混混们自然都认识，也都称之为七爷。

林渺知道，何七的武功虽不能入高手之列，但也是个好手，一身横练硬气功乃是一绝，刀枪都难伤。

“几位自棘阳来宛城是客，我们尊重四位，但也请四位尊重我们的规矩，我是虎头帮的何七，如果你们认为，你们可以走出去的话，那这一顿饭钱，便算是我请了!”何七冷冷地道。

棘阳四虎脸色微变，他们自然听说过虎头帮的名头，更知道虎头帮在宛城的下层社会很有影响力，而他们此刻来宛城，只是避战乱，可不想惹上虎头帮的人，那样只怕在这里无丝毫立足之地了。

“哦，原来是虎头帮的七爷，久仰久仰，我们兄弟不知这里是七爷的店，这些酒钱我们付了!”棘阳四虎的老大倒也是个能屈能伸之人。

何七笑了笑道：“四位若下次再光临此店，下一顿算我何七请客!”

“不敢……”棘阳四虎没想到何七这般客气，倒有些不好意思起来。

“杜叔，算一下多少钱?”何七向杜林叫了声。

“一共五两四钱银子!”杜林一拨算盘，淡淡地道。

酒楼中的许多客人都大失所望，本来还以为会有一场大打出手，却没想到被这进来的人三言两语便解决了，不过对这个不算太豪华的酒楼又另作了估计。

“小二，结账!”一声淡淡的低喝在东角的那一桌响起。

林渺微微吃了一惊，他听出此人中气十足，显然是个高手，不由得将目光投了过去，看罢更是吃惊，那人竟是天虎寨的三寨主李霸！当日那个追得他满地找牙的家伙。不过，对于天虎寨的人，他并没有什么恨意，毕竟自己能活下来，还是靠人家出手相救，否则的话只怕早就死在都骑军的手中，他倒没想到天虎寨的人居然在这里出现，只不知又是所为何事。

李霸结了账，抓起斗篷便走。

林渺也到柜台，向杜林嘀咕了几句，杜林望了那怪人一眼，点了点头，又向李霸出门的背影望了一眼，林渺便已大步跟在李霸之后步出了大通酒楼。

夺下棘阳，李轶和朱鲔几乎是迫不及待地要去进攻宛城，欲趁新胜余威直捣宛城。

宛城乃是李轶的生身之地，他自然想早一点夺下宛城，这样他便又可以回到他熟悉的环境了。当日刘秀要自宛城撤军而出，李轶便心中不快，那时他确实不想离开自己的家乡，但是既起事，便得听从刘秀的吩咐，军令难违，是以，他只好跟随义军撤出宛城，但这一刻又要重返宛城，他确实按捺不住内心的激动，因此请命为先锋。

李轶和朱鲔一正一副两支先锋，为大军开道，事实上，王凤和陈牧也主张快进，他们担心再过些日子，一片冰天雪地，那便难以攻城了，只有这几天艳阳高照，暖似阳春之时攻下宛城才是最好的战策。

刘秀和刘寅却极为担心，义军如此冒进，虽有余勇，但必成疲兵，而宛城是一座坚城，在没有准备足够的攻城工具之时，如何能破？唯一可战之法，便是围城，逼城中之人决战城外，方可能会存在一些侥幸，但守城之将却是严尤，此人极擅用兵，怎可能不明白此点呢？因此，他们忧心极重，但新市和平林两支义军既然已经并肩而发，难道最先主张联合的自己还落于人后？是以，刘秀和刘寅不得不跟在后面驱着军队向宛城进发。

刘秀和刘寅虽然也进发宛城，但是他们也想到了许多可怕的后果，是以他们绝不能孤注一掷。

李霸的脚步极快，很快便自兴和街的一道胡同中拐了进去。

林渺自然知道这道胡同是通向哪里，因为这只是一条死胡同。

对于宛城内的每一寸土地，林渺都了若指掌，因为这里绝对可算是他的地方。

林渺并没有停下自己脚步的意思，是以，在他见到李霸走进了那家大院之后，也便翻墙而过，他对于这类的事情自是轻车熟路，昔日做偷鸡摸狗之事都可以轻松以对，今日却怀绝世身法，自然更是不在话下。

这是刑家的老宅，昔日，这是个大户人家，但后来很快便没落了，只留下这里的一片老宅和不多的几个人，除了天和街的混混们仍记得老宅之中尚有点可以卖钱的东西外，其他的人都几乎已经忘记了刑家老宅的存在。

其实，老宅内的设计极好，亭、谢、池、楼、山……该有的都有，只是太过冷清，而且所有的一切都显出一种沉重老迈的气氛，有如一个垂暮老人，静静地蹲在黄昏的山头遥看夕阳。草木倒也整齐，显然仍有人照看。

踏入院中，仿佛尚可嗅到淡淡的梅香，有一个老人弯着腰挥着扫把沉缓地清理着地面上的枯枝败叶，与这苍暮的老宅倒有一种难得的协调。

林渺迅速跟入李霸所进的小院，心中却在暗猜，李霸来这里又是所为何事？他好像对刑家老宅也很熟悉一般，难道他也是这里的常客？

不过细想起来，当日天虎寨的人能够大批地出现在宛城，让官兵损失惨重，大概便是与这刑家老宅有关，说不定当时天虎寨人便是躲在刑家老宅之中。

“可有查出二哥所押的地方？”李霸的声音显得有些急躁。

林渺吃了一惊，忖道：“难道是天虎寨的二头领陈通被抓了？”

“听说是被关在都统府的天牢之中，但这天牢的守卫极严，兄弟们根本就混不进去，而且二哥又是被单独囚监起来的，根本就不许外人探监！”一个年轻的声音传了出来。

“妈的，梁丘赐那王八蛋，总有一天老子要割掉他的脖子！”李霸粗鲁地骂道。

“那我们现在该怎么办？”

“大不了劫狱，怎么样也得救出二哥！”李霸沉声道。

“这个天牢只怕不行，当初二哥不也是去救胡忠贤弟而被梁丘赐给暗算了吗？现在宛城之中不仅有梁丘赐，还有严尤、严允、属正这些顶尖高手，便是惊动他们中的任何一个，我们都会吃不了兜着走。”那年轻的声音有些担心地道。

“难道我们就让二哥一直呆在天牢里？”李霸有些恼怒地问道。

“唉，这只怪林渺那小子，要不是为了救他，胡忠便不会被抓，那二哥也就不会劫天牢而遭暗算，害得胡忠还丧了命。”那年轻人叹了口气道。

“这些话也不用多说，林渺那小子吃了烈罡芙蓉果，便定是天机神算东方前辈所说的那个人，我们怎能让他死呢？”李霸反驳道。

“如果真是东方咏说的那个人，就一定不会死，那我们不用救他也不会死，我们为什么还要救呢……”

“老五！”李霸有些生气地叱道。

“五弟，不能对东方前辈不敬，我们刑家世代受恩于东方家，也是源于东方朔仙长门下，与东方前辈也是一家人，你怎能对他不敬？”那年轻的声音又飘了出来。

窗外的林渺之讶异是难以抑制的，自己偷吃了烈罡芙蓉果，难道天机神算东方咏早就算到了这一切？而更让他惊讶的却是自这几个人口中所言，东方咏似乎说他不会死，那岂不是无稽之谈吗？

刑家与昔年东方朔有关系也是他第一次听说，这么说来，天机神算确实是与刑家有关联了。同时，他也隐约知道，天虎寨昔日对他苦追也可能并不存在恶意，并不是想宰了他以泄恨。

而此时，知道陈通被囚也是因为自己间接的原因，并害得天虎寨为他损兵折将，林渺心中倒有些过意不去。

屋中说话的年轻人，林渺并不陌生，便是刑家的少主刑迁忆和其弟刑迁堂，这两人平时在宛城比较低调，但对于林渺来说，却并不陌生。

“我们不必为这件事情争执，东方前辈还从没有算错过什么，这小子到现在还确实没死，自信阳城传来消息说，他在那里大闹了一场，直把官兵打得落花流水。前些日子，还有消息称，他在棘阳也大闹了一场，将燕子楼的晏侏弄得灰头土脸。在这短短的几个月之中，这小子便进步如此之快，可见东方前辈所说的可能性极大！”李霸吸了口气道。

“我们先不管这家伙是不是真命天子，我们必须先把二哥救出来！”刑迁堂打断李霸的话道。

林渺几乎惊得要叫起来，心中暗叫：“我的天，难道东方咏说自己是真命天子？这岂不是在讲笑话吗？这真是连鬼都不敢相信的话！自己只不过是一个小混混而已。”林渺虽然对自己极为自负，但却从来没有想过什么真命天子之类的东西，今天听李霸几人的对话，他自己也给弄糊涂了，也感到这话荒谬得可笑。

“当然，可是我们应该想个什么办法呢？”刑迁忆也附和道。

“照我说，我们装作去探监，只要进了狱中，便逼狱卒带我们去找二哥被囚的地方不就可以了？”李霸道。

林渺心想，这李霸虽然有些粗鲁，但也不笨，这确实是个很好的主意，不过，却很容易出娄子，但对于他们来说，似乎难找到更好的办法。

林渺倒没想到陈通也是被囚在都统府的天牢里，那日他去天牢之中救出小刀六，并没有想到其他人，但对天牢之中的环境倒是极为留意，只不过那天牢极大，他所经过的路线只是其中的一个小角落，天牢的其他地方有什么他也不知道。当然，他有信心混入天牢之中，只是他要不要与李霸等人相见，然后领他们去劫狱呢？至少到目前为止，他尚不能够肯定天虎寨的人对自己究竟是敌是友。

“不管了，今天晚上我们便动手，若是再过几日，义军攻宛城了，我们根本就休想出城而去。”李霸有些迫不及待地道。

“义军攻城对我们也有好处呀，至少狱中的看守会松一些，大家的注意力会在城墙上，我们顺便劫人不是更轻松一些吗？”刑迁堂出言道。

“只怕到时候会生出什么变故，一般在大战之前，官府都要将一些危险的重犯处决，提防这些人在城破之后又恢复自由，也有的只是怕这些人自城内闹出乱子，如果真是这样，那我们必须尽快救出二哥！”刑迁忆道。

“大哥也是这样担心的，所以才让我前来宛城！”李霸沉声道。

“那事不宜迟，我这就去准备！”刑迁堂也有些急了道。

林渺退出刑家老宅，他并不急着见李霸，当他知道刑家与天虎寨有着千丝万缕的联系时，他就不怕找不到李霸诸人。

回到大通酒楼，小刀六已经回来了，两人将今天所发生的情况对了一遍，听说齐鸣居然无功而返时，都禁不住笑了，姚勇则一个劲地把小刀六精彩的表演加油添醋地说了一遍，连林渺也叫绝。

小刀六确实已不再是昔日的小刀六，经过几个月的磨难，整个人也变得成熟起来，处事更为圆通。抑或，在小刀六的骨子里本身就存在着这种血液，是一个天生的商人。

而林渺也把自己欲入天牢救陈通的事说了一遍，小刀六有些沉默，但很快又赞同，只是有些担心事情有纰漏，影响便坏了。

"阿渺可以去请严大将军帮忙啊?"姚勇满不在乎地道。

"别天真了,严大将军能帮我一次已经是给了天大的面子,而且我们是占着有理的一方,但是陈通却不一样,是反军的一部分,如果我还去找严大将军,根本就没有任何理由可讲,没有任何利害关系,反而会巧弄成拙,被严尤当成了奸细。"林渺训道。

姚勇无奈地咧咧嘴,他倒没想到事情会这么严重,只是觉得林渺能在严大将军那里得到信任,肯定与其关系很好,而林渺所救者只不过是一个犯人而已。但如果真的让林渺成了奸细的话,那虎头帮也难脱干系,其结果自是不言可知。

"那你准备如何救他?"小刀六也有些担心地道。

"那天牢之中守卫森严,你有什么办法能够自由进出?"无名氏也道。

林渺只是笑了笑道:"我只要你们在狱外好好地接应,一切都不会有问题。"

"你有什么妙计?"小刀六讶异问道。

"姚勇,你去请刑家刑迁忆公子来大通酒楼一叙,便说小刀六和游帮主有点他想知道的事与之商量!"林渺向姚勇吩咐道。

姚勇一怔,只好起身去照办了。

姚勇才出去一会儿,掌柜的杜林便行了进来,向林渺和小刀六打个招呼后坐下。

"他叫姜万宝,是刚自棘阳来的,本是棘阳长岑彭的一个助手,但由于其貌不扬,一直不受重视,此次棘阳城破,岑彭领着家将和家眷去投靠王莽的前队大夫甄阜,而他没去,别人都收拾银两细软逃向了别处,他却只是背了近百卷书简来到了宛城,看来这确实是一个有趣的人!"杜林娓娓道来,却已经说得很详细了。

"姜万宝?"林渺眼睛大亮。

"世上居然有不爱金银财宝,而只爱书卷的怪人?"小刀六也讶异。

"就你这种人爱财!"林渺笑道。

“这也是一个优点嘛。”小刀六也笑了笑道。

“这个人确实有些真才实料，我想你们最好见见他！”杜林提醒道。

“好吧，他住在哪个房间？我这就去见他。”林渺淡然道。

“在楼上的三号上房，我带你去。”杜林神色微喜道。

“姜先生！”杜林轻轻地敲了敲门。

“吱……呀……”房门缓缓被拉开，那颗大脑袋探了出来。

“哦，是掌柜的，快请进！”姜万宝显然对这位掌柜的极为感激，很是恭敬地道，但同时扭头也看见了杜林身边气宇轩昂的林渺。

“这位便是我的东家林渺林公子！”杜林介绍道。

“在下林渺，见过姜先生！”林渺悠然笑了笑，极为客气地道。

“哦，你就是林公子，赠房和赠食之恩尚未相谢，快请进！”姜万宝立刻显得客气地道。

林渺也不客气，与杜林大步踏入房内。

姜万宝顺手送上门，感激地道：“若不是两位，只怕我此刻只能流落街头了。”

“何用如此说？先生只是龙处浅滩而已，人谁无落难之日？若他日我们互换位置，相信先生也不会吝此小惠吧？”林渺笑道。

姜万宝脸色微变，目光投向杜林。

杜林悠然一笑道：“先生之事，我已如实跟东家说了，还望先生勿怪！”

姜万宝也只是释然一笑道：“公子言重了，我虽一介凡夫，但若易地处之，倒也会如此。”

“这就是了，对了，听说先生自棘阳而来，可否与我说说棘阳近日破城之事呢？”林渺也并不想绕得太远。

姜万宝微感惊讶，似没想到林渺居然会如此客气相询，不由得整理了一下思路，叹了口气道：“此次棘阳城破，罪在县令，若非其龟缩不出，使未战军心已散，否则义军岂有如此容易破城？”

“难道先生不觉棘阳之破只是必然的吗？”林渺反问道。

“不错，城破只是必然，但也可以不破！”姜万宝肯定地道。

“如何不破？”林渺又问道。

“虽然苛政乱了民心，但此非一日一人之过，棘阳有岑彭，此人熟读兵书，若能让军心团结，守城半月一月并无问题，若有这半月或一月的时间，让宛城出兵相援，棘阳便不一定会破！”姜万宝道。

“但宛城是不会出兵的！”林渺摇了摇头。

“错！宛城出不出兵是取决于棘阳城守将的决心，如果棘阳守将有坚守死战之决心，那么宛城一定会出兵。相反，如果棘阳城中无法上下一心，军心涣散，宛城出援兵只是自取其败。而这个决战之心却是棘阳内部的问题，岑彭虽有才华，却无实权，贪生怕死的县令不下令封堵北门，让城中百姓有机会逃走，这便使宛城方面认为其无死战决心，才不予援兵。岑彭只能激士气，指挥战斗，却无力为战士的后勤做些什么，在阻碍重重之下，战士自后勤先乱，前方战士自无心再战，否则棘阳怎会破？”姜万宝断然道。

“以义军之势，便是强攻棘阳，棘阳那小城如何能受？况且城中民心不稳，乱由内生，如何能守？”林渺又问道。

“问得好！”姜万宝对林渺有点另眼相看，他发现这位大通酒楼的东家极不简单。

“是的，若是在普通情况下，城是无法可守，但是此刻的义军非昔日之绿林，也非东方的赤眉，他们三支义军相合，看似势大，但却无统一调配，内部指挥意见难一，只要挫其锐气，其内部必生间隙，只要有这一点间隙，便可以为我们迎来求得援兵的机会，这样一来，胜败之数尚是未知！”姜万宝悠然道。

“好！先生所言确实精到，那先生到宛城来避乱，是否认为宛城必胜呢？”林渺笑了笑，反问道。

“不错，严大将军绝不同于棘阳县令，只要义军尚奉三主的话，便不可能有胜望，如我估计不错的话，义军将以惨败收场！”姜万宝肯定地道。

“听先生一席话，林渺收获颇大。先生果非凡人，目光如炬，我在楼下已备酒菜，先生若是不弃，请下楼同饮如何？”林渺客气地道。

“无功不受禄，公子如此盛情，我如何敢受？”姜万宝推辞道。

“实不相瞒，我想请先生助我一臂之力，若能拥有先生如此人才，万事皆可事半功倍，不知先生意下如何？”林渺直截了当地道。

“哦？”姜万宝眸子里闪过一丝讶异的光彩，但更多的却是一种兴奋的神采，看着林渺，好像是在看一件稀世珍宝一样。

“公子可有何理想？”姜万宝突然问道。

“值此民不堪其苦，卒不堪其役的乱世之中，有志者皆当奋起，我虽出身卑贱，却也不敢妄自菲薄，王侯之功业，非天生而成，是以我想请先生与我同创这片天！”林渺豪气干云地道。

姜万宝望着林渺半晌，突地放声开怀大笑，良久才道：“我姜某今日算是遇上良主，只要公子不弃，我愿誓死效力于公子！”说完，竟跪下行礼。

“请起，先生何必行如此大礼？”林渺挥袖，以气劲托起姜万宝，欢喜地道。

姜万宝讶异，似没料到林渺如此年轻会有此等功力，更是欣喜，而林渺的气质和相貌都深具龙虎之奇，他对相人之道尚颇为自信，今听林渺一番话，更是有感，这才会施如此大礼。

杜林也大喜。

刑迁忆踏入大通酒楼的独间厢房，不由得怔住了，失声叫道：“二哥！”

刑迁忆本不愿来，但是却知道小刀六曾经也在都统府中的天牢之中待过，同时他也知道游铁龙的虎头帮在宛城的分量，虽然不能入流，但却可以得到最为灵通的消息，这也是他来大通酒楼的原因之一。可是他做梦也没有想到一进来竟然看到了二哥陈通，几疑自己看花了眼。

“刑公子请坐，这只是一张面具，而非真正的陈二寨主!”那“陈通”见刑迁忆的惊讶，并没有半点吃惊，只是淡淡地道。

“你是谁?”刑迁忆脸色顿变，杀机狂涌，冷冷问道。只听声音，他便知道这人不是二哥陈通，但这人却易容成陈通的面容，这之中究竟有什么图谋，使他不能不心生警惕。这人能够易容成陈通的面孔，便可知此人对自己的一切都甚为了解，包括对陈通！可是他却不知对方的身份。

“刑兄请坐吧，我们没有任何恶意，只是知道刑兄一定对此事感兴趣而已!”小刀六悠然笑了笑道。

“你们这是什么意思？游帮主在哪里?”刑迁忆冷冷逼视着小刀六问道。

“陈通”缓缓摘下面具，露出一个淡淡的笑容，刑迁忆再次失声叫道：“林渺，是你?!”

“不错，是我，而且我还知道你想救陈通，所以我请你来了。”林渺淡然道。

“是，那又怎样?”刑迁忆显然弄不清林渺的目的，尚深怀戒心地道。

“我有方法救出陈通。”林渺道。

“我为什么要相信你?”刑迁忆并未放松警惕，反问道。

“因为我没有恶意，至少，陈通入狱与我有些关系，而且，除此之外，你们没有更好的选择!”林渺肯定地道。

“你是怎么知道这一切的?”刑迁忆的脸色变得有些怪异。

“因为李霸前往刑家老宅时，我跟了进去，只是怕引起彼此误会，故没有与你们打招呼而已。”林渺诚恳地道。

“我们没有恶意，如果没有天虎寨的人，阿渺早就没命了。事实上我们根本不用解释，在我们之间并无利益的冲突，害你对我们又有什么好处？难道我们还在乎那几百两赏银?”小刀六也出言道。

刑迁忆似乎有些松动了，因为在他内心深处并不怎么排斥林渺，不仅仅是因为这么多年在宛城的地头上与林渺相接触，更重要的却是他内心里存在着东方咏那神秘的预言！

“那你有什么办法可以救出我二哥？”刑迁忆口气有些松动地问道。

“就凭我可以扮成任何人的模样，也可以把你扮成其他的面孔，但是我也有条件！”林渺道。

“什么条件？”

“你先不可以向李霸说明我的身份！”林渺道。

“不向他说明你的身份？”刑迁忆讶异问道。

都统府内的守卫不是太森严，因为府中并没有住什么特别重要的人物。自上任都统孔森死了之后，新来这里的大人物们认为这都统府不太吉利，而且又有很多地方被火给烧了，显得有些残破，这才使得有身份地位的人不愿意到这里居住，若不是这里面有宛城最大的天牢，只怕这里连守卫也没有。

不过，天牢所在之处的守卫却极为森严，而且天牢之中机关重重，若没人引路，想进出和越狱，那是一件极为困难的事情，几乎是没有这种机会。

“天监大人早！”天牢外的守卫恭敬地呼道，在天牢之中，天监是最有权威的。

“还不给我开门？”天监有些不耐烦地吩咐道。

狱卒忙不迭地开门，他们一向知道这个天监大人的脾气并不好，要是门开迟了的话，说不定就要挨打了。

“带本监去天虎寨乱贼的囚室，明天，这几个人都要开刀问斩，现在给他们送最后一顿断头饭！”天监傲然地吩咐道。

“是，可是大人，断头饭不是前一天晚上吗……？”

“少啰唆，难道本监不知道吗？可这犯人力气大，功夫好，怎能让他赴法场前吃饱喝足了长力气？快带路！”天监火道。

“是！”那狱卒恍然，心道：“天监大人想得到真周到，现在让他吃了断头饭，明天赴法场，还要经过十几个时辰，那时已饿得没有力气了，想闹事也是不可能了，这还真是个保险的方法!”

监狱极暗，两名狱卒在前面带路，天监居中，大摇大摆地走着，身后则是一名提着酒菜的兵卫。几人七扭八拐地行入天牢深处几有一里路，才到了又一座铁门前。

“天监大人到，开门!”两名持着火把的狱卒向守在铁门内的另外两名狱卒喊道。

那两名狱卒听说天监到，赶忙中规中矩地行了礼之后，打开铁门。

“好，你们两个留在门口!”天监向带路的狱卒吩咐道。

“是!”

天监与送饭的兵卫大步步入大铁门之内，冷冷道：“带我去陈通的囚室!”

“是!”两名狱卒不敢违抗，乖乖地在前带路。

陈通的囚室确与铁门之外的囚室不同，四面全是石头，连门都是石制的，没有半点光亮透入，倒有种腐臭的味道飘了出来。

“开门！把这断头酒和饭菜送进去!”天监向两名狱卒吩咐道。

两狱卒听说是送断头酒，不再怀疑，忙打开了铁门，但在开门之际，却只觉肩上一麻，便完全失去了知觉，软软地倒于地上。

“吱哑……”送酒菜的兵卫忙推开大石门，低声向里呼道：“二哥……”

“谁?”囚室之中传来一个苍哑的声音。

“是小弟迁忆！我们来救你了!”

“啊，是四弟!”囚室之中传出一阵铁镣的声音。

“快点，把这两人的衣服剥下!”天监的声音突地一变，却是林渺。

“兵卫”立刻意识到，迅速扒下两名狱卒的衣服，点亮火把，将狱卒拖到囚室之中。

陈通的神形有些憔悴。

“快，把胡子剃了!”林渺向陈通吩咐道。

刑迁忆迅速打开陈通手上和脚上的铁镣。

“他是谁?”陈通见林渺极为眼生，而且又命他剃胡子，不由得问道。

“他是小弟的朋友，要将你易容成狱卒，二哥快动手吧!”刑迁忆解释道。

“啊……”陈通一怔，立刻明白是怎么回事，顿时大喜。

……

林渺领着陈通和刑迁忆有惊无险地走出大牢的铁门，虽然出来时多了一个人，但是他此时是天监，谁敢说什么？何况，这个人只不过是一个狱卒而已。

天牢铁门之外是李霸和几名来自天虎寨的兄弟，但此时他们都是身着军装，见到林渺诸人行了出来，顿时大喜，都欲围上来问好，但却被林渺的目光制止了。

“备马!”林渺沉声吩咐道。

李霸忙牵过来时林渺的坐骑，这些人当中，也只有林渺一人骑马，余者皆相护左右，相伴而出，以显示天监地位的与众不同。

“大人请走好!”一名狱卒在林渺等人走时还阿谀地问了声好。

“要小心看守，这两天不允许任何人探监，违者定当重罚，可知道?”林渺上了马还回来煞有其事地叮嘱道。

“是!”那狱卒诚惶诚恐地应道。

……

几人快到都统府门口之时，林渺突然低低叫了声：“不好，真的天监来了，小心准备!”

林渺此话一出，众人皆惊，那个该死的天监迟不来，早不来，竟在这个要命的时候来了。但值得庆幸的是，至少陈通此刻已经出了天牢。

“什么人?”真天监远远地便见有人敢骑着高头大马大模大样地行于都统府中，但他并没有看清此刻林渺的面貌，是以他手下的几名亲卫高声呼道。

林渺向李霸诸人打了个眼色，一带马缰冲向天监的驾前，大喝道：“你们都瞎了眼吗？连本官都不认识！”

林渺这突如其来的大喝，倒让天监那一干人全都愣住了，更让他们愣住的却是林渺此时的面容。

那群天监的亲卫一呆，都脱口呼道：“天监大人！”但顿时又意识到什么，不由得扭头向自己身边的天监望去，一时傻了。

天监也傻眼了，他都怀疑自己是在照镜子，但却又知道这绝不是在照镜子。

“你，你是什么人？居然敢仿扮本官！”天监气得指着林渺，又惊又怒地喝问道。

“你又是什么人？居然敢如此明目张胆地假冒本官！”林渺不仅不惊，反而质问道。随即又向身后的李霸诸人一挥手，吩咐道：“给我将这个大胆的狂徒拿下，本官要亲自拷问！”

天监更是又怒又惊，对方居然比他还狂，居然敢先下令擒拿他。

天监的亲卫们也都有些糊涂了，不知道究竟是怎么回事。

“你们几个大胆奴才，难道连本座都不认识了吗？还不将你们身边的逆贼拿下?!”林渺向天监的亲卫们大喝。

那十余名亲卫都怔住了，在不知道该如何才好时，李霸诸人已如一阵旋风般冲了过来，带着强大的杀机。

“还不与本官擒下这大胆狂徒？”天监这时才回过神来，怒叱道。

附近的官兵也都糊涂了，有几个跑了过来，但是却不知道帮哪一方才好，因为他们根本就分不清两个天监，哪个是真，哪个是假。

李霸、刑迁忆诸人的刀沉力猛，皆为高手，这些亲卫虽然人数占优，但却并不能占到多大的优势。

林渺知道自己也该出手了，大喝一声，一夹马腹，向天监冲去。自得胜钩上摘下长枪，抖出一朵斗大的枪花，有如下山的猛虎。

天监再惊，他只觉得一股强大无比的气机将他紧紧罩住，而且杀机如潮水一般向他奔涌而至。压力，让他有种喘不过气来的感觉，他不由得暗忖：“好厉害的对手！”

“保护天监大人！”亲卫们也感到了来自这杆长枪之上的强大杀机，皆大惊地护住天监的战马。

一旁都统府的战士傻眼了，他们根本就不敢插手，害怕打错了人，那么，他们便是吃不了兜着走了。

“你们胆敢挡本官擒敌，简直是找死！”林渺故意大喝，手中长枪一晃，巨大的枪花幻成千万点枪影，仿佛是暴风疾雨一般，罩向那群挡道的亲卫们。

“呀……”那群亲卫如何能挡林渺的枪招？几乎没有人能够挡住第二枪，要么便是兵刃被击飞，要么便是被挑翻或是被枪杆击昏。

“嗨……”天监已经不能不出手，他的手下根本就没有丝毫作用，至少对林渺的枪起不了什么作用。他可不想死，是以摘下马上的大戟横挥而出。

“当……”枪戟相错，两匹战马也交错而开，天监的双臂被震得发麻，几乎脱手扔掉了大戟，但林渺错马之际，长枪倒刺而回，速度快极，更灵活得让人心惊。

天监欲回戟已是不及，只好伏于马背，但这一枪却挑开了他背上的衣衫，只让他惊出了一身冷汗。再带马缰，他心中却在发凉，此时他怎会不明白眼前的对手不是他所能抗衡的？

“你们还愣着干什么？还不给本官拿下他？”天监向一旁不知如何是好的都骑战士喝道。

都骑战士被这一喝，忙向林渺围去，但林渺也怒喝道：“你们这群大胆奴才，要造反吗？敢对本官无礼，还不将那大胆狂徒拿下！”说话间又催马向天监攻去。

都骑战士被林渺这一喝弄糊涂了，又都停在那儿不敢进攻。

那边的李霸和刑迁忆诸人几乎在暗中笑破了肚皮，但他们却不敢在这里太过停留，故意与那群亲卫边战边向门口退。事实上，他们完全可以立刻干掉这几人快速逃走，但那样林渺便立刻穿帮了，是以他们不敢太急躁。

李霸和陈通都不知道林渺的真实身份，但觉此人气势如山，自然地露出一种强大的霸气，尤其是在其立马横枪之时，仿有一种君临天下、不可一世的豪气，使他们心生感激之下，也心生钦佩和仰慕。

天监大急，欲掏令牌，但林渺根本就不给他机会，长枪让他有点喘不过气来，更别说分神去掏令牌了。

“下马！”林渺的长枪再狂挑而出，口中暴喝。

天监的身手绝不弱，长戟自手中射出，身子竟自马背之上翻落，但却并未跌倒。

林渺一惊，没料到天监居然弃戟下马，当拨开大戟之时，天监已跃出两丈开外。

“本官令符在此，你们没长眼睛吗？还不将他们拿下！”天监弃戟下马，竟是为了掏出令符。

林渺暗叫不好，向李霸诸人喝道：“你们先走！”

那些都骑军战士见到令符，顿时分清了敌我，哪敢再犹豫？不由得大呼：“拿下他们！”

李霸诸人再不犹豫，此时他们已经只距大门口几丈之遥，击退那几名天监亲卫，奔向大门。

大门口的都统府的护卫出手欲阻，但如何能挡住李霸等高手的冲击？

“驾……”几人刚到门口，门外立刻冲来一辆飞驰的马车，车夫低喝：“上车！”

李霸大喜，他自然知道是接应之人，忙送陈通上车。

车夫再不迟疑，驱马狂驰，也不等其他人上车，更不理会府中的林渺。

林渺见已经不用再游戏，不由得一阵哈哈大笑，道：“来吧，让你们尝尝我的厉害！”说话间，策马如风般冲向都骑战士的合围之势中，长枪有若洒落的漫天星雨，自千万个角度飞洒而下。

枪马所过之处，无人能近，也无人能再立起。这些人之中几乎没有人可以让林渺的枪和马停留半刻，刃触枪，刃飞；人触枪，人亡，其气势如钱江怒潮，山呼海啸一般，只杀得官兵们心胆俱寒，不敢直迎其锋，见林渺杀来，都一个个抱头鼠窜。

天监大人一看林渺直追他而来，也吓坏了，吼道："放箭！放箭！"而他自己则向府中有建筑之处逃去。

林渺见这些人只是抱头鼠窜的份，也便打马长笑地冲出府门。

这些都骑府中站岗的官兵并没有人携带弓箭，想找弓箭放箭也是不可能。

"呜……呜……"都骑府中官兵见拦不住敌人，只好鸣号求救。

城中顿时人人惊悚，还以为义军破城了，一片慌乱。

林渺暗叫不妙，他冲出都统府，那辆马车早便已不见踪影，李霸诸人断后，使追兵根本就无法去追陈通。

"你们先走，这里我来！"林渺挺枪破入数十名官兵群中。

官兵如退潮一般都骇然而退，没人敢迎林渺之锋。

李霸诸人见林渺如此神勇，虽然为林渺担心，但是却明白，若再不走的话，满城的官兵都会围过来，那时想走也走不了，只得迅速按拟定的计划撤走。

官兵欲追，但林渺一人立马横枪于街心，没人能够自其枪下穿过，这数十名官兵还不够他打。

事实上这都统府中有百余名官兵，但是在天牢之内便占了一大半，因为在整个都统府中，天牢是最重要的，而外面发生的这些，天牢内根本不知道，便是听到号角之声赶出来，也不会这么快。

林渺并不恋战，见李霸诸人已走出视线之外，拨马便向长街的另一端冲去。

第三十六章　血战宛城

官兵们想追又不敢追，只有远远地掉在后面装腔作势地喊着，根本就不敢追近。其实他们何尝不明白，凭他们这所剩的十几个可战之人还不够打，是以哪敢惹怒对方?

林渺驰出数十丈，便听前方蹄声大作，脚步声一片，立刻明白是城中的守军闻号角之声赶来，忙一带马缰拐入一道胡同之中。

街上行人纷纷躲回家中，也都不知发生了什么事。

大队官兵追入胡同之时，林渺早就到了另一条街，但是此刻似乎四处都是官兵，几乎是避之难及。不过，林渺并不害怕，宛城是他土生土长的地方，没有人比他更了解这里的地形，他完全有把握在正常情况下摆脱追兵。

当然，事情总会有意外，而这个意外，却还是被林渺给遇上了。

拐过几道胡同，眼看就可以甩开追兵，但是便在胡同口悠然横着一匹浑身雪白的战马，马背之人横戟而坐，散发出一股浓浓的杀意，竟使林渺的坐骑惊得止步。

“梁丘赐!”林渺轻呼了一声，他没想到梁丘赐竟会在这里等他，不仅突然而且意外，可是他有些不明白，梁丘赐怎会预知他要行走的路线呢?

“还不摘下你的面具吗?”梁丘赐缓缓抬起头，目光之中充盈着一股冷冽的杀机，便像这呼呼吹过的北风。

天意甚寒，冷风自胡同口吹入，有种凄冷的味道。

“哼!”林渺不屑回答，也没有必要回答，不管在他面前的是什么人，他都必须闯过去，否则，他在宛城所花的精力就会血本无归了。是以，他想都没想就夹马向梁丘赐狂冲而去。

梁丘赐的眸子里闪过一丝讶异，同时也有些不屑，他讶异只是没想到这人居然还敢向他进攻，不屑之意亦是出于此因，但很快他的不屑变成了惊讶。

林渺的枪限于马速太慢，无惊人之势，但却有惊人之气，仿佛在枪头凝聚了一团狂旋的气流，有形有质，枪不再是枪，而是无坚不摧的巨杵，带着无与伦比的冲击力卷着呼啸的厉风直奔梁丘赐的马和人。

在这窄小的胡同之中，长兵刃并没有什么优势，在马上交手，所有的花招都是多余的，唯一的真理便是“狭路相逢勇者胜”！

林渺便是看出了此点，是以他毫无花巧地出击。

梁丘赐根本就没有回避的余地，冷哼声中挥戟狂搅，但蓦地却发现那刺至面门的枪影竟是虚招，枪头折向他座下的战马，快捷无伦，整杆枪便像是一根软鞭，随心所欲地改变攻击方位。

梁丘赐顿时知道自己小看了对手的狡猾，不过他并不在意，因为两匹战马都在冲刺，而在此时对方转换枪尖所刺的方向，那便等于让自己的长戟刺入对方的胸膛，以战马换取对方的性命，他并不亏。

“去死吧！”梁丘赐不再顾及座下的战马，长戟直捣而出。

“你上当了！”林渺大笑之际，战马微侧，长枪换到左手标射而出，而右手之上亮起一抹美丽而耀眼的弧迹。

“当……”梁丘赐的长戟竟然被拨开，林渺侧过的身子自戟杆下滑过，右手之中是一柄古朴而厚重的大刀。

“呀……”梁丘赐心神被刀芒所引，却感脚下一阵剧痛！原来那杆射出的长枪并未射中战马，而是自马腹掠过，刺入梁丘赐跨于马背上的腿中。

“喳……”更让梁丘赐惊骇的是，他的大戟竟在林渺自戟身划过的刀锋之下断成两截。

“轰……”两匹战马马身错过，林渺脚下横扫，直奔梁丘赐的腰腹。

“砰……”梁丘赐所剩的一截戟柄在百忙之中挡住林渺这要命的一脚。

林渺惨哼一声，他没料到梁丘赐在这种情况下尚能够反应如此灵敏，在吃痛之下，他刀背一翻，重重地拍在梁丘赐的肩头。

梁丘赐几乎被拍到马下去了，但这条胡同本不宽，现在两马并行，更没有多余的空间，梁丘赐伸手撑住侧面的墙，忍痛倒挥戟柄。

两马相错，林渺也来不及变招，一切都只是在电光石火间发生。

“砰……”戟柄横击在林渺的后背之上，但所幸的是其手臂受伤在先，最多也只有三成力道，但也让林渺痛得惨哼一声。

“希聿聿……”林渺大恼，反手挥刀，却因两马错身，刀无法碰着梁丘赐，却将梁丘赐的马股劈开。

战马惨嘶翻倒，也把梁丘赐自马上摔下，那杆长枪因穿过马缰刺入梁丘赐的大腿之中，这一栽下马，几乎把梁丘赐的肉都给扒下一层，痛得他冷汗直冒。

“再见了，我的梁大将军！”林渺不想恋战，如果此刻他回头，定可杀了梁丘赐，但是那样势必会让追兵追至，那时会发生什么样的后果就很难说了，他可不想因小失大。

事实上，林渺能够闯过梁丘赐这一关，多少存在着些许的侥幸。梁丘赐的轻敌也是一个原因，同时梁丘赐没料到林渺如此狡猾，以及林渺那切金断玉的龙腾刀，这便使得林渺侥幸闯过了这一关。但由于空间太小，两大高手只能短兵相接，又被马背限制，因此两人几乎是以硬碰硬、两败俱伤的打法，只不过林渺占兵刃优势和狡计得逞，使梁丘赐的伤势要重一些，否则的话，只怕他还很难闯过梁丘赐把关的胡同口了。

不过，林渺背部和腿上都受了些伤，虽然并无大碍，却也够他受的，梁丘赐受伤后的力道仍大得惊人，几乎击碎了他的腿骨，幸亏此刻尚有马匹代步，他现在只要再穿过一条大街便可安全脱身了。

梁丘赐自然无力再追，连战马都被劈死了，哪还有什么作为？

“大胆狂徒，还不给本将军下马受缚！”

林渺刚奔入大街之上，自对面快驰出一骑战马，一群都骑卫也奔了过来，更传来一声大喝。

林渺心中暗暗叫苦，这奔来之人竟是淯阳惨败的属正，此刻想调马头而走已是不可能了，若再自那条胡同绕回，更是不通。但事已至此，他根本就没有后退的余地，唯有硬着头皮大喝："挡我者死！"

"好个不知天高地厚的狂徒，给本将军拿下！"属正手中大枪一挥，身边的近百名都骑卫立刻蜂拥而上。

林渺无奈，挥刀大开杀戒，但这一刻人数众多，步骑交杂，更有几名偏将的武功不俗，林渺虽然不惧，但要闯出重围却也不是一件容易的事。

长街之上的百姓早已躲避一空，只有少数人偷眼自窗子外望。

龙腾刀虽锋利，但却太短，护人可以，却难护战马，战马很快便受了几处轻伤。林渺微急，夺过一杆大戟，还刀入鞘，指东划西，左冲右挡，似乎有使不完的力气。

官兵虽然人多，但是却无法再靠近林渺的战马，竟被林渺硬生生地劈开一条血路，那些人欲以大盾相阻，但大盾在林渺的大戟之下全然无效，被劈裂或是击碎，战马一错而过，直迎属正。

属正也微微吃惊这个敌人的可怕，这一百多都骑卫竟不能困住他。他知道，自己必须出手。

"属正，看你的了！"林渺喝道，同时大戟以最为直接的方式直奔向属正，借坐骑的疾冲之力，大戟在空中越行越疾，势若奔雷。

"啊……"属正几乎没有思考的余地，林渺这一戟来势太疾太沉，如果他选择避让的话，那么林渺的战马将与他错身而过，而他想再调马回身追击的话，至少会错后五个马位，很有可能让对方溜掉。是以，他不能不全力迎击。

"轰……"枪戟相击，属正的镔铁大枪几乎被砸弯，双手震得发麻。

林渺手中的大戟应声而折，两人坐骑皆被震得倒退两步，打横而出。

"好深厚的力道！"林渺暗忖。

属正的惊骇也不小，他一向以神力称著，可是眼下所遇的人，内劲之强有如爆发的火山，连他这杆镔铁大枪都差点砸弯了，怎叫他不惊？

林渺抖手射出戟杆，八尺戟杆有如一支巨箭，带着奔雷之声直射属正的心窝，而他的身子也在同时自马背上弹起，双手挥刀，如经天长虹一般，划破虚空，带着锐啸，若彗星一般的锋芒直袭向属正。

属正吃惊，林渺的反应速度和身形之快都让他惊骇，不问可知，对方的每一击都蕴含着足以致命的杀机，而连环的攻势更让属正也有些头痛。

林渺的战马立刻被都骑卫斩杀。

属正也踏蹬跃起，镔铁大枪有如出水之蛟，整个人化成一抹幻影，射向林渺。

林渺并不陌生属正这一击，那日他便亲眼见到属正凭这超霸的一枪，破开义军的高手突围而出，而今天，属正却用这样一枪来对付自己，他不知道是该高兴还是该痛苦。

"当当……"两道人影在虚空之中如两只戏飞的鸟，在刹那之间变换了数十个方位，刀枪擦出的火花若漫天的萤火。

林渺刹那间劈出一百七十八刀，但却无法占到丝毫便宜，只因他的腿和背部早已负了轻伤，虽然与那群官兵交手毫无影响，但与属正这样的高手交锋，却使其无法拥有平日的灵活。

不过，属正绝不好过，虽然他也还击了一百多枪，但是到后来，几乎被林渺那暴风骤雨般的攻势打得没有还手之力，后因力竭又落回地面。

林渺的身子却借力弹上一屋面之上，他不是不想再追击属正，而是他一口气也转不过来，若非借属正镔铁大枪的反弹之力，只怕他又会落入都骑卫的包围之中，陷于苦战之局了。

"嗖嗖……"林渺落上屋面，顿时迎来一阵乱箭，弓弦齐响，又有一队官兵赶了过来。

林渺心中叫苦不迭，哪里还敢恋战，自屋顶上向另一条街狂掠而去。

"别让他跑了!"属正大惊，策马向另一条街绕去，四面的官兵此刻似乎也都发现了林渺的位置，都向这个方向围来，有的爬上屋顶拦截。当然，这些人根本就没用，只有地上的弩箭对林渺有影响，不过，林渺很机敏地专拣高檐奔行，使地下的弓箭手找不准他的位置。

属正的行动也极为利落，在林渺欲跃过大街之时，他已经策马赶至，马未至，他已自马背之上冲天而起，直袭跃空的林渺。

林渺大感头痛，这个家伙似乎一定要置他于死地才肯甘心，但他也拿这个家伙没办法，心忖："早知道老子在淯阳时将这混蛋给宰了，那就不用惹今日这一通麻烦了。"可想归想，仍得面对现实才是正理。

属正的攻势极猛，而自另一方赶至这条大街的官兵也如潮般涌来，如果林渺落入长街之中，那结果只有一个——苦战！

林渺想想都觉得头皮发紧，却无法不去面对属正。

"当……"林渺的刀劈在属正的枪尖之上，强大无比的冲击力如潮水般涌入他的身体，使他如一只放飞的风筝般倒升三丈，再斜斜落向屋顶。

"嗖……"一轮箭雨在林渺最不想来的时候来了，硬接属正这全力一击，他已几乎力竭，哪还能完全挡开这一轮箭雨？

"噗……"林渺落上屋顶，但肩头却中了一箭，几乎要踉跄自屋顶上跌了下去，但仍强行稳住身子，向屋脊的另一端翻过。

"你已是穷途末路了！还想走？"属正见林渺肩头受伤，顿时大喜，这个对手顽强得让他有点受不了，他也明白，对方的功力不会比自己逊色，若是在单打独斗的情况下，他败阵的可能性极大，但如果对方有伤在身的话，情况又是另一回事，是以他跃离马背，尾追林渺而去。

属正一上屋顶，蓦觉脚底传出一股强大的气浪，整个瓦面狂暴而起，一道锐利无坚不摧的剑气自下射出。

属正大吃一惊，骇然暴退，但觉碎瓦如刀，割体生痛，而自瓦砾之中射出一抹亮若经虹般的光彩。

"呀……"属正长枪怒刺而出，虽然事发突然，但他总不能眼睁睁地看着自己死去，是以他拼尽全力而出。

"锵……"一声清脆至极的金铁交鸣之声响起。

属正只觉手上一轻，镔铁大枪的枪头竟被那一抹亮彩斩断，而数尺长的剑芒依然掠向他的咽喉。

属正惊骇若死，自己的铁枪居然被对方一斩即断，这是他做梦也没有料到的，骇然之下，几乎避无可避，唯有如中箭的飞鸟般一头向街上栽落，虽然如此太过狼狈，但却是没有办法的办法。

剑芒掠过，断去属正的头盔和几缕头发，却已惊得属正冷汗直冒。

剑手并未继续追袭，而是拂袖，屋顶的瓦砾如暴风雨一般狂射而出，直袭向赶来欲张弓搭箭的官兵。

众官兵正欲放箭，却觉眼前一暗，瓦砾便已击中了他们的面门和身体，痛得他们一阵惨哼，哪里还能再放箭？

属正落地，骇然抬头，却只见到一道绿影跃天而去。他一直都不曾看见过对方的面目，但却嗅到了一股异香，他知道，对方是个女人，一个可怕的女人。

“当……”那削落的头盔坠地发出一声脆响，而那几缕头发则自他的视线中缓缓飘下，但那神秘剑手已经踪迹全无，像是一个奇怪的梦。若非满地呻吟的官兵，属正还真以为这只是一个梦。

半晌才记起了什么，喝道：“快给我追!”但是属正自己却也愣住了，这柄跟随了他数十年的镔铁大枪竟然被人就这样毁于一旦，他心中恨，但又无可奈何，对方的剑法实在太可怕了。不过，在他看到手中半截枪杆之时，则更惊，他发现手中半截枪杆之上竟布满了刀痕，有深有浅。

顿时，属正明白，枪断之因并非全因那柄诡异的剑，更是因为林渺的刀，他与林渺硬击一百多刀，这些刀痕是林渺留下的。当然，他并不知那被他追击的人就是林渺，但却对那柄可伤他枪的刀产生了浓厚的兴趣。

林渺自然感受到了身后的异样，但是他却没有兴趣留下来看个究竟，在这种时候，自然是逃命要紧，因为若是他被擒，后果只会让数百人为他所累，而这却是绝不想看到的。

事实上今天他仍失算了，宛城之中的警戒远远比他想象的要森严，这毕竟不是棘阳，也不是淯阳。他没想到，只那一个号角便完全调动了城内所有的防卫，连属正和梁丘赐都出马了，而且整个城内官兵的调动也出奇地协调，这便让他连想脱身的机会也没有了，最初的计划也似乎难以施行。

“走这边！”

林渺正奔跃于屋顶，忽闻身边响起了一声轻语，淡而柔和，不由得吃惊地扭头，却发现一道绿影划过，向左侧跃去，禁不住大喜，脱口低呼：“怡雪！”

来人正是无忧林的传人怡雪，林渺哪想到居然在这要命的时候来了这位救星，心中又是感激又是欢欣。

怡雪依然深纱垂面，但却扭头向林渺投以浅笑道：“你这人也真大胆，居然敢以一人之力决战宛城！”

林渺知道怡雪是取笑他，但他又岂会在意？欣喜地问道：“你怎么知道是我？”

“你瞒得了别人还瞒得了我吗？傻瓜，别说了，快跟我来吧！”说话间一拉林渺，加速飞驰。

林渺自然明白，论身法，怡雪比他要强，况且自己是伤疲之身，只好由怡雪带着他飞奔了，至于去哪里，已经不再重要。

宛城乱子似乎极大，四处都是搜捕疑犯的凶手，不仅有人劫狱了，更连梁丘赐将军也受了伤。

军方不仅损失了近百名官兵，伤者也近百，但却一个凶手都不曾抓到。

最没有颜面的仍是属正，自淯阳败退宛城，现在与梁丘赐共同负责城内的安全，但却又发生了这种事，损兵折将不说，还让他的兵刃也为敌所断，他只是有苦自知。

在这种非常时期，城中却闹出了这等事，于是众说纷纭，有的认为是义军的奸细混入了城中，有的则认为城中藏有刘秀的余党，这非常时刻欲里应外合破宛城。

事实上，严尤让梁丘赐和属正这两位大将军负责城内的安全，也是怕昔日刘秀离开宛城之时留下了余党。因此，城内的安全也是绝对重要的，但是他没有料到，只那么几个人便闹得宛城鸡犬不宁，连梁丘赐和属正这样的高手也弄得灰头土脸。而更让人好笑的是，对方是什么身份，仍一无所知，只是知道对方化妆成天监的模样大摇大摆地进出天牢，这几乎使军方颜面丢尽，但这也是没有办法的事。

不过，这个在宛城捣乱的神秘人物受了伤，这是官兵唯一的收获，可是，想在宛城之中搜捕这神秘敌人及其党羽，确实不是很容易的事情。至少，到目前为止尚没有这群人的半点行踪。

大通酒楼外，一切如常，虽然官兵四处搜寻，也找到了这里，但是却并无收获，又由于虎头帮地头上的关系，官兵也不怎么捣乱，但是大通酒楼内的许多人却在担心。

林渺依然没有回来，到处都盛传那奸细与大将军梁丘赐和属正大战，更在成千数百官兵之中勇不可挡，可是为什么林渺仍没回来？这之中究竟发生了什么事？

陈通是被救出来了，刑迁忆诸人也都安全了，这些人行事时都经过易容，当恢复真面目之时，没人能想到刑家兄弟便是那大闹天牢的人物，倒是陈通和李霸诸人被深藏在安全的地方。

刑迁忆诸人也在为林渺担心，毕竟林渺是因为他们而赴险，更为他们挡住追兵，独自一人大闹宛城，若是林渺真的出了什么事的话，他们也难辞其咎。是以，刑迁忆到大通酒楼来看过一次。

小刀六的反应很平静，尽管他也担心，但至少知道目前官兵并没有找到林渺，否则也不会如此兴师动众。只要林渺走脱了，那么想要在宛城这属于他的地盘找到林渺，这绝对不是一件容易的事，何况此时的林渺已非昔日的林渺了。

李霸得知这个相助他们的神秘高手居然是那个偷食了其烈罡芙蓉果的林渺之时，心中情绪之复杂连他自己也不明白。他深切地感受到，今日的林渺已不再是当日被他抓上山的小娃娃，也不是被他们追得四处逃窜的逃兵，如今的林渺确实变了，不仅是武功之上，连气质之上，也变得让他无法与昔日的林渺联系起来，不过依然是那么诡计多端，总会在不可能的情况下逃走，就像当日被关在山寨之中居然还可以去偷食烈罡芙蓉果。

当然，感叹是一回事，为林渺担心又是一回事。只不过，此刻的他不可以随便乱走，只能寄居于刑家老宅的地下密室之中。

陈通身子有些虚，这些日子在天牢之中受了不少折磨，不过现在终于出来了，而救他出来的人却是当初被他所救的林渺，倒使他大感意外。

刑迁堂为他们送来了好酒好菜，还带来了关于外面发生的最新情况。

“那小子有没有逃脱？”李霸最关心的事情似乎便是这些。

“林渺真厉害，他不仅伤了梁丘赐，让官兵死伤百余人，连属正也被他杀得狼狈不堪！”刑迁堂兴奋地道。

“啊……”陈通也吃了一惊，梁丘赐的武功他可是亲自领教过的，知道此人乃是朝中数一数二的猛将，虽然武功不及严尤和严允两兄弟，但也绝对可算是顶尖人物，当初他便是被梁丘赐给擒住的，却没想到梁丘赐居然会伤在林渺的手中，而且还与属正大战，伤敌百余人。

“那他可有逃脱？”李霸所关心的只是事情的结果，急问道。

“当然逃了，否则的话，怎会满城都在搜寻叛贼呢？”说到这里，刑迁堂意识到自己说错了，忙解释道：“他们认为我们是绿林军混进城的奸细，真好笑！”

陈通和李霸松了口气，李霸自嘲道：“我就知道他一定不会有事的，他怎么可能会这么早就丧命呢？”

“是啊，他是真命天子嘛！”刑迁堂似乎有些揶揄地道。

李霸却不置可否地笑了笑，道：“事实会证明一切的！”

陈通也有些好笑，他知道李霸的思想有些固执，若认定了一件事情，便很难再改变，而其对天机神算的信奉几若神明，是以他并不想出言相驳，倒是但愿李霸所说的是事实。毕竟，这次是林渺救了他们，而其力阻千军之豪情确实让他们钦服。

当日，他于宛城救林渺之时，林渺也是以重伤之躯独阻追兵，那时虽然是强弩之末，却有着气吞河岳的豪气，给人的震撼也是无与伦比的。他从来都没有想过一个武功低微的人居然以重伤之躯所产生的气势完全压倒数百名官兵，而今天，林渺依然是以一己之力力阻追兵，这种豪气和义气确实让陈通和李霸诸人感动。

“我们一定要把林渺找到，既然我们当初对着烈罡芙蓉树发过誓，就不能不办，我想大哥也会在山上欢喜的。”李霸道。

“我们必须找到林公子，向他说明白，可不能再如当初那般莽撞行事了。”陈通叮嘱道。

“二哥放心，我不会再误事的，这件事就交给四弟五弟去办吧。”李霸道。

“好的，我这就出去打探他的下落。”刑迁堂点头应道。

义军的前锋很快便进入了宛城的辖地之外，城外的村庄小镇之人皆拖儿带女远逃，已是十室九空。

严尤命令将城外一切可以被义军借用的器具全都搬回城中，或是烧毁，大有凭城与义军决一死战的决心。

义军之来，所过之处，几乎无粒米之获，甚至是想抓个问询的人都找不到。

“报先锋官!”李铁跃马于前，掩饰不住内心的兴奋，这里终又是他熟悉的地方了。正在想着该如何夺下宛城之时，后队的传讯兵驱马快速赶来。

“寅将军有令，请前锋就近扎营，不得再贸然深入!”

李铁愕然，与朱鲔对望了一眼，满不在乎地应了声道：“你去告诉寅将军，我知道!”

望着传令的旗牌官退去，朱鲔讶异地问道：“你准备扎营吗?”

李铁神秘地笑了笑，反问道：“你说呢?”

朱鲔没有直接回答，吸了口气道：“前方十里便是长安集了。”

“不错，过了长安集便可以在两个时辰之内抵达宛城外！长安集有城廓，可算是一座小城，我想到了那儿再据军扎营。”李铁笑道。

朱鲔也笑了，道：“可是那里一定有官兵相守，恐怕并不容易到手。”

“可我们是先锋军，遇山开路，逢水搭桥。”李铁也道。

朱鲔吸了口气道：“如果寅将军怪罪下来，那又该如何?”

“只要我们拿下小长安集，他便无话可说了。”李铁自信地道。

“好！进军小长安集!”朱鲔似乎也打定了主意让持旗者挥旗而进。

严尤的大帐之中一片肃静，那大闹宛城的人依然未能抓住，但是他们已经没有时间去为这些琐事费心，他们所要面对的是那一群锐气逼人的义军。

义军合兵七万余，其兵力比此刻宛城中的兵力强盛，在短短数月之中，义军声势大壮，更因三支义军联合，使得四方的小势力竞相投效，又因这几战每战皆胜，这支联合军几乎是人心所向，这才会在短暂的两月间，人数几乎是翻了一翻。

当然，人多了，在这寒冬腊月的，军备也会成问题，但战争却给了他们力量。

严尤的总兵力是五万，有坚城可凭，因此这守城一役并非没有胜算。

“属正将军领兵五千据西侧胡、陈、朱三庄拒敌，但不可与之死战，稍阻义军攻势则立刻退回城中!”严尤抛出一支将令吩咐道。

“末将遵令!”属正明白严尤的意思，因为他知道这次严尤整个作战的计划。

“梁丘赐!”

“末将在!”梁丘赐应了一声。

“你的腿伤可好些?”严尤淡淡地问了一声。

“已无大碍，可以乘马而行!”梁丘赐有些苦涩地道。心里却知道，自己根本就不能出战。

“好，我给你三千人马，于小长集外接应小长安集的败军，然后一同撤回城中，你不必与敌迎战!”严尤道。

“元帅!”属正有些犹豫地望了梁丘赐一眼，欲言又止地道。

“属正将军有何话要说?”严尤反问道。

“我看元帅还是让梁将军守城吧，他腿伤虽无碍，但仍不利于行动，若是有所差错，只怕会使伤口迸裂……”

“属将军好意，末将甚是感激，但请将军放心，我不会有事的。”梁丘赐打断属正的话道。

“梁将军真的无碍吗？”严尤又问道。

“真的无碍！”梁丘赐脸色有些发青地道。

“好，你二人可以执令而行了，记住，不可恋战！”严尤沉声道。

“李立！”

“末将在！”众将之中又站出一人，此人五短身材，但却极为壮实，看上去有如一只冷静的豹子，却是严尤的亲信将领，随严尤东征西战，立功无数。

“本帅给你三千人马，绕道至乱军后防断其粮草！一切秘密行事！”

“末将遵令！”

严尤再环视了众人一眼，冷冷地道：“其他众将随本帅坚守此城，随时待命！”

众人你望我，我望你，见没有分配自己任务，颇觉失望，但也有些人暗自庆幸不用去与义军交锋。不过，让人疑惑的却是严允大将军居然没有来参加这次军议。不过，严允是元帅之弟，谁也不敢乱问。

“元帅，小将有一事不明，还请元帅指点。”一名偏将出列行礼道。

“有何事不明？”严尤淡淡地问道。

“敌人此刻攻克棘阳，中途无休便来攻我宛城，必是疲师，虽其数目甚众，但我们以精锐迎头痛击，虽然可能无法一击而溃，但势必会灭其威风，挫其锐气，这对我军今后之战必会有利，可元帅何以命所有人撤回城内，避而不战？如果让敌军据城外集镇，便可对宛城成合围之势，其锐气则更盛，反使我军战意下沉。是以，小将实不明白其中之理！”那偏将并无畏怯，平静地道。

“元帅，末将也认为霍将军言之有理，还请元帅指点迷津！”又一名偏将立了出来道。

严尤欣慰地笑了笑，望着案前的两名年轻战将，笑道：“青颜言之有理，但本帅要的不是挫其锐气与之僵持，而是要胜敌，是以请两位先入列，本帅自有主意！”

霍青颜与另一名年轻偏将对望了一眼，只好入列。

“不知元帅准备如何处理那个闹事的奸细呢？如果此人是义军派到城中的，只怕城内还需多加严防了！”一名参军有些担心地道。

严尤也有些皱眉，这个神秘的人物劫天牢而逃，劫走的却只是天虎寨的二头领，天虎寨与绿林军并无交往，那这神秘人大概不应与义军有太大的瓜葛，但是麻烦就麻烦在此人精擅易容，如果到时候易容成自己，诈开城门，那么后果就不堪设想了。

“任何执行军令或是要开启城门之人，都必须持令行事，认令不认人，包括本帅在内，任何不执令而传令者，皆视为疑犯拿下！”严尤沉声道。

众人皆愕，但却知道这也是没有办法的事情，因为谁也不知道这个神秘人物会以什么身份出现，他可以化装成天监，自然也可以化装成他们之中的每一个人。

林渺过了两天清静的日子，他所处的是一处道观，四面清静，唯暮霭的钟声和林鸟的喧鸣声给这静态的世界注入了无穷的活力。

林渺从不信什么神鬼佛怪的，不过，对这座有着数百年历史的古刹却不陌生，就因为这是在宛城。只是，他从来都没有这般平和地在这种环境之中待了两天。

在这里待了两天，不为别人，只是因为怡雪。

怡雪只希望他好好地待在这里，连大通酒楼也不必回，事实上这里距蚩尤祠并不远，只不过是在城外罢了。

怡雪把他带到这里，是如何出城的，只怕宛城守军想破了脑袋都不会知道，不过，这并不重要，是以城中无论如何找寻都不可能找得到林渺。

怡雪带林渺来到这里，便走了，因为她尚有要事待办，是以她希望林渺能在这里等她回来。美人盛恩实难推却，林渺只好乖乖地在这里听了两天的钟声，有时还与观中的老道下下棋。

流云观的盛名远播，不过这里是一片静土，道家的静土，与世无争，观中之人皆修清静心，倒让林渺觉得自己太过俗气。当然，在这里沾点不食人间烟火的味儿，倒也清闲自在。

很难得的却是，这两天之中，林渺居然似乎全然不担心观外所发生的任何事，仿佛自己已经是出世的仙家，红尘只在身外一般。他也奇怪自己的脑子为何会如此空灵，唯一的解释，便是这里的环境适合人涤心静志。

有两天的时间，他肩头的箭伤都已经结疤了，其他的一些小伤自然更是无碍，倒也乐得自在，每天衣食皆有观中的小道童相送。可以看得出，这里的每一个人都对怡雪极为尊重，或许是因为无忧林为道教最为神圣之地，因此无忧林的弟子几乎是受到了天下所有道教门徒的尊敬，而林渺是怡雪的客人，自然也会受到贵宾的礼待。

第三天，怡雪仍没回来，林渺也有些不自在了，虽然这里的环境好，但三天没与小刀六联系，他们一定会极为担心，而怡雪这么长时间尚未回来，又是去做什么了呢？对于无忧林，他并不在意，但是对于怡雪，对他来说，却有点像谜，他猜不透对方究竟有何目的，为何要自无忧林中出来呢？又为何追到宛城来呢？

事实上，有着许许多多的疑团困扰着他，只是有些事情他并不愿意去想得太多。

流云观处于山岭之上，其地势起伏，但却无耸天插云之势，宛城周围都无高山，不过却有密林古树。

林渺喜欢每天早晨爬到最高的山头，听鸟叫，然后看日出，看远处渐明渐散的晨雾，虽然天气极寒，可是这对于林渺来说，根本算不了什么。

远处渐升的朝阳确实是美不胜收，在朝阳那五彩的光芒之下，晨雾便像是一颗颗透明的晶粒，虽然四面只有凋零的树木，可在这晶粒般的晨雾里，却显得生机勃发，也不知这只是一种错觉还是真实的感受。每次面对这一切的时候，林渺总有一种莫名的感动，一种莫名的情绪。

想长啸，也想长叹，或是将一种沉默持续到天荒地老。可是，林渺却不能不控制自己内心的冲动。

“林施主早!”观中持事长老千幻道长的声音缓缓飘来。

林渺不用回头也知道，因为每天早晨千幻道长都会早早地来到这山顶敲响晨钟，观中众人便全都聚于主殿之中做早课。

“长老早!”林渺习惯性地扭了扭头，答应一声。

千幻道长露出一个平和而安详的笑容，然后便悠然步上钟台，以粗若桶身的巨木撞击着那历经风霜却依然悬于古树上的大铜钟。

“当……当……当……”声音沉缓而悠扬，不紧不慢，一声接一声以一个习惯性的节奏惊起山岭间沉沉的生机，使天地在钟声之中悠然苏醒。

山顶的钟声极有规律，十二响之后便逐渐寂静，只有山谷间依然回响着萦绕不去的余音。

长幻道长那干瘦的手在余音去尽之时才缓缓地离开撞钟的巨木，仿佛是一个苍暮的老人临终之前依依地放下手中的拐杖一般。

林渺似乎有些理解这位老道对生命的依恋之情，正是自感生命时日无多，这才分外珍惜每一次敲钟的机会，分外珍惜每一刻活着的时光。

千幻道长悠然地坐在林渺的身边，望着升起的朝阳，似乎是叹了口气，又似乎是在念叨着什么，林渺并未在意。

“长老心中似乎颇多感慨?”林渺淡然相问道。

“实因世间有太多值得感叹的事。”千幻并不否认，悠然道。

“长老应超然于尘世之外方是道之所趋，何以无法堪破世俗呢?”林渺讶异问道。

千幻不以为意地笑了笑道：“超然于尘世之外，是谓之圣，贫道虽修行数十年，却仍无法断去尘念，此生是与道无缘了。”

“道为何物?道之所求又是何物?”林渺反问道。

千幻讶异地望了林渺一眼，随即笑了，望着朝阳，吁了口热气，才悠然道：“道是朝阳，道是晨雾，道是林木，道是天地湖海江河，或者道本身就只是道，什么也没有，是以有所求也无所求!”

林渺神色大动，吃惊地望着千幻，却见其神色静如止水，仿佛自己什么也不曾说过一般。

“长老对世事看得如此之透，何以会认为今生与道无缘呢?”林渺惑然。

千幻慈和地笑了笑，道：“林施主认为道是何物？道有何求呢?”

林渺一怔：“我觉得道只是一种信仰，一种规范，只是人精神和灵魂的一种境界，道之所求，也是使人思想和灵魂受一种特殊的约束，不知我有说错吗?”

千幻又笑了，点点头道：“你没有说错，它可以是虚无缥缈的，又可以是实实在在的，道中道，何其道，谁又能清楚？每个人都有其独特的理解方式，每个人的心中都存在着道，但却又无法认识它。我之所以与道无缘，皆因我追求之道，非世俗之道，非公理之道!”

“那长老所求又是何道呢?”林渺更为惑然。

“欲求之道乃是武道!”千幻吸了口气道。

“武道?!”林渺吃了一惊。

“万流归宗，道之终结无甚不同，只是求道之途不同而已，恐怕此生我都无法趋及武道之巅峰!”千幻不无感叹地道。

林渺心中涌起一种异样的感觉，觉得眼前的老道有点怪，更显得高深莫测，不由得问道：“武道的巅峰又是什么呢?”

“天道，武道的极致，只不过，通过其他的捷径也照样可抵至天道，但却没有任何一种方式可以超越天道之外，唯武道或许例外!”

林渺不由得好笑，这个老道像是有些傻，什么东西可以超越天呢？什么天道岂不是胡说八道吗？他不相信这些，但却有些想知道千幻还能说出什么惊人的话。

“天道之外又是什么东西呢？为什么只有武道才可能会超越天道呢?”林渺不以为然地问道。

“一部很古老很古老的道典上记载着这样一段故事：当年黄帝轩辕大战魔帝蚩尤之时，蚩尤曾借引天外之力，破开天道而引无名之力，黄帝轩辕无法抗拒，后蚩尤却因胞弟自残气脉，而乱其气，在天外之力反噬之下，蚩尤才化为飞灰，但其所引天外之力使天地东倾，南陷，而酿出毁天灭地之大祸，洪水泛滥天下，恶兽妖魔横行，后来大神夏禹花数十年时光才凿出长江大河，消除洪魔之灾！也因此，黄帝轩辕聚众神之力禅封天道，化结界堵天外之力。由此可见，天道之外，仍有世处！”千幻无限向往地道。

林渺不由得骇然，色变道：“我看还是不要去试好了，若是再引发天塌地陷之灾该如何是好？”

千幻笑了笑道：“世人达至天道者已寥若星辰，谁又能冲破结界呢？”

林渺则深不以为然，不过，他倒真有些想知道天道之外究竟有些什么。当然，他很难相信千幻所说的是真的，世间哪可能有人力能够引天外之力？天灾又岂是人所能为的？不过，想到琅邪鬼叟在隐仙谷大战之时也引得风雷俱起，这好像也是有可能的，但凭一己之力破坏天地，这有可能吗？在他眼中，这只不过是一个神话而已，根本就不属实。或者如观中的许多人所说，千幻长老本身就不清醒，有些疯痴，对他的话，只能以一笑置之。

千幻似乎看出了林渺的心思，只是淡淡一笑，起身转身而去，口中高吟：“人法地，地法天，天法道，道法自然……”吟了几遍又笑着自语：“道可道，非常道，名可名，非常名……哈哈哈……”

林渺望着大笑而去的千幻长老，不由得呆坐不知所思何物，心中涌出一种怪怪的感觉，扭过头，再举目远眺，林渺讶异，他竟发现一道亮光自远处的山谷之中一闪即灭。

此刻晨雾微淡，那缕光彩分明是反射阳光而成的，敏锐的分辨能力告诉林渺，那是金属反射的光芒，也便是说，那缕异光是刀光或是剑光。

山谷之中居然有刀光闪过，这让林渺微感惊愕，心忖：“那里究竟会是什么人呢？是有人在那里伏击还是有人在那里决斗呢？会不会是怡雪在返回的途中遇到了强敌呢？”不过，料来以怡雪的速度，就算遇上强敌打不过，逃走也应该是没有问题的。是以，他并不是很担心，只是在这青山古刹之中待了几天，有点腻，也想下山去走走，而目标，便是那座山谷。

李铁和朱鲔一鼓作气，分两面强攻小长安集，虽然小长安集有外廓为凭，可是在义军士气高涨之际，官兵又无战心，根本就无法全力作战。

交战近两个时辰，小长安集便告失守，城廓被击得狼藉一片，不过义军也付出了不小的代价，毕竟攻城并非上策，死于箭雨之下的义军战士达千人。

不过，相对来说，能够夺下小长安集，牺牲这些人还是划算的，至少官兵也死伤了不少，而官兵狼狈逃离留下了许多物品，这是他们进入宛城地段之后所获的第一批战利品。在前方，官兵都是一扫而空，不曾留给他们一点东西，这也使李轶窝了一肚子火。

朱鲔领着两千义军紧追自小长安集撤离的官兵，这些官兵队形都乱了，显然都是一些素质低下、毫无战斗力的人马，他难以想象严尤的手下怎会这般无用，若靠这样一些人又如何能打胜仗呢？当然，那只是怀疑而已，他要做的是让这些官兵全军覆灭，给严尤一个下马威。

追出近十里地，眼见便要追上之际，蓦地闻得一阵喊杀之声自两旁升起，两路人马有如大剪刀一般向义军当头剪来，让官兵的逃兵迅速冲了过去。

“朱鲔，今日是你的死期到了！”

朱鲔扭头，赫然发现梁丘赐高踞马首，立于土坡之上，其左右挥舞着大旗，官兵迅速成冲击之势，袭入义军的队伍之中。

朱鲔吃了一惊，哪还不知自己中了埋伏，骇然驱马而战。

义军被梁丘赐这一记伏击，打乱了阵脚，虽然他们有新胜的锐气，战意高昂，但在训练方面却仍不如官兵。

朱鲔虽勇，但一人之力如何能敌数千之众，是以唯有败退。

朱鲔败退，梁丘赐追了两里便迅速撤军返回宛城之中，而朱鲔逃回小长安集时只剩下数百人，虽然是夺下了小长安集，但此战也绝不能言胜，为夺小长安集损失了两千多战士，确实没什么值得庆幸的，不过，既然一切都已经发生了，就必须面对现实。

远远地，林渺便听到了金铁交鸣的声音，清脆悠扬，又仿佛激荡着一种特殊的生机。

在一处山顶，俯瞰谷中之景，林渺讶异，山谷之中竟然真的是怡雪，而围在怡雪周围的却是一群装扮极为怪异的人物，一个个都秃着脑袋，但又戴着大耳环，装束与贵霜国的人有些相似，却又有些不同。

在怡雪纵横的剑气之中穿梭的是一个大袍秃驴，使的是子午鸳鸯钺，进退若游龙戏水，清爽利落。

怡雪的剑势根本就占不到半点优势，甚至被逼得节节后退，辟邪剑似也无法伤那奇门兵刃半分。

四面环着八名秃头怪人，但并未出手，似乎只是要将怡雪困在包围之中不让她逃走。

林渺此刻自然明白，那一缕亮光正是怡雪的剑面反光的原因，他也弄不懂自哪里钻出这样一个怪人，居然这般厉害，他明白自己的武功并不能够胜怡雪，也便是说自己出手对付那怪人也不会有胜算。不过，眼看怡雪露出疲态，他自然不能不出手。

怡雪的功力似乎要逊于与之交手的秃头，在这长时间的纠缠之下，难免会显出疲态。

“美人儿，乖乖地束手就擒吧，回去见了我们法王，保证不会亏待你的……”一旁的怪人虽然不攻击，却没有空过口，调笑无忌地说一些让怡雪又羞又怒的话。

“瞧这美人儿腰扭起来多美呀，那里肯定很紧，很多水……”

“哈哈哈……”那围着怡雪的八个秃头放肆地大笑，似乎对这些下流的话极感兴趣。

“你们猜她叫床的声音会不会很好听?”

“那只有咱们法王才听得到，除非法王玩腻了再赏给我们兄弟……”

“那倒也是，哎呀，你看她的胸，多挺呀，真是好诱人……”

“那面纱后面不知有些什么?”

“肯定是一双勾走你魂的眼睛……”

“哎哟，看她发火了，美人儿发火了，好大的劲呀，这剑舞得真痛快……”

“再大的劲也没咱们法王劲大呀……”

“哈哈……”那八个秃头又是一阵大笑。

怡雪虽然自小修心，但是遇上这群下流不堪的怪人，也是又羞又怒又惊，这使得她连连失利，险些中招。与她交手的怪人近身搏击的身法和手法精妙得让人吃惊，只要怡雪稍不小心，便会被攻入剑势之中，是以她虽急虽怒，却又无可奈何。

“哇……”八个秃头全傻眼了，怡雪的面纱被那钺锋割开，露出那让人无法不惊叹震撼的容颜，他们从未见过比这更完美的面容，是以他们一时之间竟忘了开口说话，笑声也戛然而止。

那攻击怡雪之人也怔了一怔，为怡雪的美貌所震撼。

怡雪哪里还敢犹豫，抽身自八名秃头怪人头顶飞掠而过。她知道，自己根本就不是这九个怪人的对手，若不借这稍纵即逝的机会，她绝不会再有机会逃出这八个秃头所布的阵势。

怡雪掠过这几人头顶，由于速度太快，这几人意识到之时，怡雪已经冲出了阵势之外。

“追，不要让她跑了！”那手持双钺之人也回过神来，在见过怡雪的面容之后，他更不想让对方逃走。

八名秃头怪人尾随怡雪疾追，但刚一转身便觉一道亮灿灿的光弧破空而至，凌厉霸杀的刀气已经割入他们的体内。

其中两名秃头怪人刚意识到怎么回事之时，脑袋便已飞跌而出，唯有一股喷洒的热血带着两声凄长的惨叫。

另几名怪人大吃一惊，他们刚才心神被怡雪容颜所夺，没想到死神已经悄然赶到了他们的身后。

林渺的刀绝不留情，快、狠，而且精准得让人吃惊，在他的刀切断一名怪人的脑袋之时，手中的短剑也在同时射入了另一名怪人的胸膛。

怡雪也大惊，她没想到林渺居然会突然出现在这里，而且一出手便夺对方两命。

“呀……”那几名秃头怪人大怒，戒刀狂出，六道刀芒如在空中绽放的花瓣，封锁了林渺每一寸进退的空间。

林渺骇然，这六人的反应速度确实很快，而且攻势极为凌厉，最让他头痛的却是六人动作一致，相呼相应，仿佛是一张张弛有序的天罗地网。

这种阵仗林渺倒不是第一次见到，若论每一个人的攻势都不足为惧，但是自六个方位同时攻到却又成了另外一回事。

林渺不知该如何接招还招，是以他唯有退，就像他突然而至一般又疾速而退。

林渺从来都不在乎什么雅不雅观，就像刚才自背后偷袭这几个怪人一般，他的目的便是杀死对手保全自己。

“小心！”怡雪惊呼。

林渺并不在意，在攻击的那一刻，他便差不多已算准了退路，在他身后两丈处便是一棵大树，而这，就是他的退路。

六柄戒刀追到，林渺身形已缩入了古树的乱枝之中。

“喳……”树枝如雨一般飞坠而落，林渺旋身再次弹向远方，同时自他身上射出数点幽光。

“呀……”那几名秃头的戒刀受树枝的阻碍，略微露出一点空当之时，立刻中招，却是一把铜钱。

铜钱入肉三分，虽不致命，却使六人阵形大乱，自空中坠落，不过林渺也没有空闲，在他身形落定之时，那手执双钺的怪人已如影子一般射来。

林渺转身立如古树苍松，眸子里射出幽冷而锋锐的光彩，对那扑来的身形及如狂风暴雨般的钺影似乎无动于衷，但自林渺身上散发出的战意有如张狂的地火，化成炽热的气流向四面扩张。

怡雪也立定身形踏于一窄枝之上如迎风而立的仙鹤，但目光却紧紧地盯着林渺，她感觉林渺便像是一个欲爆的巨大熔炉，那是一种带着狂野生机的热量。她禁不住有些疑惑，此刻林渺的气势让她感到有些陌生，但又有些震撼。

那怪人如一颗划破天际的陨石，带着风雷之声以无可匹御之势撞向林渺。

三丈、两丈、一丈、五尺……林渺蓦地长啸，声若龙吟凤鸣，裂云破雾，在朝阳之中，一道亮丽的虹影若裂天之电火反卷向那疾撞而来的怪人。

天空仿佛在刹那之间颤抖起来，光彩亮得棘眼夺目，空气中的温度刹那间暴升，若有十个太阳同时亮起。

草木焦枯，沙飞石走……

“轰……”两道气旋撞在一起，爆出一道电火，热气狂散，林渺和那怪人同时倒跌而出，两道身形在地上拖出一道长长的痕迹，有如被铁犁犁过的地沟一般，地面焦烁，裂开一个半丈方圆的陷坑。

怪人的衣服如被雷火劈中，焦黑而破烂，事实上林渺也好不到哪里去。

“林渺！”怡雪吃惊地向林渺扑来。

“尊者！”那几名秃头也吃惊地向那执钺的怪人赶去。

“我没事。”林渺的身子撞树而停，屈身弹起向怡雪露出一丝无奈的笑容，他握刀的手有些颤抖。

那怪人手臂反撑，在林渺立起的同时也弹身而起，目光之中充满了惊讶与骇异，但更多的却是疯狂的战意。

“好刀法，好刀！本尊者此来中原还不曾遇到这样的好对手，娃娃，你叫什么名字？”那怪人伸手拂去光头上的尘埃和败叶，像没事一般粗声问道。

林渺不由得心下骇然，但气势不减，冷冷道：“小爷林渺！”

“林渺？”那怪人自语般念了一声，又道：“本尊者乃西域王母门下四大尊者之一，法名‘空’，就让本尊者再领教一下中原的刀法！你出手吧！”

怡雪似乎感觉到了林渺的手在抖，因为林渺肩头的伤并未完全康复。

“走！”林渺蓦地转身，拉起怡雪不战而逃。

空尊者大为惊愕，似乎没想到林渺在使出那惊人的一刀之后竟会不战而逃。

“追！”空尊者有点恼火，当然，他更不愿放过快要到手的美人。

怡雪与林渺心思一致，虽然林渺趁对方疏忽的时候宰了两人，更伤了两人，但剩下的力量仍然可以让他们难以承受。空尊者的武功并没有真的发挥出来，在与怡雪交手之时因只是想抓活的，所以自然不会使出杀招。而林渺方才的全力一击，也深切地感受到这个怪人的功力有多么深厚，绝对在怡雪之上。若是林渺肩头无伤，或可与之一战，但在交手的第一回合伤口便迸裂了，因此再战的必要性便没有了。

流云观与山谷相距并不甚远，林渺两人的速度极快，并肩疾驰至观门之外这才驻足而立。

到了流云观，林渺和怡雪都松了口气，至少在这里不用怕对方人多。

“林施主和师姑回来了。”观道门口的小道见林渺与怡雪并肩而回，恭敬地道，他似乎并没有注意到有人自山下追了上来。

“去告诉你师父，说有强人闯观了！”怡雪向小道提醒道。

小道愕然回首，这才发现山下追来的空尊者和那几个怪模怪样的人物，是以他不再问什么，迅速向观内跑去。

空尊者追到观前，见林渺与怡雪静立于观门之外，微感惊愕，但很警惕地扫了四周一眼，这才驻足扬声道：“我道你们能逃出多远，不过是跑回家呀！”

“尊者，我看我们还是先退回去吧，这里是他们的地方，只怕会有救兵赶来。”一名秃头怪人向空尊者低声地提醒道。

“大胆的秃头，如此苦苦相逼，你们也欺人太甚了！”林渺深深地吸了口气道。

“哼，你杀了我两名侍者，难道要本尊者就这样让你白杀了不成？”空尊者摸了一下光头，有些怒意地道，他似乎对林渺骂他秃头甚为恼怒。

“哼，他们是咎由自取，你们一群人欺负一个女流之辈，如此不要脸的行径，早就该死！”林渺反唇相讥道。

“杀人偿命，你杀我两名侍者，我便拿你的命相抵，或者你让那女娃跟我走，我也许可放你一马！”空尊者道。

“你做梦！”怡雪对这群人是恨极，这群人那些下流无耻的话早就让她心生杀机，此刻已到了流云观口，这群人仍如此不知死活，她更是有些怒。

“只怕会让你失望了，如果你定要缠着不放的话，只会对你没有半点好处。你们从西域这么大老远赶到中原，再怎么说，也是客，我本不欲失礼于你们，但你们所做实在是太过分了！”林渺踏出一步，与空尊者相对而立，冷冷地道：“出招吧！”

空尊者并不在乎，似乎根本就没想到会有什么严重的后果，战意激昂地道：“但愿你不要让我失望！”

“无量天尊，是何人闹于我流云观外？”一声道号如洪钟般自山上飘下，林渺与空尊者皆为之一震，扭头向声音传来之处望去。

山上一名身材修长的中年道长悠然而至，似缓实疾，若驾云御风。

“云阳师兄。”怡雪唤了声。

那中年道人颔首，大步行至林渺和空尊者身前，冷冷地望了空尊者一眼，却见林渺肩头伤口处有血水渗出，不由关心地问道：“林施主没事吧？”

“没事，只是伤口裂了。”林渺摇了摇头道。

“你是何人？竟敢来我流云观闹事！”云阳冷冷地转向空尊者哼问道。

“本座乃是西域王母门下空尊者，你又是什么人？”空尊者不屑地打量了一下云阳，反问道。

“贫道乃流云观第九代大弟子云阳，我劝施主及早回头还来得及，方外之人并不想杀生，几位请速速离开此地！”云阳似乎并不想惹事，沉声道。

“哈哈哈……你不想杀生，但本尊者却想，给我杀！”空尊者大感不耐，向那六名侍者喝道。

那六名侍者不再犹豫，手持戒刀飞扑而上。

云阳大怒，冷哼一声，疾步而上，旋身、出剑，在虚空之中抹过一道美丽的弧迹，切向那自空中逼来的六柄戒刀。

空尊者微讶，出声赞道："好剑法!"

"叮叮……"云阳的剑抹过之后，蓦地爆出漫天光雨，闪烁着有如洒落的流星雨充斥了每一寸空间，将他自己也完全罩在那一片光雨之中，再不断地扩张。

金铁交鸣的声音密集而连贯，像是一首充满乐感的曲子，但这一切皆不影响剑雨对空间的侵蚀和吞噬。

只在眨眼间，空尊者的六名侍者皆被吞噬于剑芒之内。

空尊者骇然，他没想到这道人居然有如此玄奇的剑法，连林渺也为之吃惊。云阳的剑法之高妙，远远地超出了他的想象之外。

"砰……砰……"那六名侍者在突然之间突地踉跄跌出剑光之外，一个个面色极为难看，神色狼狈，他们居然能挣扎而出，已是让人有些意外。

剑光倏敛，云阳收剑而立，如风中劲松，道袍迎风而舞，其态甚闲。

空尊者的脸色也颇为难看，如果云阳的剑法如此之精奇的话，那他今日若在此停留下去，只怕连这三人都斗不过，而这道观之中自不止这三人，因此今日之局几乎是已经定了下来。他虽自负，但却不敢硬接林渺和怡雪两人的攻击，最让他头大的，是这两人手中的兵刃都是非凡之利器，虽他铜筋铁骨，却也受不了这两件神兵利器的攻击。

云阳与空尊者的目光在空中交触，两人都微怔，心中一凛，云阳冷冷地道："此乃清静之地，不希望被血腥所染，你们还不走吗?"

空尊者向怡雪望了一眼，眸子里闪过一丝异样的神采，这才向那六名侍者叱道："我们走!"说完扭头便向山下大步行去。

六名侍者也无可奈何，狼狈地跟在空尊者的身后行去，还不时回头向怡雪望望。

第三十七章　宛城之战

“知令而不行，何以能服众人之心？为将者首要遵令，你们二人可知罪？”刘寅沉声喝问道。

李铁不敢抬头，朱鲔心中却极为不服，尽管他们折损了两千余战士，却拿下了小长安集，虽然不计功，但也不能够认为这是什么过错呀，只不过是没有听刘寅就地驻营的命令而已。

刘玄和王凤不由得对视了一眼，刘寅虽然言之有理，但是似乎也太过苛严了点。

“这不关李将军的事，是我的主张，寅帅要罚就罚我好了。”朱鲔抬头毫不回避地对视着刘寅，断然道。

“朱将军！”李铁似要说什么，但是又打住了。

“你身为副先锋，李铁为正先锋，此事怎只你一人负罪？赏罚分明才能整肃军容，上令下行方能上下一心，看你二人夺小长安集有功，便以功抵罪，若下次再犯同样的错误，定加重处罚！”刘寅不带任何感情地道。

“还不谢谢寅帅？”刘玄忙向李铁和朱鲔递眼色道。

“谢寅帅！”李铁微松了口气道，他知道，刘寅治军极严，铁面无私，赏罚分明，军中之人对其是又敬又畏。当然，刘寅本身做事向以缜密果敢称著，刚毅，处事明断，即使李铁身为一方豪强，也畏惧这位寅帅。

平日里的刘寅也不喜言语，冷静之中透着逼人的威势，即使是刘玄和王凤都有些怕刘寅，不过，刘寅爱护士卒这一点是毋庸置疑的。

朱鲔并不是刘寅的部下，本是与王凤同时起事绿林，也是战功赫赫之人，他的地位并不是侥幸所致，虽然此次三军联合他不得不认刘寅为帅，但对刘寅这般不给情面也心感不忿，低头有些不服地道："谢寅帅。"

"好，你二人先退下吧！"王凤也觉察出他手下的这位头号将领心有不忿，怕再弄出乱子，挥手喝道。

刘寅并不以为意，道："你二人先别走，听说严尤命属正领兵据于西城的三座小镇之中，看来是想阻我军合围宛城之势，你二人各领三千人马自西面和南面同进，务必要夺下三镇，再自西面围住出城之道，我们要将他们困死城中！"

朱鲔和李铁微喜，没想到刘寅这么快便分派任务给他们，忙领命而去。

"寅帅真的准备只困不攻吗？"王匡试探着问道。

刘寅点头肯定地道："不错，宛城之坚，是天下众城之中少有的，城中有军民十余万，若是强攻，我方虽占兵力优势，却绝难讨到好处。他们完全有足够的力量守稳城池，但是他们人多的弊端却是，城中存粮有限，若我们围其四面，断其粮道，当他们水尽粮绝之时，便是我们破城之日！"

"可是如果他们耗上月余，等来朝中的援兵，那我们又该怎么办呢？"陈牧担心地问道。

"眼下朝中多方作战，除严尤外，还有何将可派？又能派多少大军前来宛城呢？若是大军自长安赶来，少说也要两月，而宛城之中新历大劫，根本就无这么多存粮，两月足够让他们受不了！"刘寅分析道。

王凤也点头称是，因为他知道刘秀离开宛城之时，几乎把城中的粮草全都运走，没运走的便分给了百姓。而这饥荒之年，又连年征战，朝中存粮也不多，如何能在短时间内给宛城支援多少粮草呢？因此，这一刻宛城之中的粮草绝对难以持久。

"凤帅领一万战士留守此地，负责协调四面，我与玄帅各领一支人马围守一方。陈牧将军和文叔领兵一万围守北面，并防止附近各城有来援之军，切记，只围不攻！"刘寅摊开一张宛城草图，仔细地指点着方位。

“胡段将军领兵两千扎于桐峡口，防止方城舞阳来的援兵！”

“李通将军领兵五千驻金瓦谷，守我军返淯阳和棘阳的归路，同时也保证我们的粮草营运！”

“邓晨将军则负责我军后勤补给。”

……

刘寅仔细地下出每一道命令，他绝不敢有半点差错，本来此次攻宛城，在时机之上就不能算是把握得很好，胜算并不大，而且他所面对的对手又是当今最出色的军方统领严尤。若有半点差错，很可能会全军覆灭，同时他让李通和邓晨负责后方，也是为春陵军留一条后路，这两人都是他最得力的部将，调至后方，就算自己在前线输掉了，他春陵军也不会就此完蛋，这不能说没有一点私心。

私心是每个人都有的，这无可厚非。事实上，刘寅这次出征宛城，心中便有一丝不祥的预感。

王凤自然不反对，因为他居在小长安集指挥全局，也算是后方，自然不会在意刘寅的那点私心，事实上他还没有想到这一点。他对攻下宛城很有信心，只因为破淯阳、克棘阳，这一切来得太轻松了，轻松得使他以为天下所有的城池没什么两样。

胜利总容易让人麻痹，让人大意，甚至是忽略了许多事，而现在刘玄和王凤便是如此。

宛城外四处都是义军，林渺是想进城都没有机会，义军的来势和速度比他预料的还要快一些。当然，他并不想发表什么样的观点，也没有人听，在无法进城的情况下，他也只好与怡雪一起待在流云观中，这也是没有办法的事。

林渺担心小刀六在城中为他担心，他在城外有美相伴，可是众兄弟却在城中着急，这确实有些不该，连他自己也觉得不太够意思。

“你是不是很想回城？”怡雪向林渺问道。

“我的兄弟们肯定都急坏了!”林渺无可奈何地道。

“北城守将是刘秀，如果你有办法入城的话，可以让刘秀给你让条道。”怡雪笑了笑道。

林渺微微皱了皱眉，忖道：“此刻刘秀与刘玄已经是一伙了，虽然他还可能靠得住，但若他知道我有入城之法，岂不是出卖了严尤吗?”

“我要入城也不能找他呀，随便找个方法也好，要是让他们破了城，我的那些兄弟不也跟着遭殃了?”林渺开玩笑道。

“那你是希望义军败喽?”怡雪煞有介事地望着林渺，反问道。

“不是我希不希望的问题，而是义军这次是没有可能胜的。”林渺摇头苦笑道。

怡雪讶异，反问道：“何以见得便会如此?”

“义军这么急着攻下宛城，本就犯了兵家大忌，准备不足，便来攻此坚城，那他们唯一可做的事情就是围城而非攻城!”

“不错，他们确实是在围城，而没有半点进攻的意思，但是宛中存粮紧缺，根本就支持不到一个月，一月之后，他们便不战自败，何以见得义军会败呢?”怡雪不解地问道。

“你说得很对，宛城这些日子每天都向城中运进大批粮草，但城中军民十余万，每天耗粮惊人至极，在再没有外粮供入的情况下，实无法支撑一月。但是在这一个月之中，义军必败!”林渺肯定地道。

怡雪都对这些感兴趣起来，林渺说得如此肯定，可是她却看不出其中有何不妥之处。

“义军主帅有三，调令难一，而新胜之军，虽锐气正盛，但也容易自大。若非如此，义军也不会这么急匆匆地便赶到宛城之下了。这样一来，必易疏忽！从眼下义军的布置来看，刘玄、刘寅、王凤各守一方，这也是刘寅必须这样做的，若他对王凤和刘玄呼来喝去的话，这二人必不满，是以他们各持一方，这就减少了三人之间的摩擦，但也使得三方的军情不一。若只是由刘寅一人主事，以他之谨慎，必不会大意，但刘玄和王凤却不同。因此，我猜这次义军的败局必出自这两人身上！”林渺肯定地道。

“我想不出会有什么方法败退义军，严尤没有趁义军长途跋涉疲军之态时攻击，这本身就是一个错误，现在缩身于城中，义军四面围堵，他们还能有什么作为呢？”怡雪道。

“义军锐气正盛，若长久不攻，其锐气必丧，反会斗志更消沉，这一点很重要，严尤绝不会傻得将所有兵力都寄于城中。他之所以派属正、梁丘赐这类人出城战敌，却没有一个他身边的亲信大将，可见他定是另有安排，如果我是他，必会先遣一支精锐伏于城外某处，待义军松懈之际，自背后杀出，届时，里应外合，内外夹击，义军必败！”林渺悠然道。

怡雪眸子里闪过一丝亮彩，但旋即又道：“难道这一点刘寅会不加防范？”

“他加以防备又有何用？他只是围守一面，宛城周围虽无高山深谷，却多密林草泽，方圆百里内皆可藏军，他如何能有这番闲情仔细搜寻每一地？如果只是刘寅或刘秀，或会小心加以防范，但王凤和刘玄则必难时刻防范，只要他们稍有疏忽，其结果便不言可知了！”林渺举目向宛城的方向望去，吸了口气道。

怡雪笑了，摇摇头道：“我看还是不可能，要知道，若是严尤派一大队人马伏于城外，其出城之时必会惊动外人，这样又岂能瞒得了义军？若是让义军闻得风声，其结果只是自取其败而已。”

“你说得没错，但是严尤并没有必要一次派出多少战士，他完全可以分批而出，在城外或是到攻击之时再整合。当然，他可以利用夜深悄然出城，这也并不是难事，严尤的军营向来神秘，奸细根本就难以混入其中，这些人三更半夜到城门去，别人还以为是换班。而且，这些日子，他定会以抓我这个大闹宛城的‘逆贼’为借口封锁所有通向城门附近的路，或是挨家搜寻，这样便可堵住城内外互通消息，只要在城墙附近设卡，谁又能够越城而出呢？”林渺反问道。

顿了顿，林渺又道：“显而易见，严尤并未派用他的亲信出城与义军交锋，那他的亲信又去了哪里呢？严家将向以能征擅战称著，这群战士的素质极好，弃之不用岂不是可惜？在义军一路颠簸为疲兵之时，他不出此精锐，那他必是安排了这些人更重要的任务，而这很可能就是自背后袭营！”

“如果你是刘寅，那严尤这次是输定了！”怡雪道。

“不会，如果我是刘寅，唯一能做的便是尽量保存自己的实力，毕竟这三家联军非他一人所能指挥，若是判断有误的话，只会引起刘玄和王凤军系之人的指责，若是判断正确，刘玄和王凤心生嫉妒，毕竟他们也是一军之帅，若被外人呼来喝去，他们自然心生不满，甚至会阴奉阳违，刘寅是个心高气傲的人，他并不想受这样的气！是以，就算刘寅知道这种结果也是没办法的！”林渺摇头道。

“那他为什么还要攻宛城？”怡雪不解地问道。

“攻宛城也是迫不得已，他们既是联军，就不能不联合作战，如果只让平林军和新市兵上前线，春陵兵却留守后方，你认为刘玄和王凤怎么想？军中将士又会怎么想？刘寅心高气傲，虽明知山有虎，却偏向虎山行，便是油锅，别人下了，他也不会退缩。当然，他心中尚会存在着一些侥幸，正因为如此，他才会跟来宛城。也许，他与刘玄和王凤联军本身就是一种错误！”林渺淡淡地道。

“那你是希望义军胜还是希望官兵胜呢？”怡雪突地问道。

“这有分别吗？谁胜谁负，受害的只是老百姓，获利的永远是当权者而已！”林渺反问道。

“那你是说义军不该起事，不该造反了？”怡雪紧逼不舍地问道，似乎定要打破沙锅问到底似的，这让林渺有些好笑。

“没有哇，我有说过不该起事吗？老百姓造反是因为他们已经一穷二白，一无所有了，杀官起义也是被逼无奈求生存，他们有何错？问题只是在于，他们最终能不能改变自己的命运，能不能找到一个开明的君主为他们谋得和平与幸福。放眼天下，义军无数，可是谁又是真正为天下百姓谋求幸福的真主呢?”林渺坦然道，神情间不无伤感之意。

“赤眉军势力遍布东面数郡，军卒数十万，你看樊祟如何?”怡雪问道。

“你是在考我还是真想知道?”林渺撇嘴反问道。

“你说嘛，就当是我想知道好了。”怡雪见林渺有些不耐烦，微带娇嗔地道。

林渺不由得笑了起来，表情有些怪怪的。

“你笑什么?”怡雪见林渺怪笑着望向她，脸微红，佯装责问道。

“没有呀，我笑了吗?”林渺故作糊涂，再把话题一转道：“赤眉军确实是一支能征善战的义军，也很有前途，如果说有哪一支义军最有可能让王莽头痛而死的话，应该便是赤眉军，至少暂时是这样。但问题是赤眉军虽能征善战，但一旦天下太平，无须战争之时，他们就会难以适从。赤眉军中并无治理天下的人才，这只从他们如流寇一般转战便可明白此点，这也许只是他们最大的弱点和悲哀。因此，我们可以把樊祟看成是一个英雄，一个武夫，也可以说是一代枭雄!”

“对于北方诸路义军，你又有何看法呢?”怡雪再问。

“北方诸路义军各自为政，或割地为王，一盘散沙，虽众却难有大用，但其潜力无限，据黄河天险为凭，朝廷也拿他们没有办法，若是其能统一的话，得天下者必自北方而出！但谁能统一北方各路义军呢？这却是一个没有人能够回答的问题。”林渺淡淡地道。

“说得好！我看你是一个很有眼光和主见的人，既然你看出了这些，为什么还要坐在这里呢?”

“那我应该去哪里?”林渺讶异，好笑地反问道。

“当然是去北方喽!”怡雪认真地道。

“你没说错吧?”林渺好笑地反问道。

“当然没有!”怡雪肯定地点了点头道。

林渺像是第一次认识怡雪般，定定地盯着怡雪，像是想找出其语意中的意思。

“你想就像眼下的生活一般过一辈子吗?”恰雪似乎含有深意地反问道。

林渺不由得笑了，但却摇了摇头，道:“眼下的日子似乎并不怎么好过，连老家都回不去，能好吗?”

怡雪也笑了，但旋而很肃然地道:“那你的打算又是什么?”

林渺不答，只是歪着头望着怡雪，半晌才淡然反问道:“你能不能告诉我，你走出无忧林究竟有什么目的?”

怡雪一怔，反问道:“这很重要吗?”

“是的!”林渺点了点头，肯定地道。

怡雪又将目光投向了远方的宛城，但眼前却是被冷风卷起的败叶在打着旋儿，半晌才叹了口气道:“我这次走出无忧林，只是私自下山，师父并没有同意。”

“你私自下山？为什么?”林渺讶异问道。

“因为我不服气！也许，我不该如此，也可以说我尚未能断六根，超然尘外，所以我便私下圣山了。”

“我不明白!”林渺有些惑然，不解怡雪因何会赌气下山。

“我师兄和师姐都是受师命下山，而他们的任务便是寻找能够澄清天下的明主，还百姓一个安稳而宁和的世界。自小，我的好胜心便极强，虽然他们是我的师兄师姐，但是师父只授命于他们而让我静心修道，我心中不乐。也可以说，我对山上的枯燥生活已经厌倦，对红尘有种莫名的向往，所以，我便私下圣山了!”怡雪坦白地道。

“那你师父岂不是很生气?”林渺不由得感到好笑。

怡雪努努嘴，像个孩子一般天真地笑了笑道:“师父从来都不会生气的，这个世上已经没有任何东西可以让他生气。不过，师父不高兴那可能是有的，因为他一直都告诫我，不可以同门不睦，要相敬相爱，可是我却要与师兄师姐一比高下！也许，这一切早在师父的意料之中。”

“你也想寻找这个能够澄清天下的明主?”林渺顿时知道怡雪的想法和目的，讶异问道。

“你认为有何不妥吗?”怡雪反问道。

林渺嘿嘿一笑道：“自然不会不妥，你不会是选中了我吧?”

“如果你欲求上进，有为民请命之心的话，也许我会考虑你!”怡雪不置可否地道。

“被你选中又有什么好处?”林渺反问道。

“至少，会得到天下正道人的申援!”怡雪扭头盯着林渺，悠然道。

林渺心中不由得大为活跃，忖道：“如果真能如此，那倒是一件好事。”

“你为什么会认为我是你选定的人选呢?”林渺有些不解地反问道。

“暂时不告诉你原因，但我不会是在开玩笑。事实上，你并不是我所选的第一个人!”怡雪悠然道。

林渺怔了怔，怡雪的回答倒也直接。

看到林渺怔神的样子，怡雪浅浅地笑了笑，道：“也许还会有某些个人原因，不过，也不必多说了，如果你愿意让我失望的话，我也没有办法，但作为朋友，我希望你能帮我完成我的愿望!”

一时之间林渺都不知道说什么好了，微微有些感动。

“我也要走了!”怡雪突然站起身来，淡漠地道。

“你欲去哪里?”林渺一惊，反问道。

“也许会去北方，既然我已下山，就必须尽无忧林弟子的责任，为天下万民请命，如果你愿意，可以去北方找我。”怡雪吸了口气，似乎有些怅然地道。

“为什么一定要去北方?”林渺又问道。

“因为你说过，北方是最有潜力的地方，也许，我想要找的人会在北方出现!”

“难道南方就没有你要找的人吗?”林渺反问道。

“或许有，但我不希望自己所找的人与师姐重复。或者春陵刘家有这样的人才，但他们却是师姐所选中的目标，而师兄却居于东方，因此，我只好去北方了！”说到这里，怡雪向林渺深深地望了一眼，又道：“我很希望你能来北方找我。”

林渺心中一热，情不自禁地抓起怡雪的双手，感激地问道：“谢谢，待这里安置妥当后，我一定会去北方！”

怡雪笑了，望着林渺半晌，又问道：“是不是因为我逼你的？”

“也许，但也不全是！”林渺坦然道。

怡雪又笑了，脱开林渺的手，怅然道：“那我们他日在北方再见吧！”

“你不去向千缘仙长道别？”林渺讶异问道。

“不必了，千缘师伯已经知道，本来我昨天便要去北方，但……”说到这里，怡雪话题一转道：“好了，我会在北方等你的。”说完便大步而去。

林渺怔住了，怡雪说走就走，其行迹让他无法测断，甚至一点征兆也没有。一时之间，他倒有些手足无措，而怡雪最后一句话更让他心中荡起层层涟漪。望着怡雪的背影，不由得脱口喊了声：“怡雪！”

怡雪怔了怔，脚步稍顿，但却没有回头，仅停顿一下，又毫不犹豫地向山下走去。

唯留下林渺一人怔立山头之上。

王凤留守小长安集，此刻这里并无居民，虽然这里是繁盛一时的商贸大镇，也是宛城的一大亮点，但战争却将这里的一切光彩抹杀了。

李铁和朱鲔占据了西面三座庄，逼得属正狼狈逃回了宛城，义军的声势大振。

王凤也感到极为欢喜，在他看来，宛城守军的战斗力也仅是如此而已，看来严尤也没有什么可怕的，既然当初赤眉军可以打败他，绿林军的联军也一样可以打败他。只要自己死围住宛城四面，让其水尽粮绝之时，自会不战而降，只是宛城此刻守得极严，城内城外根本就不能互通消息，他派入宛城的密探根本就传不出任何消息，不过，这些似乎并不影响战局。

此刻王凤留守小长安集，确实感到一阵轻松，前方有刘玄和刘寅、刘秀诸人，宛城的战事似乎轮不到他身上来，此刻军分三系，他乐得将自己的实力保存在小长安集，只要到时候前方哪里有些问题，他再上前相助便可以了。至于其他的一切，他几乎不必考虑，后勤粮草有邓晨负责，后方又有李通，他只需让将士养精蓄锐便是。

围城已两日，但宛城之中似乎并无太大的动静，仿佛城中真的只想死守坚城一般。

是夜，王凤仔细地看了一下宛城周围的地形图之后，因晚宴时酒力发作，颇有些醉意，便伏案而睡了。

王凤爱酒，尽管军中不准随便饮酒，但这只是刘寅下的命令，对于春陵军有效，可是王凤并不在意这些，他并没有必要听刘寅的命令。有时候，他也觉得刘寅对将士的要求也太苛刻了一点，现在刘寅和刘玄在前线，只他一人留在后方，身为一军之帅，更无人能对他约束，自然是每顿必须有酒才行，这是他草莽生活之中的乐趣之一。

绿林军昔日本就是一群草莽之人，都是来自五湖四海的豪杰，是以这些人大多是好酒之人，因此，在绿林军分成三支后，仍然酒风难禁，除王常的下江兵有严令外。事实上，就是因为王常反对将士军中饮酒，才会与王凤闹得不开心。

新市军中将士对酒并不忌，主帅如此，将士自然效仿。

王凤正睡得迷迷糊糊、微觉有一丝寒意之时，却被一阵喧闹给惊醒，不由得揉揉眼睛，见室中灯火仍明，肩上已有亲兵为其盖上了一件皮裘，不由得有些迷糊地问道："外面发生了什么事？怎那么吵？"

一名亲卫推门而入，神色间也有些疑惑地道："凤帅醒了，小人也不知道外面发生了什么事，好像是镇东起火了吧？"

王凤一怔，忙起身拉开窗子外望，果见东面的天空隐现暗红，显然是真的起火了，隐约间还有人马的嘶叫之声，他的酒意顿时醒了八分，摇了摇尚有些发痛的脑袋，向外面的喽兵吩咐道：“去给我探一下，究竟发生了什么事?”

话音刚落，便有喽啰慌里慌张地奔来，直接冲入室内，跪倒在王凤身前呼道：“大帅，大事不好了，不知从哪里杀出了人马来，见人就杀，见人就砍，已经破了外城，我们根本就挡不住他们!”

“什么?”王凤大吃一惊，惊问道：“有多少人?”

“不知道，总之到处都是敌人，黑暗中根本就看不出对方的实力!”

“给我备马!”王凤吃惊之余，抓起悬于床前的宝剑，大步赶出临时帅帐，此刻小长安集中已是喊杀声震天。

义军被偷袭的敌人杀个措手不及，顿时大乱，也有的正在睡梦之中，可是营帐却着火烧了起来，便都慌不择路地到处乱窜，使得营盘大乱，根本就组织不起有效的反击。

义军虽众，但毕竟未曾经历过正规的训练，若是在锐气正盛之时，或可一鼓作气，但是如果阵脚一乱，想要立刻组织反击却几乎是不可能的。

小长安集中火光冲天，有些义军在不知有多少敌军来袭营时，以为敌军已全部杀至，哪有战意?有些人偷偷地逃走，有些人向小长安集外跑。

王凤策马在亲卫的相护之下驰过小长安集的大街，到处都是尸体，而且这些尸体大多是义军，许多是死于利箭之下，盾穿人亡到处可见。

“杀!杀死王凤者赏银五千!降者不杀……”到处都是这种口号。

王凤几乎傻眼了，痛心疾首地呼道：“王义何在?”

一群被杀得败退的义军赶了过来，沉痛地道：“少帅被贼人杀害，他们的强弩太厉害，我们无法抵挡!”

王凤差点没晕过去，怎也没料到自己的儿子竟然已为敌人所杀，悲愤地问道：“贼人在哪里?”

“敌人自三面冲入镇中，人数不知……呀……”那人还没有说完，便有一阵乱箭狂飙而至。

“保护元帅!”王凤的亲卫大惊，高喊道。

“王凤在此，杀王凤者赏银五千……”官兵的声音极为高昂。

王凤挥剑斩落一支射向他的劲箭，却震得手心发热，不由得心下骇然，这箭的力道之强，胜过普通弩箭数倍，不仅速度快，而且穿透力超强，他身边有几名亲卫中箭，竟被利箭的冲击力带下马背。

“王凤，今天就是你的死期！”

“元帅，快走！”那群亲卫也感觉到来自这些弩箭的强大威胁，那种可怕的杀伤力是他们前所未见的，武功再好的人，在这种情况下也难以承受。

王凤也知大事不妙，他发现那些冲在最前面的执盾官兵身后的弓弩手，每人手中都握着一支奇怪的弩机，弩机可一次上箭十支，一发五支，五支同发后，再接着射另五支，在射后五支时，可以迅速补充那已射出的五支劲箭，弩机之上始终保持五支联发状态，之间的间隙绝不超过两息的时间。

这数十张弩机并排而行，在弩箭手身后，还有弓箭手，这些人配合极为默契，在这长街之上，这样的几百人组合几乎是无坚不摧的，那弩箭挡无可挡，难怪义军会摧枯拉朽地败退，就因为这些奇怪却又极度可怕的弩机。

王凤也不能不退，他虽武功超绝，但在这数百支足以裂盾穿石的弩矢之下，却显得有些薄弱，而他身边的亲卫也一个个倒在弩矢之下，给军心造成了极大的恐慌。

“杀呀……”喊杀声自另外一条街向这边传来，到处都是义军绝望的惨叫和惊呼，此刻败势已以最快的速度呈现在所有人的面前，虽然小长安集聚结了一万多名义军，但是在这种突然的突袭之下，人多的优势根本就不存在，这黑暗中偷袭，使得义军的防御都显得有些微不足道了。

王凤几乎有种想哭的冲动，他居然对这突然潜至的官兵毫无所觉，而且他的防御对这些官兵竟如此不堪一击。这一切只能怪他，怪他太过大意，太过粗心，但现在败势已呈，他还能说些什么呢？唯有迅速赶去与刘寅会合，告之这里的一切。败退的同时，他终于认出了一个人，那是严尤手下的得力战将蒋文龙，这一刻，他才知道，自己太小看严尤了，而眼下的这一切，是他为之付出的代价。

“将军，城头之上似乎有些异动！”一名喽兵向巡营的廖湛禀报道。

廖湛到宛城之下抬头仰望，见城头之上灯火依旧，却似乎有众多的人影晃动，不由得向身旁的众将吩咐道：“小心戒备，防止城中官兵闯营！”

刘玄此刻早已安歇，营中之事皆由廖湛一手处理。在平林军中，廖湛的地位仅次于刘玄和陈牧。

“哎——城下的可是刘玄小儿？”蓦地城头之上传来一阵呼声。

廖湛一怔，抬头向城头上望去，却见城头上火光之中出现了一队官兵，其中一人开口喊道。

“不要答话！”廖湛向手下众人吩咐道。

“你们听着，老子待会儿便会开城门闯营，你们先给老子准备些酒席吧！”城头上立刻又有人高喊道。

“他们果然要闯营！”一名偏将道。

“哼，小儿之戏，虚张声势，不要理他，他们弄不出什么大乱子！”廖湛不屑地笑道。

“是啊，如果他们要闯营又怎会告诉我们呢？这分明只是虚张声势！”一名偏将拍马屁道。

城下的众义军也弄不清城头之上的官兵究竟有什么目的，这样大呼小叫又有什么好处，对方无论是要闯营或是不闯营，都没有必要这样大张旗鼓地叫啊，这至少会让他们有所防范，那闯营岂会成功？事实上，防备闯营也不必动用太多的人力，只要提高注意力便可以了。是以，这些官兵让他们提高警惕，纯粹是自讨苦吃。

“他们只是想惊扰元帅的休息，不必听他们的，这些事没必要向元帅相报！”廖湛淡然道。他似乎一眼就看破了城上众官兵的诡计，同时更明白刘玄的性格和作风。

此刻刘玄定是在熟睡之中，刘玄熟睡最烦人去打扰，而这城头上的官兵这么一喊，若不是因为他在，那些喽兵定会有人去向刘玄禀报。而向刘玄禀报的话，就会惹得刘玄心中不快，若多来这么几次，只怕刘玄会心浮气躁，不过，廖湛不觉得对方这一招有什么实质性的作用，因为他料定城头上的官兵不敢出战。

“城头之上的叫骂不要理他，轮班看守，有大的异动再来告诉我，注意城头上的动静！”廖湛吩咐道。

“是，将军！”

廖湛正掉转马头之际，蓦地见到行营北侧竟升起一丝火光，不由一怔，指向行营北侧问道：“那地方所储何物？”

“不好，那里是马棚！”一名偏将立刻意识到什么，失声道。

“马棚?！”廖湛也吃了一惊，一带马缰沉声喝道：“下令全面戒备，你们几个跟我去看看！”

“将军，东面也起火了！”一名偏将也惊呼着指向东营。

“吹号，提高警戒！”廖湛心中不由得升起一团阴影，自驻于这宛城之下后，他的心似乎并没有真正平静过，总有一种特别的感觉似乎潜于心灵某处。而这一刻，那种感觉变得清晰起来，却是一种极为不祥的预感。

“呜……呜……呜……”凄长的号角之声响彻了整个夜空，仿佛是千万只无形的巨手，将每一个处于迷茫中的战士的心全都揪了起来。

“杀啊……”与号角之声同时响起的却是震天的喊杀之声，天地突地颤动起来，在无数铁蹄的践踏下，地面仿佛升起了一股炽热的浪潮。

“有骑兵袭营！”一名偏将失声惊呼。

廖湛其实已经知道，这不仅是敌人铁骑的声音，也有己方奔出马棚战马的蹄声。

刘玄自睡梦中惊醒，在他帐内的美姬依然熟睡。他离不开女人，就像王凤离不开酒一样，他的美姬随军而行，这是他这许多年荣华富贵的生活之中养成的一个也不知是好是坏的习惯。虽然在军中他收敛了许多，但是在这里，没有刘寅和刘秀兄弟二人，也没有王凤，他便是主帅，是以他完全可以按自己的喜好办事。他很相信廖湛，也相信宛城是他囊中之物。

这近一个多月来与刘寅合兵，由于刘寅对将士极为苛严，连刘玄都不敢太过放肆，在军中也不敢带上女人，因此，几乎憋了一个多月，这一刻终于可以又独守一方，在受不住煎熬的情况下，他让人给他找来了一个美姬。是以，今晚他睡得有些沉，但是，此刻却被营外的喧闹惊醒。

“报，报元帅，大事不好，不知自哪里冒出一支骑兵，从后方袭入了我们的营中，四处纵火，见人就杀……”

“报，报元帅，城门大开，自城中也杀出一队约有数千的人马，直闯我们的营盘……”

一个传讯兵的话还没说完，另一个传讯兵便已经冲入了帐中慌乱地呼道。

刘玄大惊而起，也顾不得美姬春光大泄，起身迅速披甲摘剑，喝道：“快给本帅备马！”

“杀呀，杀呀……”喊杀声一浪高过一浪，一队千余骑的官兵一手执火把，一手执厚实的斩马刀，全都是轻装，见到营帐便点火，见到人便砍，如一阵龙卷风一般，所过之处，人仰马翻，火光四起，为首者竟是严尤手下第一大将，也是严尤的亲弟弟严允！

严允也是一身轻装，头发散开，那高大而挺拔的身躯此刻散发着无与伦比的杀气，就像是自地狱中窜出的魔神一般。黑色的劲装，黑色的战马，在火光之间忽隐忽现地纵跃着，竟无人能挡其锋芒。

那些义军虽然及时惊醒，被号角的声音自睡梦中叫起，但是他们的心神并未完全清醒过来。一出营帐，便见这四处都是火光，四处都是同样六神无主的同伴，及那疯狂的喊杀之声，他们都给弄懵了，有些人还不明白发生了什么事情，当他们回过神来时，严允的铁骑已如旋风般卷来，在他们还是半清醒状态之下，便已人头落地。

于是整个义军的营盘全都乱了套，那被放出的战马四处乱窜、乱踏。而另一方，自宛城之中也冲出一队数千战士，属正一马当先，如潮水般漫出，本来就已经心神大乱的义军前方，斗志丧失大半，他们根本就不知道后方究竟来了多少敌兵，究竟战况如何，是以，他们在心神不定的情况下，哪有什么心思去作战？

“刘玄死了，刘玄被杀了……”不知自哪里传出一阵高昂的呼叫，随着这高昂的喊声，四面都似乎响起了回应。

属正身后的战士也边呼边杀，那群本来就疑神疑鬼、无心恋战的义军此刻更是慌成一团，谁也不知道这消息是真是假，如果连主帅都已经死了，那他们有何必要还在这里继续战下去呢？于是有些人竟开始逃了。

面对这一切，刘玄是又惊又怒，他也听到了那一阵阵呼声，那些人竟然说他已经被杀了！他自然知道这些人的意思，只是想扰乱军心，可是此刻这营盘已经乱成这样了，敌方前后夹击，虚实难测，便是他也生出惧意。

“休要听他们胡说，本帅在此，杀一敌者赏银十两！”刘玄以功力逼出自己的声音，顿时将那一阵阵的呼声压了下去。

“哈哈……”刘玄声音刚落，便闻一阵大笑传来，一队快骑如一阵龙卷风般卷来，所过之处，义军纷纷倒下，如风卷残云般劈开一条血路，义军根本无法对这支骑兵有半刻阻碍。这支骑兵便像刺入义军心脏的一柄利剑，虽然仅千余骑，但人人都是绝对精锐，人人皆是悍不畏死、精挑细选出的严家精锐！这群人正是经严允一手亲训的精锐营，昔日林渺便是这支战旅中的一员。

义军虽是这支骑兵的十数倍，但在猝不及防之下，被这支骑兵杀得七零八落。

“刘玄，原来你在这里，今天就是你的死期！”严允朗笑着高喝道，一马当先便向刘玄的亲卫队伍中杀到。

刘玄大惊，他不知道这群人是自哪里杀出来的，但可以肯定，这便是扰乱他后方的罪魁祸首，心中怒极，喝道："给我杀！"

刘玄话音刚落，严允的战马向旁一带，后面的两百骑也迅速排开，自鞍下以最快的速度执出一张奇形怪状的弩弓。

刘玄和他的战士还没意识到这是怎么回事之时，箭雨已如蝗般洒落，盾穿甲透，冲向严允的数百刘玄的亲卫竟死伤八成，几乎无人能够挡住这一轮带着疯狂穿透力的利箭。

让人惊骇至极的是这些箭矢的穿透力竟大得骇人，中箭者皆带着一蓬血雨，整个身子都被冲了起来，撞得身后的战士东倒西歪，还有的箭矢穿透第一名战士后又射入第二人的体内，这种惊人的穿透力几乎让刘玄心底直冒寒气，他身边的亲卫也同样是如此。

"嗖嗖……"又是一轮箭雨，这些骑兵根本就不用间歇，两轮箭雨接踵而出，每一张弩弓之上竟可同时射出五支带着超强穿透力的箭矢，是以，虽只是两百张弩弓，却一次可射出千支弩矢。

"快保护元帅走！"那群刘玄的亲兵顿时意识到情况绝对不妙，尽管在人数上他们本来不输给对方，可是在这两轮箭雨之中，他们至少已损失了七八百战士，刘玄的中军营也开始乱了起来，因为这弩矢确实已经寒了他们的心，哪还有斗志？

刘玄的中军营乃是这一方义军的主力，现在遇到这一阵狂袭，也开始乱了阵脚，那自然更牵动了其他阵线的动乱。

刘玄不甘心，但是这样可怕的弩箭使他也生出强烈的惧意，尽管在武功上他不惧严允，但是严允并不与他单独交手，而是旨在冲乱他的中军主力。

两轮劲箭过后，严允已经一马当先地冲入了刘玄已乱了阵脚的中军之中，他左手持长矛，右手持厚背重刀，所过之处，人仰马翻，几无人可挡。

刘玄欲与之一战，却被自己的亲兵护卫层层挡住，无法冲出，心痛之余，他知道败势已呈，只好在亲兵的相护之下退去。

而另一边，属正也在义军已大乱的阵营中狠冲狠杀，一时只让义军鬼哭狼嚎地抱头而窜，根本无人能阻这支出城的官兵。

众官兵这些天所积下的闷气，终在这一通大杀之中舒了一口，人人斗志大盛，直追着刘玄的残军狂杀一气。

与此同时，北门的刘秀、陈牧，西门的李轶、朱鲔及东门的刘寅都受到了同样的遭遇，但刘寅向来谨慎，虽然受到一些创伤，损失了数千战士，却也将出城的官兵杀得退回城中，那群自后方偷袭的官兵则火烧了刘寅的营盘，扰出了一阵乱子，却被刘寅很快镇住，并将这些偷袭之人杀退。不过，刘寅虽未败得很惨，却也不能算是胜。至少，他的损失比官兵更大，因此他不得不连夜撤营二十里。

李轶和朱鲔也被杀得败入三镇之中，所幸他们有三镇作后盾，稍缓解了压力。

刘秀和陈牧由于人多，而且他们早就被刘寅叮嘱过防备后方，所以偷袭者并未成功，但让刘秀也很是吃了一惊，两头受敌的感觉并不好受。

刘秀不知道这些自后方袭来的官兵究竟是自哪里而来，由于弄不清虚实，不知敌人究竟有多少，也怕会再一次出现前后夹击的局面。于是，他与陈牧领兵后撤十里扎营，连夜忙活，倒也热闹，同时他也派人去警告其他三面的义军，只是带回来的消息却使他几乎昏倒。

刘秀和陈牧心中之吃惊及无奈自是难以言喻的，这一刻，他们才深深地明白，自己这些人全都被严尤给耍了！他们只好派人去小长安集，并迅速与刘寅诸人合兵，再聚合残余的义军。

王凤本想来与刘寅合兵的，但是败下来之时，却遇到了刘玄的败军，两人合兵仍未能够稳住阵脚，与官兵一直厮杀到天亮，刘寅这才接到消息派人来援，方让王凤和刘玄突出重围，但义军经这一战已损失大半，输得一塌糊涂。

林渺返回宛城之时，宛城之外的障碍已经完全扫除，义军皆被逼退。

小长安集及西城三镇又都重新为官兵夺回，刘秀和刘寅的大军南撤棘阳，却受伏击，再次损失惨重，幸亏刘寅早有先见之明，让李通带五千战士接应，这才使他们安然地退回棘阳，但是官兵却再联合宛城附近诸城的兵力，直逼棘阳。

刘寅、刘秀诸人皆知，棘阳几乎无险可凭，他们所剩的兵力仅只两万左右，若据城苦守便只能够陷入孤立无援之境，到时候水尽粮绝之时，便唯有败亡一途。是以，刘寅和刘玄诸人唯有弃棘阳，让邓晨和李通断后，他们全力撤回舂陵。

马武据淯阳也为刘寅后撤之军阻追兵，他们已经到了不能不弃淯阳的地步了，因为淯阳城中的粮草仅够三千战士维持一月之用，根本就不能大量驻军。正因此，也便无法承受官兵的困城之战，唯有选择败退一途，这确实是一种悲哀，可是，谁又能挽回颓势呢?

小刀六诸人见林渺安然归来，皆大喜。这些日子来，他们都为林渺急坏了，最为欢喜的人仍是刑迁忆兄弟和天虎寨的众人。

陈通来感谢林渺，并邀林渺去天虎寨，他们早已派人前去天虎寨禀报了林渺的消息。陈通带来了大寨主刑风的亲笔信，请林渺上天虎寨。

让林渺意外的却是，天虎寨的力量乃是专为守护烈罡芙蓉果的，刑风乃是当年东方朔书童的后人，那烈罡芙蓉果便是由刑风的先人守候，直到刑风。刑风家族世代宣誓，奉服食了烈罡芙蓉果的人为主！当然，那是因为东方朔曾经观天测算，食烈罡芙蓉果者必是福缘深厚之人，而东方咏则测出此人很可能乃是真命天子，是以刑风也便将此誓当真了。

林渺感到有些荒谬，但却很兴奋，如果这一切都是真的，他便多了整个天虎寨的力量。天虎寨中不仅高手众多，更有千余名战士，这股力量并不小，在伏牛山及南阳这一带也算是大名鼎鼎的一股中坚力量，一直都是各股力量欲争取的对象，但都被刑风婉拒了。而此刻，林渺却知道了为何刑风拒绝那些人的原因，这让他意外、惊喜，也有些难以置信。不过，陈通和李霸也证实了这些，他们没有必要骗林渺，林渺也不认为他们说谎有何意义。

林渺却为另外一件事头痛，小晴自铁鸡寨赶来宛城，但带来的消息却是白善麟已经北上邯郸，连同白玉兰也一起带去了。不问可知，白善麟依然是想与邯郸的王郎结成亲家，想将自己的势力向北方发展，事实上这本身就是一个极诱人的想法。

白善麟绝不笨，北方纷乱四起，各地义军和军阀纷纷割地自居，如果能够在北方也渗入湖阳世家的势力，那么北方的各路义军若想发展的话，那便不能少了水师。也便是说，湖阳世家可以吃下北方这块巨大的甜饼，说不定还能分享黄河的航运呢。

林渺绝不想白玉兰嫁给王贤应，因为他答应过白玉兰，便是抢亲也要将白玉兰抢来，但此刻他怎能让白玉兰失望？不知为何，这一刻他竟格外地怀念和白玉兰在一起的日子，他知道，自己绝非对她无情。

宛城的军方现在对小刀六是极度客气，就因为这次宛城外的战争，同仁行的天机弩立下了大功，虽然只赶制好了几百张，但这些天机弩牛刀小试之下，竟是威力无穷，让义军吓破了胆。是以严尤在表功之时，将小刀六也请了去，因此，小刀六的名声大噪，在宛城之中也顿时提高了身份和地位。军方对小刀六的生意都尽量方便，同时军方又开出了两千张天机弩的定单。

小刀六也确实是个游刃于生意场上的天才，处理事情总能左右逢源，财源广进。

姜万宝也功不可没，在没有小刀六之时，姜万宝也能够将一切事务打理得井井有条，每一点细小的账目都记得清清楚楚，处理事情也是丝毫不乱，而且还时常出一些让小刀六叫绝的好点子。

“你真的要立刻去北方？”小刀六望着林渺，有些无奈地问道。

“不错，我必须去北方，而且是越快越好！”林渺肯定地道。

小刀六知道林渺去北方的重要性和目的，在公在私，林渺都会去北方。

“主公此去北方，可是为邯郸之事?”姜万宝也问道。

林渺望了望姜万宝，点头道：“这也是我必须去邯郸的第一个原因。”

“我有个主意！如果湖阳世家的白鹤知道白善麟不仅没死，而且还把白玉兰送去了邯郸，主公想想会发生怎样的情况?”姜万宝神态轻松地道。

林渺眼睛一亮，这几日来，他的脑子很乱，这个最简单又最直接的问题他反而没有想到，此刻闻言不由大喜道：“好主意，这件事情便交给苏弃去办!”

苏弃也大感兴奋，但又有些担心地问道：“那你就一人前去邯郸?”

“不，让金兄和猴七手陪我同去！你便照顾小晴。”林渺扭头向神情微显戚然的小晴望了一眼道。

苏弃一怔，扭头望向小晴，亦见小晴表情略有感伤。

“小晴!”林渺轻柔地唤了声，伸过手去。

小晴微震，缓缓抬起头来瞥了林渺一眼，这才缓步走到林渺的身旁。

林渺轻轻地将其揽在怀中，叹了口气道：“这次前往邯郸并不是不想带你去，只因此行太过凶险，我怕照顾不了你。所以，我希望你能在宛城等我，好好地帮小刀六和姜先生打理这里的一切，让我没有后顾之忧！我相信你一定明白，对吗?”

小晴眼圈红红地点了点头，她知道林渺的意思，也明白林渺所说的一切都是事实。此行邯郸，所面对的将是北方最具影响力的人物，同时，她也明白白善麟绝不是好惹的，何况白家还有地下暗庄数十，转入地下的生意网绝不会比眼下白鹤所掌握的湖阳世家财力小。自林渺的言语中，她也听出了爱怜之意，因此，她还能说什么?

“如果我能在北方立足，会立刻派人来接你去北方的!”林渺肯定地道。

“你一定会的!”小晴突然开口望着林渺，肯定地道。

众人先是一怔，随即又欢悦地笑了起来。

“别忘了，我的直觉和预感从来都不曾错过!”小晴又解释道。

林渺顿时也被激得豪气干云，蓦地在小晴还不曾反应过来时亲了她一下，再爆出一阵欢快的笑声道：“这是为我饯行最好的礼物!”

众人也都笑了。

“同仁行的事，六子有没有跟严大将军说?”林渺突然话题一转，问道。

“自然说了，大将军没有反对，毕竟这是我们自己的生意，与他只是在做交易。明天，我们便可以在小长安集造炉开鼎了，那里的场地是现成的，这还得多亏了这一场仗，使得小长安集的东西都便宜了很多！我想扩大生产，从别的县里招来更多的人手，不只打造天机弩，也打造其他的兵器和一些巧器之类的。”小刀六兴奋地道。

“最妙的是，我们与齐家也签订了一分共同开发铁矿的协议，他们出资，我们出力，这样一来，便等于在顷刻之间将我们的东西与中原各地的商家联系起来了，做事肯定也方便许多。”姜万宝笑道。

林渺眉头微皱，提醒道：“与齐万寿打交道，并不容易，你们必须小心一些。”

“齐万寿也是个商人，只要他尚有野心，尚想赚大把的钱，那便不愁他会不上钩，我们当然不会傻得只与齐家联合，因为这份协议之中有三方，一个是军方，一个是齐家，一个则是我们，有严大将军这块牌子，谅齐万寿也不敢如何，何况我们根本就不出资，即使是亏损，我们也只会损失一些铁官徒的工钱而已。”姜万宝得意地道。

林渺顿时放心，但有些惊讶这个条件是如何谈成的。

“这些都是姜先生亲手办的，这大概是最好的结局。”小刀六也不无欣赏地道。

“哈哈哈……”林渺欣慰地笑着拍了拍姜万宝的肩头，道：“林渺果然没有看错先生!”

“主公过奖了!”姜万宝有些不好意思地笑了笑道。

“姜先生提出了一个很好的妙策，那便是与各地豪强联合做生意，共同出资。我们出人力、物力，他们则负责我们在当地的所有活动自由，这样一来，我们便省去了许多在当地一步步站稳脚跟的时间，只要我们在当地立稳脚跟，便可再做另外的生意，这样则可以缩短我们创造基业的时间，也可以解决我们资金不足的问题。只不过，眼下我们尚缺少能独当一面的人才！”小刀六说到最后，有些叹息地道。

“我们何不把铁鸡寨的兄弟们也带到宛城来？这样我们在人力上便会充足一些，同时也可以加强我们自己的力量，然后我们再去招贤纳才也有底气一些呀！”小晴偎在林渺的身边，突然开口道。

“这倒是个很好的主意，我们搬去小长安集，也要有自己的力量为我们创造一个安全的环境，虎头帮的弟兄们虽众，但不适合，在城外，这铁鸡寨的人却是再好不过了。”姜万宝也赞同道。

“如果要用天虎寨的弟兄，我们必会义不容辞，别忘了，我们现在也是一家人！”一旁一直都未曾说话的陈通突地出言道。

“那就更好了！”林渺也大喜道：“六子不是说没有独挡一面的人才吗？天虎寨中就有，我明天先去一趟天虎寨，我要与大寨主好好商量一番。”

陈通也大喜，见林渺确实已不再见外，还准备去天虎寨，他当然欢喜。

“那样就太好了！”小刀六也大喜，但又顿了顿道：“阿渺此行切记要小心！如果你有任何差错，我们所做的一切便没有任何意义了！”

林渺大为感动，他与小刀六之间的感情不是常人可以明白的！他也明白小刀六的意思。

“我的腿好了之后，也许会去北方找你！”阿四也插上一句。

“有你们这一帮好兄弟，林渺定然要长命百岁了！”林渺笑道。

“走，杜叔定已将酒宴准备好了，我们便去喝个痛快，今天是不醉不归！”林渺不想将这种情绪继续下去，改变话题道。

“好！不醉不归！”众人也附和道。

林渺确实醉了，醉得有些糊涂。是以，他是怎样躺上床的都不知道，不过他醒来之时已是深夜，发现小晴竟合衣躺在他的身边，也早已睡着。

林渺心中不由得一阵怜惜，却再也睡不着，似乎心中充满了无尽的心思。

脑中闪过许许多多昔日的、现在的，还有将来可能发生的事情，想着，他不由得轻轻地披衣而起，再为小晴盖好被子，他知道昨夜是小晴送他回房休息的，也一直都在陪着他，这让他感动、感激。

天气极寒，可林渺并没有觉察到，悄然来到庭院之中，这是小刀六为他在宛城中买下的宅院，与大通酒楼很近，大大的宅院之中还有虎头帮弟子的守卫，但那只是在外院的厢房间。除此之外还专门为林渺和小晴找来了一些使唤的仆妇，当然，这是与这大宅院一起买下的。

月光清寒，却极明亮，照得满院暗影浮动，阵阵梅花的暗香使人精神大震。

林渺的目光遥遥地望向苍穹，似乎在那深远无限的苍穹之后隐藏着一些让他向往的秘密。他的目光有些空洞，其实林渺也不知道自己究竟看到了一些什么，活跃的只是他脑子里那纷乱的思绪。

宛城是他生长的土地，也是让他伤神的地方，他的爱恨情仇都是在这里开始滋生，而明天便要再一次告别这里去接受一种全新的生活，面对无知的未来，他确实无法抑制自己的思绪。

也不知过了多久，林渺听到了一阵轻微的脚步声，他没有回头，却知道是小晴。

“你在想什么呢?”小晴轻轻地在林渺身边的栏杆上靠着，抬头顺着林渺的目光望向天空的明月，有些好奇地问道。

“你醒了?”林渺没答，却扭过头向小晴反问道。

小晴点了点头，林渺却将身上的貂裘解下为其披上，然后揽于怀中，叹了口气道：“转眼我已经过了二十年，可是一切便像是刚在昨天发生的，就像是做了一场迷离的梦！”

第三十八章　乱世商机

小晴偎在林渺的怀中，但并没有看林渺的眸子，依然昂首望着那轮清寒的明月，淡淡地吸了口气道："人生本来就像是一场梦，就像这轮明月，在缺过之后，总会回到它的起点，化成一轮玉盘！人也是从无到有，再到无，这便是生死轮回的梦，你想得太多了！"

林渺微感惊讶，吸了口气道："可是我们置身其中，又如何能不想？"

小晴笑了笑，扭头望向林渺，道："我只是说人生如梦，起点即是终点，就像醒时和睡前一样，但梦有噩梦，也有美好的梦，我们之所以去想，是因为我们并不想上演一场噩梦，昔日的梦境，是未来的教训和经验，所以，我知道你前去北方是正确的。"

林渺心头一震，小晴的话竟让他茅塞顿开，这般比喻确实贴切，这般解释也很精辟。

"梦是无序的，但人生却是有序的，就像月明月晦一般，并不是初一之后就成了十五，也不会十五之后就是初一。望月到弦月之间有着一个可以看得见的过程，而人生亦是，是以，绝不像是梦一般无法掌握，无法自主，只要我们愿意去思考，愿意去创造，我们就可以将有序的人生演化成美丽的梦。当然，这是不包括任何意外的。"小晴顽皮地向林渺眨了眨眼，却悠悠然地说出了这让林渺心思无限飞越的话来。

蓦地，林渺扭头，将怀中的小晴缓缓松开，淡淡地笑了笑道："你终于还是来了。"

小晴吃了一惊，也扭过头，却见屋顶之上一团黑影紧附其上，倒勾在那弯曲的檐廊上，如一只巨大的蝙蝠。

“该来的，总会躲不开，不该来的，请都请不来!”那团黑影如幽灵般悠然飘落于地，声音尖利。

林渺并无惧意，他知道，幽冥蝠王必会再一次出现在他的面前，那只是或迟或早的事情，他们之间的事也总需要一个了结。或许，在这个他即将赶去北方的前一天将这件心事了结，会是一种最完美的结局。

“是的，梦有的时候总不会只有自己一个主角，每个人都渴望美梦，但某些人却总会为别人制造噩梦。事实上，现实与梦并没有真正意义上的区别，都是身不由己的。”林渺低头向怀中惊惧的小晴淡淡地道。

“也许你说的是对的!”小晴点了点头道。

“女娃，你叫什么名字?你说的话，是老夫听过的最有深意也最值得回味的话。”幽冥蝠王将目光瞥向小晴，语气难得地显得很平和。

“我叫小晴，谢谢前辈夸奖!”小晴不惊不惧，落落大方地向幽冥蝠王行了一礼道。

幽冥蝠王淡淡地显出一丝笑意，但目光却很快投向林渺，依然冷峻肃杀而锋锐，像是欲刺透林渺的外衣透入其内心。

“你先回房休息。”林渺拍了拍小晴的肩头，温柔地道。

小晴柔顺地点了点头，转身便向屋内行去。

“女娃，慢走!”幽冥蝠王突地开口道。

小晴吃了一惊，林渺也微感惊讶，冷叱道：“老蝙蝠，我们之间的事与她无关!”

幽冥蝠王并不怒，只是将目光投向小晴。

“前辈还有何指教?”小晴扭头淡然问道。

“你师承何门?”幽冥蝠王竟问了一个让林渺与小晴都感到极为意外的问题。

“晚辈并没有师承，只是我们小姐曾经教了一些提防小贼的功夫。”小晴虽然心中觉得颇为奇怪，但仍很坦然地回答道。有林渺在，她并不害怕，因为他相信林渺，这也是一种本能的直觉。

幽冥蝠王竟显出一丝喜色，问道：“那你可愿拜在老夫的门下？”

小晴讶异，林渺却断然怒叱道：“你休想打她的主意！”

“哼，你不知好歹，老夫从不收女娃，今日见她天资聪慧，灵气逼人，这才动了收徒之念，若不是她，老夫才懒得跟你啰唆。如果刚才老夫自你背后出手，你以为有几成把握可以保命呢？”幽冥蝠王冷哼道。

林渺暗忖：“如果刚才这老魔头真从自己背后出手攻击的话，只怕能不负伤的机会顶多只有两成，那后果确实不堪预料。”嘴上却冷冷一笑道：“谁知你究竟安的是什么心？”

小晴并不知道林渺与幽冥蝠王之间的关系，是以她也不知道该说些什么，但却深深地感觉出，两人之间的火药味极浓。

“如果你要这样认为，对你一点好处都没有，老夫已查过你的底细，知道在宛城之中你有很多朋友，包括虎头帮的混混，还有最近那个颇有人气的大通酒楼的老板小刀六等等，你认为老夫有必要和你耍手段吗？”幽冥蝠王冷冷地道。

“你威胁我？”林渺神色一变，冷冷地逼问道。

“如果你这么想，那便是！因此，你这样敌视我并没有好处，虽然我尚没有感激你赐予我的那一刀之德，但如果有和平的解决方式，老夫也不想逼人太甚！”幽冥蝠王的话冷傲之中也透出一丝淡淡的霸意。不过，自这些话中，也可以看到一些和解的楔机，这让林渺感到很是意外。

林渺确实有些意外，他不明白幽冥蝠王为何突然如此好说话，居然连那一刀之仇也不报了。但是，正如幽冥蝠王所说，如果他去找阿四、小刀六或是其他人下手，那些人根本就不可能有活命的机会，这确实是一件可怕的事情，而自己又打不过他，想报仇也难。当然，如果这些人死了，即使是杀了幽冥蝠王也是于事无补，除非自己今晚便能够把这个可怕的对手宰掉，但这个愿望却近乎是不可能实现的，每次都几乎是被幽冥蝠王追得到处逃。

对于林渺来说，如果真能够消除这个大敌，那绝对是一件庆幸的事。谁拥有幽冥蝠王这样如跗骨之蛆的敌人，都会寝食难安。谁也不知道这个敌人什么时候会出现，会在什么地方给你最为致命的一击，尤其当这样一个对手不择手段为求目的的时候。是以，当幽冥蝠王说出这样一番话时，林渺的心神也不能不为之松动。

这几乎是一个具有诱惑力的提议。

“我想不出有什么和平的方式可以解决这一切！”林渺吸了口气，淡淡地道。他的心神依然保持着应有的警惕，毕竟，这绝不是一个普通的对手。也可以说，这是他面对的最让人头痛的敌人。

“你只需交出三老令，而这女娃继承我的武学，成我关门弟子，我们之间的一切自然便可以化解。将来她继承了本座的武学，对你可谓是有百利而无一害！当然，你也可以拒绝这一切！”幽冥蝠王冷漠地道，语气之中带着一丝期望，也带着一丝威慑之意。

“我不明白，这样对你又有什么好处？”林渺没想到幽冥蝠王所开出的条件竟是如此简单，不由得惑然问道。

“哈哈哈……”幽冥蝠王一阵朗笑，道：“你知道什么，开国立业者常言一将难求，但身为武者，却更能体会到良徒难寻！你以为寻找一个根骨绝佳的弟子比求一代将才容易吗？何况天下间具有这女娃这般阴极阳遁之根骨者可谓是少之又少，千万里挑一之选，如果其能继承我的武学，可以在短短的几年内便超越我，其潜质无可限量！到时我幽冥蝠王之名，必将被天下武者列入宗师之列！”

林渺和小晴不由得皆大为愕然，他们根本就不曾听说过什么阴极阳遁的名字，但幽冥蝠王这般小题大做，实让他们有些不解。不过，幽冥蝠王所说的，在几年之内小晴的武功可以超越他，林渺却是不敢相信，除非是有什么特别的际遇。但见幽冥蝠王说得那么肯定，又不能不信。

小晴并不知道幽冥蝠王的武功如何，可直觉告诉她，此老绝对是个极为厉害的人物。当然，林渺对幽冥蝠王的厉害是领教过的，虽然三战皆侥幸逃脱，可他明白，自己的武功与幽冥蝠王相比尚有一段距离。

“什么是阴极阳遁之体？”小晴好奇地问道。

幽冥蝠王表情显得温和，似乎对小晴的提问极乐意回答，道：“这比纯阴之体更为难得，这本身就是道家的一种境界，许多人经过一生的苦修，才能够抵达这种境界。道家练气本是吸纳天地间的浩然正气以固五脏六腑的七经八脉，但也有些只吸纳天地间极阴之气。当他们练至最高境界时，全身每一寸肌肤，五脏六腑都可以自由地借用天地之间的纯阴之气，他们的身体和精神便可融入自然之中，借自然之力修心修身，以达到道家最高境界。同时，人身体无阳气只剩孤阴独生的话，也是一种病态，这些修习阴气之人，会将阳气纳入骨肉之内，以中和阴气。而这些阴气自外根本就无法感觉，是以称之为阳遁。修练到这种境界的人天生便具备这种体质，他们不必经过后天苦修就可拥有世人梦寐以求的利用先天之气的能力，但这种人几百年才会有一个出现在江湖，没想到老夫今天却有幸遇上!”

“拥有阴极阳遁之体的人，他们会有什么样的表现呢?”小晴更是惊愕，再问道。

“能抵达这种境界的人，其神自然可感知天意。老夫并无法知晓其表现如何，但这种人有着常人所难以相信的预知力和直觉，如果能够将这些灵感自如地发挥出来，其力量和作用实是难以想象的。”幽冥蝠王微微皱眉道。

林渺和小晴同时动容。林渺知道，小晴确实拥有极为特别的直觉和预知能力，难道真的是幽冥蝠王所说的阴极阳遁之体?

小晴的目光不由得投向林渺，她希望听林渺的意见，林渺的决定便会是她的决定，因为她根本就不明白林渺与这老头之间的关系处在一种怎样的地步。

“如果真如你所说，这一切又有何不可?但，你必须保证她的自由!”林渺淡淡地道。

“自由?”幽冥蝠王一怔，反问道：“何谓自由?”

“这一切的决定由她自己抉择，就算她是你的关门弟子，你也要尊重她的意见，不能强迫她做她不愿意做或有违世俗伦理、伤天害理之事!”林渺肯定地道。

幽冥蝠王一怔，随即哂然道：“这有何不可?”

“我要你以赤眉三老的身份保证!”林渺又道。

幽冥蝠王脸色微变，冷哼一声道：“老夫一言九鼎，何曾失信于江湖?何况只是对你这个小娃娃!”

小晴再吃了一惊，她这才明白眼前的这老头的身份竟是赤眉三老之一，顿时似乎明白了些什么。

林渺笑了，道：“我没有意见，至于愿不愿做你的关门弟子，还要由她自己亲自作决定!”

幽冥蝠王的目光不由得投向小晴，充满了希翼。

小晴望了望林渺，又望了望幽冥蝠王，深深地吸了一口气，却没有说话。

“你的意下如何呢?”林渺淡而温柔地问道。

小晴咬了咬唇，隔着栏杆向幽冥蝠王施了一礼，恭敬地道：“师父在上，请受徒儿一拜!”

小晴拜了幽冥蝠王为师，这确实有些出人意料，但却绝非一件坏事，这让林渺也少了一份担心。至少，小晴跟幽冥蝠王而去，会是安全的，有这老蝙蝠照看，料来不会出什么大的差错，而他也可以放心地去北方了。

是夜，林渺与小晴携手共游天和街。林渺想在离开之前去看看这片曾经呆了近二十年的地方，去回想一下所有曾经经历过的一切往事。

小晴似乎知道林渺的心思，她明白，直到这一刻，林渺仍深爱着那死去的梁心仪。她没有一点醋意，因为梁心仪已经不在了。她想，如果梁心仪没死，该会是多么幸福的人！不过，这将是他们分别前的最后一个夜晚，再相见时也不知道将会是何日，是以小晴格外珍惜，尽管天寒地冻，却仍不影响两人的兴致，直到天色放亮，两人才返回大宅之中。

马武坚守淯阳，这也是背水一战，他绝不想放弃淯阳这座要塞，尽管这次他们夺下淯阳并不是一件很艰辛的事，但是他却知道，如果他放弃了淯阳，下次若想再夺回来，便难如登天了。而且此刻义军势弱，若他放弃淯阳，那么严尤的大军将长驱直入，直捣舂陵，这种可能性极大，是以他请命留在淯阳。

官兵在棘阳外耽误了几天，而马武则在城中再积下了近月的粮草，他作好了与官兵长期对峙的准备。

刘玄和王凤都已经泄气了，他们的七八万大军此刻所剩却只有两万余人，死的死，降的降，逃的逃，而留下来的人也都斗志尽丧，毫无战意。被官兵这般穷追猛打，便连王凤与刘玄也失去了战意。

王凤想返回绿林山。在他们义军阵容最盛的时候都没法胜过官兵，现在这种情况之下，更是奈何不了官兵。

刘玄也禁不住暗自叹气，他明白王凤的心思。事实上，他也不曾料到会出现这样的情况，这一战几乎将他的雄心壮志都给消磨了，昔日的梦想似乎并不是那么容易实现。自绿林军起事以来，还从不曾遇上这般的挫折，便是当时绿林军分三支而去，他们依然对将来充满了信心，因为那只是天灾，瘟疫是谁也避免不了的，而他们与官兵交战还不曾有过败绩，但今次却败在严尤的手下，而且还是那么惨。

刘寅也很苦恼，他在静静沉思的当儿，刘玄和王凤双双而至。事实上，他已经明白刘玄和王凤的内心所想，他绝不笨，刘玄和王凤的锐气尽消，其结果自然有些麻烦。他很了解刘玄，尽管他并不对两人怎么看好，但是在这种时候，他也绝不想再自折手足。

“你们的心情我可以理解，但如果你们欲各领弟兄各回各地的话，还请三思之后再告诉我。”刘寅不待刘玄和王凤说话，已率先一步开口道。

刘玄和王凤不由得一怔，脸色微红，刘寅居然看穿了他们的心思，这使他们一时之间倒不知该说些什么才好了，于是室中陷入了一片沉寂之中。

“王莽又派了大夫甄阜领大军五万相援宛城！”刘玄半晌才出声道。

“我知道，听说还有严说为前队副大夫！他们已经快到宛城了。”刘寅吸了口气道。

“以我们现在的力量，根本就敌不过这十余万官兵!”王凤直截了当地道。

“是的，以我们目前的状况，这样低落的士气，别说是对付这十几万官兵，便是对付严尤那几万大军已是严重不足！但是，你们可知道，马武仍在淯阳城死守?”刘寅的神情有些激动地道。

刘玄和王凤的脸上出现了一丝羞愧之色，是的，马武以孤军死守淯阳，挡住了官兵的追击。否则的话，他们又岂能这般安然地在这里说话?

“不如我们召回马武，各回各地先休生养息一些日子，待我们力量足够之时再联合北上，那时……”

“凤帅此言差矣，何谓力量足够?那我们还要再等多长时间?如果淯阳城破，严尤还会给我们再次联合的机会吗?他必会趁我们士气低落无心再战之时将我们各个击破！试想，我们各行其道后，有谁有与官兵一战之力?大丈夫既已揭竿而起，便应轰轰烈烈，战士可以惧敌，但我们身为主帅，又怎能惧敌?要知道，他们是为我们而战！我们起事又是为了什么?”刘寅打断王凤的话，肃然道。

“正因为他们是为我们而战，所以更不能让他们为我们白白地去送死!”王凤也微有些激动地道。

“凤帅!”刘玄似乎也被刘寅的某句话给触动了，不由得出言劝道：“寅帅说得也对，我们起事是为了什么呢?还不是为了让天下百姓过上和平的日子?他们不仅是为我们而战，也是为天下受苦的人们而战！如果我们再拖个一年半载地再北进，天下百姓只会多受这么长时间的折磨，我们又于心何忍?同时也对不起死去的兄弟呀!”

王凤半晌不语，刘玄的话也让他不能不反思，半晌方道：“可是，我们就这样等死吗?如果只是这种局面的话，我们再战不也只是白白送死吗?这又有什么意义呢?”

“路是人走出来的，天无绝人之路，只要我们愿意想，一定有办法解开眼前的僵局的!”刘寅也心中没底地道。

刘玄也是没有办法可想，有些后悔当初没有听从邓禹的话，若非急于攻占宛城，也便不会出现今日这般惨败之局了，可是事情既已发生，后悔也没有用。

“不如我们召开一个众将会议，看看众将的意见如何，如果想不出办法，大家表决，若多数人赞同各行各路，那便只好待他日再合兵了!”王凤仍然不死心地道。

刘寅心中暗暗叹了口气，他知道王凤并不是个能放眼天下的人物，毕竟出身草莽，危难之时，所有的宏图大志也都化为乌有了。不过，这种人只会享受眼前的安乐，倒也不会成为自己真正的对手，只有真正具有野心的人才会是他的对手，而这个人便是同族的兄弟刘玄。

当然，刘寅对刘玄也不怎么看好，这或许只是因为他极为自负，他不认为刘玄是块治理天下的料。

“那好吧。”

“咿……呀……”门突地被推开，李通兴奋地步入，见刘玄和王凤都在，不由得一怔，道：“玄帅和凤帅都在。”

“李将军有什么事吗?”刘寅见李通的表情，不由得问道。

“我收到一个大好消息，王常的下江兵在上唐乡大败荆州牧所派去的军队，已经引军北上，此刻安营于宛城东南不远处的宜秋集!”李通兴奋地道。

“啊，他已经到宜秋集了?”刘玄和王凤都吃了一惊，问道。

“消息千真万确!”李通肯定地道。

“这王常可真有能耐，居然能如此神不知、鬼不觉地便赶到了宜秋集!”刘寅忍不住赞道。

王凤的眸子里似乎也闪过一丝希望，这个时候他也想起了邓禹前不久所说的话，此刻才想到，也许邓禹所说真的是对的，如果他们早一步联合王常，有王常在后方相护，那么严允想自后方偷袭那几乎是不可能的，也便不会招至败绩，说不定真的可以困死宛城中的严尤，可是此刻后悔已是毫无用处。

“我们必须去联络王常!”刘寅肯定地道。

“可是我们在这种时候去联络他，只会被他们耻笑的!”刘玄有些担心地道。

“王常料来不会是这样的人，虽然我不曾与他有过太多的接触，但却听说过其为人!”李通肯定地道。

刘寅欣然笑了笑，对李通的话极为满意，似乎只有李通才理解他的心思，于是动情地道：“成大事者何拘小节？只要能够在此反败为胜报我宛城之耻，能定天下、解万民之苦，便是要我行三叩九拜之礼又有何妨?”

李通神色间闪出一丝难以掩饰的感动和尊敬，他欣赏刘氏兄弟，刘寅让人尊敬之处便在于他每时每刻都在为大局着想，绝不会因私人感情而坏大局。是以，刘寅虽傲，却是值得尊敬的！而这一番话更见其本性。对刘秀，李通则认识更深，因为他们在南阳之时，交往甚密，觉得刘秀确实是颇有思想和见地，其智计之深绝不逊其兄，少有大志，是以李通会随刘秀揭竿而起。

刘玄和王凤见刘寅心意已决，只是干笑一声道：“那这件事由寅帅做主好了。”

刘寅也笑了，道：“好！那这件事就这么定下来了，就让我兄弟二人与李将军亲自走一趟，这里的一切便交给二位打理了!”

“寅帅放心，只愿你们快去快回，我们绝对会支持到你们回来!”刘玄肯定地道。

宜秋集，与宛城之间尚相隔棘阳和淯阳，是以宜秋集可以说是棘阳后方的要道，与棘阳和淯阳之间各相距百余里，到宛城则有近两百里的路程。

宜秋集此刻驻扎着王常所率的下江兵近两万余众，当然，这并不是下江兵的全部，但却绝对是主力。此次王常斩杀荆州兵万余，降卒也有数千之众，可谓是大获全胜，缴获粮草兵刃诸物无数。

此战，也使下江兵声威大振，远近各地的难民竞相依附，也有许多豪强聚众相投，只在短短数日之间便已平添了数千余众，这自是一件大喜事。

王常早已收到了刘寅、刘玄大败的消息，而此刻他也正在与自己手下的众将商量如何攻打宛城之事。

王常明白，宛城绝不容易攻下，严尤和那十余万官兵更不好惹，在人力上，他绝没有与官兵相抗衡的力量。论财力，下江兵与朝廷相去甚远，便是比新市军与春陵军也还要差一些，因为他们没有刘家的财力作后援，是以若想攻宛城，绝不能够硬攻，抑或是必须再过些时日方可决定，是以他与众将正在分析形势。

“报常帅，外面有一个自称自宛城而来的姜万宝给常帅送来了一件礼物！”一名小将行入大殿，手捧锦盒跪倒在王常的帅案前。

王常的亲卫接过那有两尺半见方的扁平锦盒，却有些纳闷地望着王常。

王常也微感惊愕，他倒从没有听说过什么姜万宝之名，也没听说过宛城有哪一人物叫姜万宝。不过，此人既是宛城而来，他也不能不谨慎，倒也想看看盒子之中究竟是什么样的礼物，是以示意亲卫打开盒子。

亲卫小心地打开盒子，不由得怔住了，两名亲卫相对望了一眼，把盒子递给王常，王常看罢也怔住了。

盒子之中没有别物，只有一大一小两张制作极为特别的弩弓，以及十支长箭，一支小矢。这些东西摆放在摊得很平的杏黄帛布上，极整齐，无论是颜色还是形态，搭配得都极为赏心悦目。

王常不由得拿起那张大弩弓，虽是大弩弓，但也只有一尺八寸宽，就像是一个奇怪的铁箍，入手沉重，约有十余斤重，弩前有一杤木横梁，横梁之上有十道小槽，光滑至极，显然是涂上了桐油，弩机之后有根铜线，还有一些连他也不知质地的东西，做工之精，造型之奇，连王常也为之惊叹。

“啊……”王常一拿出这弩机，一旁的众将都讶异，他们也没料到，那自宛城而来的人所送之礼，竟是这样一张奇怪的玩意儿，他们见所未见，闻所未闻，尽管有些像弩机，但却又与他们所见的弩机有所不同。

“大家可知这是何物？”王常扭头向众将举起手上之物问道。

众将你望我，我望你，谁也说不上名来，皆摇头。

王常又望了望盒中那十支长箭，似乎明白了一些什么，便将这十支长箭一一上到那枋木横槽之中，箭尾抵住铜线，一带尾弦，竟将枋木旁的铁胎弯成了一张弓状，尾弦却可以套在那枋木中似乎蝎尾一般伸出的尾后的小铁柱上，十支劲箭竟定在那枋木弦槽之上。

“是一张连弩！”成丹见王常上好箭之后脱口道。

王常仔细地打量了手中的这个怪家伙，将十箭对地，一扳木臂框槽下的机括。

“哚……”十箭以肉眼几难相辨的速度同时射入室中地面之下，十支利箭却只发出一声轻响，竟全都没入地底，唯箭尾露于地面之上。箭尾与箭尾之间的距离几乎是一致，相距半尺。

所有的人不由得都倒抽了一口凉气，也有几个人自座位上站了起来，呆呆地望着地面之上的那十支箭尾，一时无语。

王常也吃惊地望着手中的怪弩，他再不怀疑这东西是一张弩机。

“好强的攻击力，这如果射在人身上或是盾上，只怕是盾裂人亡了！”成丹也抽了口凉气道。

“成将军所说甚是，只怕，眼下我们这里最厚的盾都能被其射穿了，只不知这东西是何质地所造？”

“我们把那个自宛城来的人唤进来不就可以知道了吗？”有人提议道。

众人这才想到，恍然而笑。

“请姜先生入殿！”王常向门口的亲卫战士吩咐道。同时他又拿出那张极小的弩机，他发现这张弩机竟在正中间有一道软牛皮所制的夹缝，竟可将夹缝两边的弩身顺夹缝折合成一小块，甚至藏于袖间，顿时大感兴趣。

“宛城姜万宝参见常帅！”

王常正在把玩小弩入神之时，忽听案下有人呼叫，忙回过神来，入眼之处，却是一颗大脑袋，长相极奇、个头不高的中年人，忙收起小弩起身拱手道：“这位便是姜先生，王常失礼了！”说着让人看座。

来者正是姜万宝。姜万宝望了望王常，毫不客气地座于一旁，笑问道："不知常帅对这大小二弩可还满意否？"

王常不由得朗声笑道："本帅对此二弩十分满意，只不知先生大老远送此厚礼给本帅，所为何意？"

王常并不认识眼前之人，但却也不会小看眼前之人，他深知人不可貌相，是以一开口便开门见山地问出心中所疑。

姜万宝也笑了笑道："我此来不只是给常帅送礼，更想前来与常帅做一笔生意。"

殿中诸将不由得愕然，这怪人倒显得有些神秘莫测了，居然来与他们做生意，这倒也新鲜。王常也感到有些意外，惊奇地问道："先生要与我做一笔生意？"

"不错，而且是一笔大数目的生意。"姜万宝肯定地点点头，高深莫测地笑了笑。

"不知先生想做什么生意？"王常客气地问道。他觉得眼前此人虽长得不怎么样，但气度不凡，而且有些高深莫测，是以他显得很客气，事实上，他一直都很尊重一些奇人异士。

"常帅可知，刘玄与刘寅之败与常帅刚才所用之弩有着很大的关系？"姜万宝不答反问道。

"哦？"王常大感意外，殿中诸将也讶异。

"常帅认为，如果有这样一支千人弩机队对你的主力军进行突袭的话，那后果会是怎样呢？而且这些人全是以机动性强的快骑移动！"姜万宝又问道。

王常脸色显得有些深沉，姜万宝所问的这个问题虽然只是假设，但却不是没有可能，刚才他见过这一张弩机连发十箭的威力。如果是一支千人快骑，一千张这样的弩机同发，那其杀伤力之强是难以想象的，其后果如何其实很容易想到。

姜万宝见王常的脸色有些难看，他知道王常已经预知了结果，便淡然道："刘玄的大军便是在这样的冲击之下溃散，而王凤也同样吃了这个亏，此弩名为天机弩！"

“天机弩？”王常和众将皆念叨。

“先生此来是想与我作此交易？”王常突地问道。

“不错，天机弩天下只有一家生产，别无他人可造。因此，我想与常帅做这笔交易！”姜万宝微有些傲意地道。

“哼，如果我拿着这个样品去让人打造，不就成了第二家了吗？”成丹不屑地道。

姜万宝不由得笑了笑，悠然道：“虎与猫不同不是在于其形，而是在于其神、其根骨、其本性，如果将军认为有人可以仿造，我并不在意，我不相信这世上有人能在一年时间内找出所用材料的成分配置来！若真如此容易配制，我又何必在此丢人现眼？”

王常为之动容，殿中众将也不再言语，姜万宝所说的那般自信，自然不会没有半点把握。而且刚才他们见识过这张强弩的穿透力，几乎可以等同于五百石的铁胎弓，但是五百石的铁胎弓却不是人人都可以拉开的，更不能同发十箭，且那铁胎高及人身，这弩机却不过两尺，却能发挥出如此强大的杀伤力，可见其构造确实是极为特别。

“严尤的弩弓也是你们所造？”王常淡淡地反问道。

“不错！但那也是金钱的交易！”姜万宝并不否认地道。

“那这么说你也是官兵的帮凶走狗喽？”成寇冷淡不屑地道。

“这位将军所言差矣！人生于世，各求其所欲，交易是平等的，何谓帮凶？何谓走狗？你们所求是富贵荣华，光宗耀祖，成就不世功业，而我所求是万贯之财。彼此所求不同，手段不同，却也是为己而为，谁是谁非又岂是一人之评？如果你要说我是帮凶，我也无须反驳，此乃仁者见仁，智者见智之论，但我却要告诉将军，商者不政，只持中立，谁出钱，我就为谁办事，这是商家的准则！”姜万宝不疾不徐，悠然道。

“你们尚有多少张这样的弩机？”王常淡然问道。

“可在两月之内准备四千张！”姜万宝淡淡地道。

“两个月内准备四千张？那四千张我全要！”王常悠然道。

“哈哈哈……”姜万宝一阵大笑道：“常帅果然爽快！”

“你们卖给严尤多少钱一张?”王常问道。

“二十两!”姜万宝淡淡地道。

“这么贵?”成丹吃了一惊叫道。

“这不贵，我们给常帅的至少每张三十两!”姜万宝依然不紧不慢地道。

“为什么?”王常的脸色也微变，他也没想到这弩机会这么贵。

“因为我们给严尤的是第一代弩机，也是我们初次制造，难免存在缺陷，因此只二十两。但我们给常帅的却是我们改良之后的第二代弩机，具有更强的杀伤力和准确性，在性能和使用寿命上提升了一个层次，所以至少每张三十两银子。当然，如果常帅要二十两一张的，我们也有!”姜万宝淡淡地道。

“那四千张就是十二万两银子!”王常微微皱了皱眉，问道。

“没错，就是十二万两银子。同时，我们还向常帅推荐那张小的折叠神弩，那是我们最新创新的小玩意儿，可以折叠存于袖间，小巧而力强，便捷而准确。它的用途，想来常帅应该比我更清楚!这种弩机每张仅六两银子，价格实惠，如果常帅想要，我们可以以五两银子一张卖给常帅!”

王常将那张小弩在手中把玩了一阵又传到殿中众将的手中，殿中众将把玩之时，也不由得为其精巧的折叠设计而惊叹。在他们眼中，这样的弩机只需五两银子倒也划算，因为这种装备对骑兵步兵都会有意想不到的妙用。

“常帅，如果我们购置了这些弩弓的话，那我们的战士这个冬天只怕就会挨饿了!”王常身边的幕僚出言提醒道。

王常的眉头皱了起来，资金一直都是他最为紧缺的东西，经幕僚一提醒，他的心也便揪了起来，想了想道:“先生可否将这些弩弓更便宜一些卖给我们下江兵?”

姜万宝哈哈一笑道:“这已是最便宜了，还是因为常帅买得多，若是单买一两张，至少以百两银子开价，不过我知道常帅乃是信人，也知道常帅眼下军备军资紧张，不若我与常帅定个协议打个赌如何?”

众将皆愕，在这种时候姜万宝还有兴趣打赌，便也都觉得眼前的这个人有些特别。

“如何协议？如何赌约？”王常也泛起了一丝兴趣。

“我可以先将这些弩弓赊于常帅使用，一年之后常帅再还我弩弓之钱！但我们可以再立个赌约！”姜万宝悠然道。

“一年之后再给钱？”王常愕然，同时大喜，殿中众将也皆大为欢喜。这样一来，他们便不用顾忌资金不足了，是以姜万宝的提议极具诱惑力。

“不错，我们可以为常帅提供四千张天机弩，折叠神弩一万张，两月之内交给常帅！”姜万宝肯定地道。

“如此那就太好了，不知先生赌约又是如何呢？”王常心中大喜，不再为眼前的一切担心，心神大畅之下，言语也显得轻松起来。

“我的赌约是，常帅定可以在一年之内完全攻下宛城，义军必会在一年之中完全控制南阳郡！”姜万宝语破天惊地道。

不仅是王常，包括殿中众将都为之震惊，姜万宝的话是那般肯定而直接，仿佛是已经看到了结果似的。事实上王常和众将都在苦恼，连新市、平林、春陵三支义军联合都被严尤五万大军杀得大败，而他们这支义军尚不足三万人，如何能够抗衡严尤的大军？何况，前队大夫甄阜又领着七万大军而来，他们本想趁刘寅诸人与官兵交战之时，从中分一杯羹，可是刘寅诸人败得太怪，他手下的将士也都斗志消减，正在商量如何避免与官兵交战，保存实力。

王常在竟陵已经在严尤的手下败过一次，是以下江兵的战士对严尤仍心存畏惧，都不愿再与之交战。说到攻宛城，他们现在都几乎没有了这种想法，可是这个姜万宝却如此肯定能在一年之内攻下宛城，还控制南阳，这怎不让王常及其手下将领震惊和愕然？

“这便是先生的赌约？”王常吸了口气，反问道。

“不错，不知道常帅可敢与我一赌？”姜万宝傲然自信地道。

“不知先生所赌的赌注又是什么？”成丹也感到有种前所未有的刺激，立身问道。

姜万宝高深莫测地笑了笑道：“如果我输了，这些弩弓只当是送给常帅，不取分文！”

“那要是我们输了呢？”王常一听，心中也涌起一丝莫名的兴奋。眼前这怪人确实特别，而且赌法更是特别，这个话题也让他不能不心动。

“如果你们输了，那么这些弩弓的价格上涨六倍！当你统领宛城之日，我来向常帅收一百万两银子！”姜万宝再一次语出惊人地道。

“一百万两银子?!”那幕僚也吃了一惊。

“不错，一百万两银子，零头我全不要，这是以一赔六的买卖，或许常帅是吃亏了点，但常帅也可以不与我赌，那么你仍可在一年之后还我十七万两银子！”姜万宝大方地道，似乎一切都在其预料之中。

殿中诸人全都愕住了，这个怪人确实有豪气，而且是一点都不吃亏，不过这个条件也确实诱人。当然，除开赌约不算，对方也确实是帮了自己一个大忙。

“你为什么这么肯定我们在一年之内会攻克宛城呢？”成丹也被姜万宝的信心所感染，他突然之间也似乎相信自己一定真的可在一年之中攻破宛城，不由好奇地问道。

“这个先恕我卖个关子！”姜万宝神秘地笑了笑道。

“先生不觉得吃亏吗？”王常蓦地淡淡一笑，悠然问道。

众将心想：“这个赌约确也值，如果一年之内攻不下宛城，这弓弩便是白送的，如果一年之内攻下了宛城，又岂在乎这百万两银子？”是以，他们都希望王常答应这个赌约。

姜万宝大方地笑了笑道：“商人自有商人的眼光，既然我愿下这个赌注，便有我的道理，不劳别人担心，如果明知是亏本生意，我不会傻得去做的！”

王常不由得又开怀大笑起来，爽快地道：“就冲先生这一句话，我便与先生立下此赌约！”

姜万宝也笑了，道：“我可以替我的东家与你击掌为誓，我相信常帅的承诺！”说完起身来到王常案前。

王常也欢笑着与之举掌相击。

“不知先生的东家又是何人?”王常击掌后，颇有兴趣地问道。

“常帅也许根本就没有听说过他的名字，因为他出身卑微，宛城许多人都称之为小刀六，他本姓萧，在家排行第六，因此叫萧六!”姜万宝淡淡地道。

王常确实没有听说过这个名字，在座的也没有人听说过这萧六是什么人物。

“对了，我还有一事需告诉常帅，如果平林军和新市军或是春陵军问起此弩机之事，常帅可如实相告，这天机弩卖给他们是五十两银子一张，这折叠神弩仍为六两银子一张，如果他们想买便是这个价，如果出不了这个价，我们不卖！如果常帅与之合兵，则以后购买弩机，至少也要四十两银子一张!”姜万宝毫不避嫌地道。

众人听了不由得感到好笑，看来这怪人只对下江兵好，对其他的几路义军都不怎么样，不过这倒是一件值得庆幸的事，至少证明自己的人缘不错。是以，他们不怒反感到高兴，这次那三支义军联合，唯独不与自己联系，这使下江兵诸将颇感愤然，而眼下这怪人公然表示支持下江兵，而烦另外三支义军，这使他们顿感面上有光。

“哈哈……先生果然是个有趣的人，好！我帮你转告就是，只不知先生为何会两价不一呢?”王常有些奇怪地问道。

“哈哈哈……”姜万宝爽笑道：“因为我们与将军一样，出身贫寒，而将军行事、治军，无不为民着想，常帅所代表的是我们普通百姓的利益，我们岂能不知好歹？但刘家乃皇子皇孙，出身豪门望族，他们起事，是为复高祖大业，说到为百姓做事，为时尚早，就算日后成了天子，也不知会不会与王莽一样荒淫无道。是以，这样的人，我们自然不能先赊贷人情了。”

“说得好！说得好……!”整个大殿之中顿时响起一片掌声，连王常也叫好。

“为先生上茶!”王常欢喜地道，尽管姜万宝只是侃侃而谈，但其豪情和谈笑之语无不在默默地激励着军心，此刻连他自己也感觉到斗志大盛，对未来充满了自信，那些将领也个个激情高涨！王常确实对这个怪人心生感激，但军中戒酒，是以唯有以茶相敬。

姜万宝自然明白王常心中的感激，不过，这对他只有利而无害，是以他欣然而受。

“禀常帅，春陵军刘寅、刘秀、李通求见！”一名卫士急匆匆地行入殿中，禀报道。

“哦？”王常立身而起，没想到刘寅会来得这般快。

“随我去殿外相迎！”王常向众将吩咐道。殿中众将也大感意外，他们没想到不仅来了一个李通，连刘寅和刘秀也居然亲自来了！这三个人可以说是春陵军中的绝对头领，更是联军中举足轻重的人物，三人同来，难怪王常要亲自相迎。

众将早就仰慕刘寅、刘秀之名，是以也跟了出去。

林渺只在天虎寨待了两天，确实收获不小。而陈通所说的都是事实，天虎寨的人都快将他当成块宝了，让他都有些不适应，刑风虽是一寨之主，但却极忠于祖上之训，也极忠于自己的誓言。不过，到了天虎寨林渺才知道，刑风与宛城刑家有着极为深厚的渊源。

林渺让刑风助小刀六发展生意更顺道招兵买马，刑风欣然应允，而且这一切正是刑风所想。

当年东方朔上书三车欲献给明君，却不得朝见皇上，后虽为朝官，却不在官场得志，虽在江湖之中有些声名，可终不能让其才学为明君所用，是以，其后人皆欲辅明君，一了东方朔当年夙愿。是以，林渺让他助小刀六经营生意并招兵买马，他自然欢喜。他所处的天虎寨地势险要，在外方山与老君山之间，多深沟大涧，所谓一夫当关，万夫莫开，是以官兵便是派十万大军入山也无法拿他们怎样，最多掀了天虎寨，但想抓住天虎寨的人那几乎是不可能的。因此，天虎寨不仅是个休生养息的好地方，也是练兵的好处所。因此，在宛城招到的人马可以转入天虎寨加强训练，借地形和山势对所招之人强化训练，绝对可以组织成一支精锐战旅。

刑风和林渺所需要的也是一支精锐战旅，在这四处纷乱的战乱中，普普通通的战士根本就没有多大用处，因为随时都可以招来，但以他们的财力，在养不起太多的战士的情况下，便只有求精求全。是以，林渺定下的目标是，合能攻城略地，分能独当一面，至少也要像严家军的精锐战士一般。

不过，幸亏天虎寨中的好手众多，他们完全可对招来之人进行小组训练，挑选精锐，务必使那群人在最短的时间内达到最好的水平。

天虎寨平日里绝不会打家劫舍，对附近的山村都绝不相侵，反而保护了这些山村的安全，是以在天虎寨方圆百里内口碑甚好，因为他们可以自己开荒种地，对过往的商人绝不会劫掠，但他们往往也会做一些走私的买卖，大致来说，他们可以自给自足，在许多地方也都有天虎寨的生意。

现在小刀六的主意和所从事的生意也正合天虎寨的胃口，如此一来，不仅可使天虎寨的生意网做大，也可以给自己更多的经济来源，以让自己去做更多的事。

林渺顺大道直行，一路经过了阳翟、颍川又到父城的聚英庄住了一日，但却没有见到任光。此番任光回信都，是因为其父信都太守病危。

傅俊等皆不舍得让林渺走，但林渺有急事，他必须先赶去邯郸，否则的话，白玉兰与王郎之子王贤应完婚之后，那一切便已经迟了，尽管只在父城待了一天，但他仍是心焦如焚，不过，他知道，此刻距王贤应与白玉兰的婚期尚有一个多月，因为快过年了，在年底肯定是太仓促了，而白玉兰与王贤应的婚期便定在元宵节那天。因此，至少还有一个月时间，这一个月的时间却绝不长，因为林渺会有太多的事情要做，或者是会遇上太多的麻烦，毕竟在北方，他人单势孤，或者可以去信都求助于义兄任光，但若想去渔阳请吴汉和沈铁林相助的话那是不可能的，因为在时间上不允许。自父城到渔阳便要近二十天，这一来一回，一个月便已过去了，只有信都不太远，不过，想到任光之父病危，林渺也不知任光有没有空随他去邯郸。

事实上，无论在公在私，林渺都绝对会到北方去，不仅仅是白玉兰的事，因为怡雪也希望他去北方。只是，如果不是白玉兰，他也绝不会这么急着赶往北方。因为在宛城之外，他还有许多事情没有办妥，而对他来说，北方是一个完全陌生的环境。

离开宛城的第七天，林渺才赶到洛阳，而且这一路上皆是快马疾驰。当然，有金田义、猴七手这两个老江湖为他打点行程，他不用费太多的心去准备什么，一切事自有两人打理，这使他一路上并不怎么辛苦，反而让林渺学到了许多出远门和行走江湖的经验，而这些是昔日在宛城做混混时所不能学到的。

林渺出远门的次数并不多，要么是随军东征，要么便是南下云梦，但还是第一次到洛阳。宛城虽也是繁盛一时的名城，在整个神州大地也可以排在前五位，但其繁华还是要比洛阳逊色一些。城市排名之中，长安排第一，洛阳则可排在第二，而宛城则只能排在第五位，北有邯郸，东有临淄，不过，北方太乱，邯郸虽在名义上排在宛城之前，但实际上只会逊于宛城。倒是临淄确实极为繁盛，但与宛城也差不多，惟洛阳与长安才是真正地排在这几座大都会的前面。

洛阳城，南临洛水，倚险而立，北面则靠黄河，水道畅通，也使得洛阳在这两河流域之中形成了一处独特的环境。

洛阳城，向有“天下之中”之称，早在西周时，便在洛阳营建了成周城与王城，开始作为军事驻点，用以威镇“殷顽民”。这里地处“天下之中”，为“都国诸侯所聚会”之地，故逐渐由军事要塞变成了政治中心和工商业城市。春秋战国时期，洛阳成了东方诸国与秦国作战的要地与贸易必经之地，可谓“东贾齐、鲁，南贾梁、楚”，其城池之大，仅次于长安城，四围长近四十里。

只看其城门，便可知其比宛城要气派多了。南面有三座宽大的城门，中间的城门竟有三大门洞，每个门洞都可并驰三车，确实气派非凡，虽然南北诸方战乱不休，但是洛阳城外依然是车水马龙，往来之人络绎不绝，三教九流甚至连胡羌异族之人也多出入其中，确实是什么样的人物都有。

猴七手也是第一次到洛阳，也像个土包子进城一般，不过林渺自小生长在宛城，虽宛城不及洛阳大，但也是繁盛一时、商贾云集之地，他见过的世面绝不少，因此虽惊于洛阳的气派，却也并无过激表现。

“今晚，我们便在洛阳住下吧，明日再赶路。”金田义提议道。

林渺点了点头，反正也不急在这么一下午的时间，他也想在这洛阳城中逛逛。

三人并骑行入城中，城中之道极为开阔，十马并行都不会显得拥挤，道旁的店铺比比皆是，顺着大道行不多远，便听身后一阵急促的蹄声响起。

“让开！让开！薛大公子驾到……”一阵喊声加上蹄声，使林渺不由得扭头望了一眼，却吃了一惊，只见身后竟有近两百骑持弓负箭的家将打扮的人，如众星捧月般护着一名锦衣汉子旁若无人地自大道上奔来。

在洛阳城中居然有这么多人敢公然持弓负箭，而且这群骑士如此肆无忌惮地横行，确实不能不让人吃惊。看这些人的样子，也不是官兵，只不知那些守城官兵怎会敢放这些人入城！

街上行人如避瘟疫一般连忙避于街旁。

“驾，驾……”那锦衣汉子打马疾驰，气焰张狂，身后的那群人也大呼小叫，还有人背着许多猎物。

林渺和金田义等人也忙将马带到一旁，这数百气焰张狂的人他可不敢惹。何况对这些人的身份没弄清楚，他可不想再去惹什么麻烦，心中暗忖：“究竟是什么人这么猖狂，摆出这么大的排场？”

那近两百骑风驰而过，扬起一片尘埃，让人有些睁不开眼。

“大叔，这些人是什么人哪？竟摆出这么大的排场！”林渺向路旁的一位老者客气地问道。

“年轻人，你是自外地来的吧？这些人乃是薛府的家将，前面那位乃是当今皇上面前的大红人薛子仲大人的大公子薛青成！”那老者说完叹了口气，转身便走了。

林渺恍然，心中忖道：“我道是谁这么张狂，原来是薛子仲的儿子，难怪。”

“这小子如此张狂，什么时候去把他家偷穷了，看他还怎么狂！”猴七手小声地诅道。

林渺和金田义不由得都笑了，金田义打趣道：“只怕以你一人之力，这一辈子也搬不完他家的钱财！”

猴七手也笑了，如果传说是真的，那他确实一辈子也搬不完薛家的财宝，因为外传，薛家的财产多达数千万之巨，甚至还有过之。在洛阳之中，只有张长叔才能与薛子仲比富，天下之中能与之相比的也寥寥可数。为世人所知的，好像还有奚人寿通海可与这二人相较，用富可敌国来形容实不为过。

不过，薛子仲和张长叔乃是靠奸商及朝廷的支持主持五均六院才会迅速巨富起来，但寿通海却不是。是以，天下之人，对寿通海的评价高过薛子仲和张长叔，而寿通海的银号遍地开花也大受欢迎，便连负责五均六院的薛子仲和张长叔也不敢对寿通海的生意多说半个“不”字。

王莽虽治国无道，但还不至于昏庸到不明事理，对于寿通海这样一个大商家，他也很是礼遇，因为寿通海在为自己赚钱，也是为他赚钱。因此，他也给寿通海一个虚衔，封为通海侯，却并不掌权，但却让寿通海做生意没人敢捣乱。

“啊……”金田义突地惊呼了一声。

林渺顺其目光望去，却见一小孩正自大街上穿过，可是见到群马飞驰而至，吓得坐在地上大哭，却不知走开，而薛青成的铁蹄根本就没有刹止的意思。

“王八蛋！”猴七手不由得愤然低骂，这些人似乎根本就不将人命当一回事。

林渺也大为愤然，只可惜他与之相距太远，根本就不可能来得及相救。

“孩子……”一妇人撕心裂肺的呼声在街边响起，那妇人如发疯一般向街心奔去，显然正是那小孩的母亲。

大街两旁的人也全都大惊，这妇人也冲上大街岂非是找死？本来只是小孩丧命，现在连母亲也连累了。

街旁之人都不忍心看那对母子丧身铁蹄的场面，许多人都闭上了眼睛，可是薛府的家将和薛青成像是什么都没看到一般，依然策马向那对母子踏去。

林渺诸人也肝胆欲裂，但他们的视线已被群马所阻，已看不到那对母子，也听不到那惨叫声，因为马蹄声太响。

“岂有此理!”金田义义愤填膺一拍马鞍，愤然道，但便在那一瞬间，他的神色突然变了。

林渺的神色也大变，他们没有听到惨叫，但薛青成却自马背之上飞掠而起，像是自水草中惊起的鸥鸟。

掠起的不仅有薛青成，更有那刚才冲上大街的妇人。妇人的脚步不像刚才冲上大街之时那般踉跄，而是动若脱兔，其身法之敏捷，舞动之灵巧，让林渺也为之心惊，而那刚才在地上啼哭的孩童正骑在妇人的肩头。

“薛青成，今天就是你的死期!”那妇人袍袖间闪出一道白练，如残虹般滑过虚空，在那群薛府家将反应过来之前，已射入薛青成的防护网。

事起突然，薛青成怎也没有想到这么个不起眼的妇人竟暗藏杀机，而且还是个高手，尽管他自身的武功不俗，但在这种情况之下，他也难以发挥。

一旁观看的人见事情突转，那本来可能会死于马蹄之下的妇人竟然反过来追杀薛青成，顿时感到大为有趣和快慰，对薛家之人无人不恨，只是薛家势大，众人皆是敢怒不敢言。

“叮……”薛青成仓促拔剑挡住那妇人射出的银链，身子疾坠向他的家将群中。

已有数名家将慌忙伸手接住薛青成，也有几人跃身截向那妇人。

那妇人绝命一杀未遂，身子也下沉，但她肩头的小童却如一支弩箭般暴射而出，以快得让人吃惊的速度撞向坠落的薛青成。

“呀……”那小童在飞出之时还射出了一支弩矢，也不知弩自何来，矢自何处而出，那试图拦截的家将中箭惨号而落，顿死于乱蹄之下。

薛青成大骇，他的身形坠落，已为四名家将接住，但这四人还未来得及收回手，那小童已经撞在薛青成的腹上。

“呀……”薛青成根本就来不及防御便发出了一阵凄长的惨号。

那四名家将大骇，他们手中的薛青成已为两截，五脏和着血雨哗地洒了出来。

一切发生得太快了，这些人根本就没有意识到，一来是因为他们从来都不会想到，有人居然敢在大街之上，而且在这种情况下袭杀薛青成；二来，一开始他们便没想到这啼哭的小童就是真正要命的杀手。在他们眼里，小童只会是他们蹄下的玩物，而薛青成最喜欢玩这种游戏，一般来说都是他的马蹄最先踏上这玩物。因此，无形之中就使这危险的人物靠得他太近，这便中下了杀机。

“好快的刀！”金田义禁不住低呼了一声。

林渺也不得不承认，小童那斩腰的一刀确实漂亮，但他很难想象，这是那小童所应该有的刀法，如果不是他亲眼所见，他绝难相信这啼哭的小童居然拥有如此的杀人手段。在他眼里，这样的小童顶多只是在家里放条小牛而已，但这一切都是事实，而且薛青成死了，死在那小童神乎一刀之下，但是那小童呢？

第三十九章　洛阳之行

小童的身子落于马下竟不见了，他的身子太小，任意附在马腹之下，便不是那群家将在马背之上可以发现的。

那妇人落下，倒踢飞几名薛府家将，身形若轻燕一般，手中银链如一道银蛇盘绕在身子四周，却无法冲出重围。

“嗖嗖……”数十支怒箭齐向那妇人标射而至，薛青成已死，激怒了薛府这群家将，居然有人在这两百多家将眼皮底下杀了他们的少主，这使他们不能不怒。

那妇人虽然武功不错，却终究只有一人。

“轰……”一匹战马突然失蹄倒下，马上的薛府家将顺马跌出，顿时死于马下，也有后面赶上来的战马踢在跌倒的战马上而失蹄。

“轰轰……”只在片刻之间，便已倒下二十余骑。

“杀死那个小杂种，他在马下捣鬼！”终于有人知道是怎么回事了。

薛家家将意识过来时全都带缓马速，毕竟这里不是大平原，而是长街，再大的街也无法让这么多的马狂驰而不拥挤。

那妇人连中三箭，但依然凶如母虎，不过其身上也有数处刀伤。

“阿虎，快走！别管我！”那妇人高呼，与此同时，她再也无法支撑，倒在乱刀之下。

“阿英！”那小童一声惨呼，如一颗弹丸般自一匹马腹之下射出，直投向妇人身边的几名薛府家将。

“呀……”一名家将猝不及防，竟被腰斩，小童双腿在马背上一踏，再次弹出，如一只敏捷无比的跳虱，手中之刀以一种难以述说的诡异弧度击出，防不胜防。

那围攻妇人的几名家将身在马背之上，移动极不灵活，但是这小童的移动之快让他们欲以箭矢相对都是不可能。

薛府家将人虽多，但是却因战马太多而挤在一起赶不过来，只有在那里干着急，反而是那小童毫无顾忌，马上马下，由于人不过三尺，灵动得让人叹为观止，时而马上，时而窜至马腹之下让人找不到踪迹，但是再出现之时，那柄神出鬼没的刀必定会伤人。

一旁的人看到这大街上乱作一团，看着那些薛府家将狼狈不堪的样子，大感痛快，只是为那妇人之死感到有些可惜，同时也被这小童的打法感到极为好笑。这些平时作威作福、不可一世的家将们居然被这一个小童耍得团团转。

“他是个侏儒！”猴七手突然开口道。

金田义本来也在疑惑，他实难相信一个小童会有这样的身手，若说是个侏儒那还说得过去。而且，刚才那凄厉的呼声显然是一个成年人的声音。

“如果我没猜错的话，这侏儒与那妇人可能是一对夫妇！”猴七手又道。

“有没有办法让这侏儒逃脱？”林渺突然问出一句让猴七手和金田义都吓了一跳的话来。

“龙头想救这个侏儒？”猴七手望了望四周，吃惊地小声问道。

林渺肯定地点了点头，目光却四下打量了一下这大街四面的环境。

“这里可是薛家的地盘，一不小心，我们可能便会惹上天大的麻烦！”金田义担心地提醒道。

林渺吸了口气，他也知道这确实是件麻烦事，毕竟这里不是在宛城，这不是他的地方，对于这座大城，一切都是陌生的。因此，如果弄得不好，只怕他们想离开这里都是不可能。

那侏儒看来似乎也明白，这般下去，他终还不能将这些人杀尽，而且他的体力也是有限的，此刻正有大量官兵向这里赶来，再不走便没有机会了，是以一声轻啸，自马腹下飞射而出，直蹿上街旁一杆酒旗的高杆之上，像一只猴子一般，再借力，斜穿向那酒楼。

“想走?!”一名薛府家将斜插而上，似乎预知了那侏儒欲去的方向。

这群家将挤在大街的马背之上，很难展开手脚，但薛府家将绝不全是脓包，只是这些人被同伴挡住了，碍手碍脚施展不开，这一刻见那侏儒欲逃，是以急得再也顾不了这许多。

“叮叮……”侏儒连斩七刀，皆被那人挡住，侏儒在空中一扭又落回旗杆之上，而那人则坠下地面。

“嗖嗖……”一轮疾箭暴洒向旗杆。

侏儒低啸，自杆顶滑至底下，躲过箭雨，但那挡路的家将又极速攻来。

侏儒知道厉害，闪躲纵开，酒旗却应剑轰然而倒，惊得战马怪嘶。

侏儒的身子之灵活让人感到好笑，便像是一只猴子，又像一只老鼠，还像一只跳虱，一转一旋，一闪一纵，使那身后紧追之人根本无法进招，不过薛府家将迅速下马围追。

侏儒纵跃间距林渺诸人越来越近，而官兵也在这个时候快速赶来。

“龙头，我们走吧!”猴七手提醒道。

林渺无奈，只好将马转带一旁，道：“不如就在这里住店好了。”

金田义望了望那堵塞的道路，此刻是想走也不能了，只好点头，下马忙牵着三匹马。

“掌柜，住店!”金田义呼道。

“哦，哦……”那店小二正伸着头张望这轮精彩的好戏，见有人叫，极不情愿地回过神来，帮忙牵过三匹马。

林渺在猴七手之后步入店中，吩咐道：“要三间上房!”

“有，有，有!”掌柜的虽也知道外面发生了大事，但是生意人不喜惹是非，所以也便不去看，见有人住店，还是极为热情。

“三位跟我来!”掌柜忙带三人上了木楼。

猴七手和金田义都背着包，林渺空着手倒也悠闲。

三人刚上楼，打开一间厢房之际，楼下便传来了噼里啪啦的一阵乱响。

几人扭头一看，却见那小侏儒竟冲入了客店之中，而薛府家将也追了过来。

“哎呀，我说大爷们呀，我可是要做生意的……”掌柜心痛至极地赶下楼，他不清楚怎么回事，还想下去劝架呢。

林渺不由得向猴七手和金田义打了个眼色，两人心领神会，虽然有些无奈，但也不能拗林渺的意思。

“天机弩，上好弦!”林渺低呼，以身子相掩，猴七手迅速掏出包中的天机弩和箭矢。

“我们不能出手!”金田义吃惊地提醒道。

“不必我们出手，给那侏儒!”林渺悠然道。

“我的大老爷……哟……”掌柜本欲求情，可却被打得翻了两个筋斗。

那小侏儒也有些疲态，但依然纵高跃低，灵动若猴，众薛府家将满屋追击。

“我为你准备了弩矢，在房中!”

侏儒躲开背后的追袭，跃上木楼之上，刚欲转身，忽闻一阵隐约的细小声音传入耳中，不由得回头，却见一个年轻人面带一种奇怪的笑容，嘴巴翕动了一下，身后还立着两人，顿时明白，那话正是年轻人所说。不过，他没有时间细想，身后的追兵已经追至，只好身形再次蹿到另外一根撑着楼顶的粗木柱上，如荡秋千的猴子一般，同时回头向那楼上的三人望了一眼。

那年轻人自然是林渺，林渺暗打一个手势，身子闪开，好像是怕伤及无辜一般。金田义与猴七手也闪了开来，留着大门洞开的厢房空在那里。

侏儒再次低啸，身子又荡回那木楼之上，在一蓬箭矢射来之时，缩成一团滚入厢房之中，砰地一下关住房门。

侏儒一看，吃了一惊，只见房中靠窗的桌上有一张奇怪的弩机，似弩非弩，但上面已上好了十支利箭，一旁还有一大壶利箭，顿时明白那年轻人并没有骗他，大喜之际抓起那弩机，却入手极沉。

“轰……”厢房之门被撞碎，几道人影冲入。

“去死吧！”侏儒立于桌上，一手扳机括。

“哚哚……呀……”门口冲入的三人竟全被钉在地上或墙上，每人中两箭之多。

侏儒吃了一惊，暗暗咋舌这弩箭之威，居然可十矢同发，而且穿透力如此之猛。同时，也禁不住大喜，感激地向门外望去，却没有见到林渺诸人的身影，他再不犹豫，抓起弩机，将箭壶背于背上，在追兵再次赶入房中之时，他已破窗而出。

那些追兵步入房中吓了一大跳，但他们已无心理会太多，便也跟着破窗追出。他们的少爷被杀，如果抓不到凶手，他们还有什么面目再回薛府？因此，他们绝不敢让那侏儒逃走。

但他们刚跃出窗子，便听得一阵金风破空而至，还没弄清是怎么回事，便也被利箭透体，惨号着自空中跌落，他们至死也没弄明白这侏儒是自哪里弄来的弩箭，而且还能一次射出这么多利矢！

客栈之中弄得一团糟，几乎所有的客人都吓得逃出了客栈，地上有几具薛府家将的尸体，碎桌碎椅满地都是。

官兵堵住了大门口，可是收到消息却是凶手已破窗自后方逃了出去，只好又绕到后方去追。

林渺也不想再待在这里，他已经尽了自己的一点微薄之力，扭头看看房间里的那几具被钉于地上的尸体，心中感到一阵痛快。这些人至死都不明白被他们追得到处乱窜的小侏儒怎会突然多出这样一张强弩，如果他们早知道屋中有这样的强弩的话，定不敢贸然而入了。

对于这些，林渺并不在意，但是能不惹麻烦最好是不惹，他们将劲弩给了那侏儒，如果有人追问此事，虽然没有任何证据，可是这个世道如此黑暗，在这个陌生的地方受气可能也是难免。当然，如果此刻在城外，他根本就懒得在意，但是此刻是在洛阳城中，这城池固若金汤，想出去可就有些难了。在宛城，能进出自由是因为那里每一寸土地他都非常熟悉。

刘寅说明来意，他不觉得有什么拐弯抹角的必要，因为王常绝不会是笨人，只是猜也可以猜到他的来意，是以，一来便开门见山地说出了来意和想法。

王常虽然猜到了一些，众将也猜到了一些，但是刘寅这般开门见山地说出，仍是让他们沉默了。

“眼下，合则势强，分则力弱，若想图天下，必聚以攻坚方有胜望。当然，眼下我军吃紧，来请常帅与各位将军合兵也有私情于其中，我刘寅必须说明！”刘寅半点也不隐讳地道。

“在我们危难之时，不见有人提出合兵，此刻合兵，那我们算什么？”成丹立起，义正词严地道。

“不错，成将军所说正合我心意，何以当日你们联新市、平林二军，独弃我们于一旁？此刻兵败宛城，又来找我们，我张卯也不是傻子，常帅，我们不能合兵！”

“是啊，他们并没有合兵的诚意，当初不找我们，现在有难了才来找我们，这是哪门子道理？”

一时之间，殿中众将议论纷纷，大多都是不同意合兵一处，但许多人都只是咽不下一口气，倒不是不知道合兵的好处，只是气恼。在下江兵败于蓝口集据于钟山和龙山附近之时不来找自己合兵，而此刻对方被打得大败，己方新胜，对方却想自己去与之合兵，这样一来，他们的面子有些放不下，是以，都不支持合兵。

“大家静一下！”王常挥挥手，压住众将的喧闹，淡淡地道：“现在我们不谈此事，寅帅和刘秀、李通将军大老远来我军中，是我们下江兵的荣耀，而又有姜先生做客于此，为我军带来了希望。因此，本帅准许大家今日可以开怀畅饮，以表示对他们的尊敬和欢迎，不知众位意下如何？”

王常解了禁酒令，众将顿时大喜，他们多出自草莽，皆喜好杯中之物，但是慑于军中的禁酒令，都不敢饮酒。这一刻王常准他们今日开怀畅饮，怎不让他们大喜过望？有的人口水都快流出来了，哪里还会再去理会刘寅此来的目的是什么？相对来说，他们觉得那个为他们送弩弓来的怪人姜万宝更亲切一些。

刘寅和刘秀脸色也微变，不过他们却知道，王常若不是岔开众将的话题的话，继续讨论下去，只会使结果更糟糕，说不定会立刻拒绝合兵之事，而王常这样岔开话题，反而给他们留下了一些机会。

“寅帅之事待我与众将明日再商量，得出结论再告之寅帅如何？”王常淡然客气地问道。

刘寅也哈哈一笑道：“一切便有劳常帅了。”

“摆酒宴！”王常向一旁的亲卫吩咐道。

刘秀向坐于他对面的姜万宝望了一眼，却不知对方究竟是何方神圣。

王常似明白刘秀的意思，不由得笑着介绍道：“这位是来自宛城的姜万宝姜先生！”

姜万宝向刘秀和刘寅拱了拱手，算是施礼。

刘寅和刘秀一怔，姜万宝居然来自宛城，这让他们有些意外，但出于礼貌，也还了一礼。

“哈哈哈……”刘秀淡淡一笑道：“原来姜先生来自宛城啊，可算是故人了，我也在宛城待了数年，不知先生在宛城作何经营呢？”

姜万宝也悠然一笑道：“刘将军之大名如雷贯耳，攀上故人之称实让我感到宠幸有加，鄙人只是一介商人，此来宜秋只是来与常帅做一笔生意而已。”

刘寅神色冷峻，对于宛城来的人，他似乎都怀有戒心，他在猜测这个怪模怪样的人来此究竟是何目的，会不会是严尤派来的奸细？

刘秀的心思也与刘寅相同，是以他才会追问，道：“先生一向在宛城做何生意呢？”

“只要能赚钱的买卖我都干，不过此来却是要做一桩兵刃的买卖，当然，我只是跑跑腿而已！”姜万宝坦然道。

“哦，兵刃的买卖？宛城之中的兵刃大家我也略知一二，恕我直言，可我却似乎并没听说过先生之名，不知先生往日可是也在宛城呢？”刘秀惑然问道。

王常的目光凝于几人之间，他知道刘秀在宛城所住日久，对宛城之中的事所知甚多，他也想让刘秀来探一下眼前这有些身份不明之人的来路，是以，他并没插嘴讲话。

“宛城时刻在变，饱受战乱洗礼，城中各行各业都变化无常，刘将军知道宛城之中还有多少铁匠铺吗？知道还有哪几位兵刃大家吗？而城中酒楼又有几座？楼主又是什么人呢？”姜万宝见刘秀如此问，摆明是在怀疑他，因此不愠不火地反问道。

刘秀一怔，姜万宝所问的问题他确实答不出来，他离开宛城已有数月之久，宛城之中的变故确实是很大，究竟到了何种程度，他一点底都没有，虽然他在宛城之中布下了眼线，但只是注意宛城之中的军事布署，及一些关系到军方大事的东西，至于有几家铁匠铺，剩几家酒楼这等琐碎的问题，他又如何能知？是以哑然无语。

“正想向先生请教，宛城之中还有几家铁匠铺？我离开家乡已有数月之久，颇为思乡，能自先生口中得知一些故居的消息那真是太好了！”李通抢过话头，笑问道。

刘秀欣然望了李通一眼，李通倒确实急智，刘寅也赞许地望了李通一眼。

姜万宝悠然一笑，不以为意地道：“宛城之中，已只剩下一家铁匠铺，那就是同仁行！”

“同仁行？”刘秀和李通吃了一惊，对于同仁行他们再熟悉不过了，但他们却没有料到偌大的宛城居然只剩下一家同仁行了。

姜万宝笑了笑道：“不错，想必几位对同仁行绝不陌生，但今日的同仁行已不再是昔日铁先生手下的同仁行了，我们东家自铁仁手中购下同仁行，便合并了宛城所有的铁匠铺，召集了所有的铁匠，是以，今日宛城便只有一家铁行！”

“你们东家合并了宛城所有的铁号？”李通吃惊地问道。

“你们东家又是谁呢？”刘秀也掩饰不住吃惊地问道。

“说起来，咱们东家与刘将军倒真是故人，他便是大通酒楼的老板小刀六！”姜万宝坦然道。

“什么？”刘秀吃惊而起，失声问道。

王常的脸色也变了，刘秀的吃惊让他有些意外，他不觉得刘秀是一个容易吃惊的人。

刘寅也很奇怪，他很了解刘秀，但是他并没有听说过小刀六是个什么人物，可是刘秀却如此吃惊，这让他有些意外。

李通也听说过大通酒楼，至于大通酒楼的东家是谁他却不太清楚，对于小刀六其人，或多或少好像有些印象，但却不记得究竟是个什么人物。

姜万宝也有些意外，刘秀竟对这个名字这般敏感，不过，他知道刘秀与小刀六及林渺诸人之间有过一段交情，也并不会太奇怪。

“刘将军没事吧？”成丹也有些讶异地问道。

“哦，没事，刘秀失态了，不好意思。”刘秀忙回过神来解释道，旋又扭头向姜万宝问道：“你们东家还好吗？”

“托刘将军的福，现在生意兴隆，财源滚滚，我们东家一切都好！”姜万宝笑了笑道。

王常松了口气，忖道：“原来这小刀六与刘秀之间是旧识，这倒可以放心些，至少可自刘秀那里打听出此人的来路。”

“如此甚好，我已经好久都没有与贵东家相会了，只不知你们可有林渺的消息？”刘秀转过话题问道。

“哦，刘将军也认识林公子呀，他很好，我们东家有今日，林公子也出了不少力呢。不过，此刻林公子已去了北方，想来也不会太坏！”姜万宝并不想让人知道林渺与同仁行之间的关系，这也是林渺叮嘱过的，因为林渺在外面树敌太多，那会影响同仁行生意的发展，是以姜万宝半真半假地道。

“哦。”刘秀释然。

刘寅和李通都曾听说过林渺这个名字，而且前段日子，林渺在棘阳大闹一通的消息也传得沸沸扬扬。

王常在竟陵时也见过林渺，还颇欣赏这年轻人，不由得问道：“可是曾在湖阳世家的那个林渺？”

“不错，他是在湖阳世家待过一段日子。”刘秀代之相答道。

“那个年轻人确实是个人物，将来前途不错！”王常似乎又想起了当日林渺的样子。

“啊，难道常帅也见过此人？”刘寅微感惊讶，反问道。

“不错，在竟陵之时，他来找过本帅。”王常淡然道。

“哦，那大家都是故人了，我们东家乃是林公子最好的兄弟之一！”姜万宝笑了笑道。

刘秀倒确实没想到小刀六居然买下了同仁行，而且还合并了宛城之中所有的铁铺，这倒不是一件小事，只是他有些不明白，昔日同仁行都没有这么大的手笔，而小刀六又如何会有这般大手笔呢？合并所有铁铺又是为何呢？难道宛城会有这么多生意可做？不过，他对小刀六并不是太了解，他们之间也并无太多的交往，只是因为林渺的原因，他才注意过小刀六其人，但是那时小刀六不过是一个小小酒楼的老板，并没有什么特别之处，至少他没有发现。现在小刀六居然把生意做到王常的军中来了，看来此人确实不简单。

“不知姜先生此来是欲售什么兵刃呢？”刘寅淡然开口问道。他也对这个小刀六产生了一些兴趣，居然合并整个宛城的铁铺，只不知会造出什么样的东西来。

“也许寅帅和两位将军并不陌生！姜先生此来便是售这种神弩！”王常接过话头，将案上锦盒中的天机弩拿了出来。

刘寅和刘秀抽了口凉气，脸色顿变！

“寅帅见过这东西？”王常淡然问道。

刘寅和刘秀的目光顿时全都转向姜万宝，冷冷问道：“这种弩机是你所要卖的？”

“不错，这只是一件样品，乃是我东家亲手设计，然后再开炉请宛城众巧手精造而出的。”姜万宝淡然无惧地道。

“你究竟是什么人？”刘寅冷冷地质问道。

“地地道道的生意人，寅帅有什么疑问吗？”姜万宝感到一股浓浓的杀气逼至，但却并无半点惊慌之色，悠然道。

“严尤军中的这种弩机也是你们打造的？”刘寅又问道。

王常并不以为意，因为他早就知道这些，不过，刘寅有这种表现他并不意外。

“不错，严大将军让我们给他造了两千张天机弩，他们也是我们所接手的第一笔生意。不过，很遗憾的却是这对义军并不是一件好事。我知道寅帅的想法，不过，我们是商人，你们是军人，大家的利益不同，所以我们也无法顾忌到太多。”姜万宝淡淡地道。

刘寅的神色变得有些难看，刘秀也是同样如此。就是因为这些天机弩，而使义军惨败，可以说，这些天机弩所起的作用让他们难以承受，但他们没想到天机弩竟是眼前这个所谓的商人所造出来的。可是姜万宝所说的也没错，一方是商人，一方是军人，彼此利益不同，目的不同，他们又能怎么说？只是他们心中的怒气有些难平而已。

“难道就为了这点钱，你们便连良心也不要了吗？你知道若是让王莽当权一天，天下百姓要多受多少苦难吗？你们知道就是你们这些助纣为虐的人让万民陷入水火难以自拔？你们就从没想过良心有何不安吗？”李通也极感愤怒，若不是这里是下江兵的军营，只怕他会出手宰了姜万宝，但此刻他唯有开口痛骂。

姜万宝脸色一沉，冷笑一声道：“李将军似乎太过言重了，就凭你们，便想救万民于水火之中吗？不错，王莽当权一天，百姓就会多受一天疾苦，可是如果你们杀了王莽，到时候是寅帅当皇帝，还是刘秀将军当皇帝，抑或是你李通将军呢？也许你们都有这个念头，可到时候你们三支义军谁主天下呢？就一定是你春陵军吗？刘玄和王凤答应吗？你们可以保证或发誓会善待百姓，可要是刘玄或王凤当权呢？你敢保证他们便不和王莽一样昏庸无能？你敢保证他们不贪图享乐而忘记起事时的誓言？谁能解万民于苦难之中不是空口说的，当权者只有一个，获利最大的不是百姓，而是你们这些将来可能成为王公大臣的人！鄙人见识浅薄，看不到这么远，但我却知道，大义并不能约束天下所有人，也不愿去为所谓的大义赌眼前实在的利益！”

众人不由得面面相觑，姜万宝的话极为实在，而且所提出的问题却是他们之中没人能够回答的，谁能够预料将来会发生什么事？对于眼前的商人来说，他们所代表的是第三方利益，他们会以旁观者的身份去看天下，看问题的结果，而不是像那些贫民百姓一般盲目附从，他们会以自己的眼光分析事物的本身，因为他们绝不笨！

顿了顿，姜万宝冷眼望了李通和刘寅一眼，冷冷地接道：“退一万步讲，便是没有这两千张天机弩，你们以为就可以攻下宛城？就可以不败吗？自你们破了棘阳就急不可待地进攻宛城之举，败局事实上已成定局！除非严尤也是属正之流马虎粗心之辈！我这两千张天机弩只是借机闹出点名头而已！错，难道在我吗？败军之将应自我反思，而非找借口开脱，否则何能成大事？”

李通和刘寅的脸色一阵青一阵白，姜万宝的话义正词严，每一句话都似说到他们心坎上去了，也指出了要害所在，这让他们想反驳都没有机会。

王常闭口不语，他感到眼前这其貌不扬的怪人辞锋颇利，确实是个善辩之士，面对刘寅这样的人物，仍能侃侃而谈，辞锋逼人连刘秀都哑口无言，倒让他生出了爱才惜才之心。

“先生何以认为我军出棘阳攻宛城便必败呢？”刘秀淡然问道，语气平和却无半点怒意。

“很简单，军无二帅！你们根本就不可能上下一心，上浮下躁，大意轻敌，所有军家大忌都犯了，稍知兵法战术之人便知道此战有败无胜。亏世人称道刘氏二兄弟智深若海，才华横溢，若连这一点都看不出岂不让人失望？话又说回来，你们一开始便联合平林、新市二军，却忽略了下江战士，这本身就是一个致命的错误！鄙人乃是生意人，若以生意人的眼光去看，刘玄和王凤，一个是野心勃勃、只想吃掉同伙富裕自己的人，一个是不思进取、只图近利之人，若我要选做生意的伙伴，这两人我一个也不会选，宁可我一人自己做小本生意！”姜万宝毫不客气地道。

“好！好……！”成丹和张卯及下江兵众将都大感痛快鼓掌叫好，虽然他们也曾是绿林军的一支，但是对王凤和刘玄的印象也不是太好，眼下姜万宝这么直接地点评刘玄和王凤，确实让他们感到痛快，也很有趣。

刘寅神色却变得平静了下来，虽然姜万宝是在骂他，指责他，可是却说得很有道理，也是事实，是以他并不生气。

刘秀突地爽朗地笑了起来，起身向姜万宝深深施了一礼，恭敬地道：“先生金玉之言实让刘秀受教了，还请先生指点，我们眼下又该如何渡过这个难关呢?”

刘秀的突然如此倒让许多人愕然，唯刘寅、王常、姜万宝处之泰然。

姜万宝淡淡一笑道：“刘将军过谦了，我如何能指点将军？事实上将军已经知道该怎么做了，何用我饶舌？我只是生意人，对军中之事和权力之争没有什么兴趣，若是有什么挣钱的买卖找我，我倒是十分乐意!”

刘寅和刘秀及王常也不由得都笑了，虽然姜万宝没有直说，但他们却知道姜万宝心里早已看透了刘秀和刘寅的想法，也同时暗示了刘秀和刘寅亲自来与王常联络是正确的。是以，他们几人都笑了，似有种找到知音的感觉。

洛阳城中确实是乱成了一团麻，居然有人敢在大街之上杀了薛青成，更让人意外的却是这两个凶手居然有一人逃脱，只杀了一个女人。

洛阳城中百姓人人拍手称快，奔走相告，只不过，却没有人敢明目张胆地庆祝。几乎没有人不痛恨这仗势妄为无法无天的薛青成，只是又有谁敢招惹薛子仲呢？先不论薛子仲自身的武功如何，只凭他那花不完的钱财和只手遮天的权势，便足以让人不敢轻捋虎须了。

而且薛府家将门客过千，岂是易与？只看这薛青成的排场便知薛府的势力在洛阳有多大了。

满城搜寻那侏儒杀手，也有人认出了那侏儒杀手和那妇人的身份，便是薛府之中也有一些人知道，前不久薛青成还抢了这侏儒夫妇的女儿，伤了那妇人，后来侏儒之女死于薛府之中。只是，这件事情并没有人敢告诉薛子仲，那些参与此事的人都害怕薛子仲迁怒于他们。

薛子仲杀人从来都不需要理由，其个性乖张、行事狠辣在薛府之中无人不知，也正因为其这种个性，是以敢做别人不敢做之事，会巧取豪夺不讲原则，但这个人又极聪明，会玩手段，做障眼法，又与王莽昔日是至交，王莽篡汉之时，薛子仲与张长叔等也出了不少力，无论是财力还是人力都大量相助王莽，可以说这两人是昔日王莽的铁哥们。

王莽成了皇帝，薛子仲和张长叔却不在朝中为官，被王莽授命专管天下商会，掌管五均六院之事，这也算是答谢这两人。是以，没人敢招惹薛子仲与张长叔这两大巨贪巨奸，连朝中亲王公侯都要敬这两人几分，是以薛子仲俨然便成了洛阳的土皇帝。

城中所有的侏儒都跟着理遭殃了，无论是不是凶手，都会被抓。

林渺诸人原本想在洛阳待上一个晚上，留一下午时间逛逛洛阳，却没想到现在洛阳到处严查，在大街上每个街口都设卡盘问，弄得满城人紧张兮兮的，极没意思，他也再没兴致留在洛阳，是以他们又打马过那层层关口出得洛阳，只好自叹倒霉。

不过，唯一值得庆幸的是吃了洛阳最有名的小吃，还帮那侏儒杀了几个人，倒不是一无所获，当然，那张天机弩也便白白送给了那侏儒，三人想起来都觉得有些好笑。

出得洛阳，三人皆长长地吁了一口气，至少，在这城外的世界里，麻烦要少得多，最多的麻烦都是在人多的地方惹出来的。

洛阳比宛城要冷多了，这种感觉并不十分好。当然，对于林渺来说天气的冷暖并没有多大的影响，只是近来的心情比较坏，抑或是因为心中所想的东西太多，对白玉兰的挂念使他的心情很难好起来。

洛阳北门，距黄河并不太远，有大道直通渡口。过了黄河便是义军活动的地区，那是青犊、上江等几路义军，是以，现在的渡口几乎是封闭的。黄河两岸不能在洛阳渡口直通，要过黄河必须走小渡口，让艄公偷偷地载过河去。当然，如果愿意花钱，在大渡口也可以直过，但重重检查让人心烦。

虽然检查意是在阻止两岸奸细往来，但后来却成了敲诈过渡商旅和摆渡之人的借口。

“驾……”一阵急促的蹄声自后方响起，一队骑兵自洛阳的方向快速追来。

林渺讶异，来者竟是薛府的家将，在这个时候，薛府派这么多家将出城，又是所为何事呢？

“吁……”一人带马横在林渺三人的面前，厉声问道：“有没有看到一个侏儒从这里经过？”

“没有！”林渺一惊，摇头道。

“胡子，赶路，那侏儒定是去了黄河渡口，我们先赶到渡口再说，别在这里跟他们啰唆！”一个汉子提醒道。

“驾……”那一群人再也懒得看林渺诸人，打马便向黄河渡口奔去。

林渺诸人讶异，心忖：“难道那侏儒竟然逃出了洛阳城？看这些人这般行色匆匆之势，确有这个可能，可是洛阳城守卫这般森严，那侏儒居然可以在这么短的时间内逃过追兵，逃出城去？”

“先生觉得此时合兵可有必要？”王常吸了口气，肃然向姜万宝问道。

姜万宝倒没想到王常酒后找他来独谈便是为了这事，虽然有些唐突，但却让他有些感动。王常竟然对他这般信任，这么重要的问题竟来询问他，不过，他知道王常绝不会他说什么便做什么，而只是想参考一下别人的意见和观点。是以，他淡然笑了笑道：“事实上常帅心中早有定论，当然，依我看来，眼下除赤眉军外，余者皆不足以独立成事，包括常帅的兵马，如果只是在某地小打小闹，在这种处处动乱的世道之中或能存活一时，但终会被更强大的力量所吞并或是消灭，这是历史留下的规律！是以，欲图更强、图整个天下的话，唯有合兵，聚众之力方能成大事！不过，这些道理常帅早知，我要提醒常帅的是，如果合兵，必须明其主帅，不可再赴宛城大败的后路!”

“先生所言极是，这正是我所疑虑的问题。”王常吸了口气道。

“常帅既已有疑虑，何不与之约法三章？我想，刘寅、刘秀乃是识大体之人，此次他们携李通同来，可见是真心诚意的，若连一点条件都不能答应，那也太不尽人情了。相信他们也不想重蹈覆辙，至少，他们不会连一点心理准备都没有!”姜万宝并不想说得太明白，因为他知道，王常心中已有底，只是想让他来肯定一下，而对于义军的事，他并不想插手太多，若非敬王常是个人物，他确不会多说半句。

王常也是聪明通透之人，姜万宝说到这份上了，自然明白对方的心思，是以悠然一笑，转过话题问道：“先生与寅帅的生意谈得如何了呢?”

姜万宝哈哈一笑道：“这还要谢过常帅！今天来此，确实不虚此行，现在回去，我们只好再另起炉灶，加倍赶工了。不过，常帅放心，下江兵的四千张天机弩，我们一定会在两个月内保质保量地交齐，包括那一万张折叠神弩!”

“那就先谢过先生了，如果先生能够给我设计一些可以防这天机弩穿透的强盾，我们愿意出实价购买!”王常肃然道。

“这个嘛，让我回去试试，如果可以的话，到时我再让人给你送来样品，常帅满意我们便做。”姜万宝皱了皱眉，沉吟了一会儿道。

“如此甚好！那就有劳先生了!”王常淡然一笑道。

黄河波翻涛涌，咆哮若万马齐嘶，寒气逼人的水雾笼于河面，河边局部地方还结上了厚厚的冰层，使得河道显得微窄了一些，而水流则愈显狂野。

林渺见过淯水、沔水和长江，可是黄河之水与这几大水系意境完全不同。黄河之水显得奔放豪迈苍劲而狂野，虽无长江之辽阔，却有比长江更为动感的生机。长江之水，沉稳而内敛，滚滚不歇却无张狂之气焰，与黄河各有其特点，像是代表了南北两方的绝顶高手，也象征着南北两方的风土人情。

渡口布满了官兵，还夹着薛府的家将，许多欲渡河而过的人全都堵在渡口之外。河中所有船只皆不能渡河，还有些人愤然地自渡口往回走。

“兄台，发生了什么事?”金田义下马拉住一位中年汉子问道。

“天知道这些天杀的在干什么，所有个子矮小的人全都抓了起来，还不准人渡河。这两天，连渡船都不准渡到对岸去!”那汉子出言怨骂道。

“啊……”金田义一怔，顿时明白是因为那侏儒大闹洛阳城的事，但也感到有些无可奈何地又问道：“那兄台准备返回洛阳城吗?”

“我哪能返回洛阳城，我还有急事要到对岸，这里不让我过，我只好去别的地方了!”那汉子愤然地望了渡口一眼道。

“哦，这里还有其他的渡口吗?”林渺心中一动，问道。

“当然有，洛阳到对岸，有五个渡口，这是最大也是最主要的渡口，后来因为对岸义军势力，洛阳方面才封了两个渡口，只剩三个了。不过，我想另外两个渡口也与这里差不多，我只好找私渡过河了。”那人倒也热情，见林渺几人不像坏人，也便如实地说了。

听口音，林渺知道这人乃是洛阳本地人，所以对这里的一切都很熟悉，忙道：“我们也有急事想过河，只不知兄台能否带我们也一起去找私渡呢?”

那人眼中闪过一丝疑虑，仔细地打量了一下林渺和金田义三人，问道：“你们是自外地来的吧?”

“不错，我们是自宛城北上，欲往邯郸，急着赶路，是以想快些过河!”林渺并不隐瞒地道。

那人松了口气，道：“哦，原来你们是自外地来的，那好吧，不过，私渡不能渡马，因为他们是小船过河，也很危险的!”

林渺眉头一皱，要是不能把马渡过去，便只好到河对岸再去购买了，倒有些舍不得，这三匹马自宛城一路驮着他们到达这里，多少有些感情。

“如果你们舍不得那就算了，也许这里明天就可以开渡了。”那中年人道。

“没关系，我们去吧，大不了将这三匹马当船资给艄公好了。”金田义望了林渺一眼，见林渺点头，也便忙道。

那中年人不由得笑了，道：“那艄公今天可就有得赚了，几位跟我一起来吧。”

林渺顺着羊肠小径走过一片荒芜的杂草林，行约十余里，便到了一个傍水的小山谷。

山谷四面林木葱郁，山壁陡峭，杂草横生，倒像个乱坟岗。

那中年人领着三人来到谷中，向乱林中高喊道：“铁头！铁头……！”

“谁呀?”一个如破锣般的声音自乱林中传了出来，接着便传来一阵脚步声，乱林外的篱笆墙分了开来，探出一颗光秃秃的脑袋。

“是我!”那中年汉子大步向篱笆内的乱林子走去。

“又是你呀，怎么，有什么事?”那光头有些不耐烦地问道。

“我找你还有别的事吗？那边的渡口封了，我有急事要到对岸，兄弟你便再帮我一把，将我送过河，钱是不在话下的。”那中年汉子一脸堆笑地道。

“呸，你小子上次欠我的渡资还没还呢！老子冒风险送你过去，还指望挣点钱，你小子倒好，是不是又准备过去要账，要完账再给我钱呀?”那光头不屑地问道。

林渺不由得愕然，顿时明白这光头与中年汉子的关系。

“这次不会了，你看，这三匹马给你做渡资，你把我们四个人渡过去，这还不值吗?”中年汉子一指林渺三人所乘的坐骑，满脸堆笑道。

金田义和林渺三人顿有种被耍的感觉，他们还道这中年汉子有多好，原来只是拿自己几人当枪使，所谓不能渡马，实际上早就在算计着他们这三匹马儿，同时也感到有些好笑，不过他们并不在乎这三匹马，至少也可算是自己的船资，也不太亏。

“是真的吗？这是不是你的马哦?”光头怀疑地问道。

“这还用怀疑？你问我这三个哥们儿，我和他们从不分彼此的，这区区三匹马又算得了什么?”中年汉子毫不害臊地道。

“伙计，这三匹马是不是给我做船资的?”光头这才探出身子向林渺几人问道。

“他说得没错，只要你将我们渡过去了，这三匹马就是你的!”林渺扬声道，同时也打量了一下这个叫作铁头的青年人。

铁头约莫二十七八，看上去极为蛮横，虽是寒冬腊月，却依然穿着一件薄衬衣，可隐见其浑身满涨的肌肉。脑袋光得发亮，腰粗肩阔，好像有使不完的劲。

“哈哈哈……”铁头突然笑着拍了拍那中年汉子的肩头道：“什么时候你小子变得这么阔气大方了呢?”

“嘿，我董行向来都这么大方，只是你小子一直都没有发现而已!”中年汉子颇有些厚颜无耻地自我吹捧道。

“哼!”铁头哼了声，不屑地道：“你小子肚子里有点什么，难道我铁头还不知道吗?只有这三个外地的笨人才会被你耍!”说到这里，又提高声音道：“好吧，老子不管你大不大方，看在这三匹马的份上，今天我送你们过去，跟我来吧!”

林渺将铁头的话全都听了进去，心中又是好笑又是气恼，不过这光头说话倒也直接，也是事实，他也不好反驳。

董行一脸尴尬地望了林渺三人一眼，又望了望铁头，干笑道：“你怎么能这样说呢?”

“少啰唆，跟我来吧!”铁头懒得去理董行，不耐烦地道。看来他并不怎么看得起这个中年汉子。

林渺心想：这铁头倒有些个性，是个性情中人。

几人走进篱笆墙，里面稀稀落落的几棵树杂乱地长着，交错的枝叶上缠着一些藤蔓，显得有些乱糟糟，在乱林之中有一个搭起的草棚，还晒着几张鱼网，一股腥腥的味道首先扑鼻而至。

“把马拴在这里吧，你们先到谷底的船边等我，我拿了东西就来!”铁头指了指一旁的树木，淡漠地道。似乎并不在意林渺几人的存在，态度很是冷漠。

董行好像很了解这位仁兄的脾气，忙向林渺诸人赔着笑脸道：“哥们儿，把马系上，我们走吧。”

猴七手有些不耐烦，不过见林渺并没在意，他也便忍着不欲说话了。

林渺几人系好马匹，下得谷底，谷中的河面结上了一层厚厚的冰，河岸上放着一艘不大的渔船，整个船身斜倚在一块大石头上，船底也结了层薄冰，显然是昨晚将船搬上岸的。

“就这只小船载我们过去?”金田义有些怀疑地问道。

“当然，除了这只船，这里哪有别的船?而且这整个洛阳渡口就只这条小船敢私渡到对岸，要是被官府知道了要坐牢的!”董行有些不耐烦地道。

“这小船能载五个人吗?”林渺也怀疑地问道。

“别小看我的这位兄弟，说到操桨划船，这黄河上下百里内找不到一个可以与之相比的好手，就这条小船，最多的一次，一趟送了十人过河，那种惊险可真是……”

“谁是你兄弟?我可没你这样的兄弟!”铁头的声音冷冷地传来。

众人不由得扭头望去，只见铁头手中竟夹着两只大桨，一只竟是纯铁所制的大桨，另一只则是普通的大桨，腰间还别着一柄尖刀。

金田义和猴七手都讶异。

铁头目光投向林渺淡淡地道：“虽然我这条船没有一次渡过十人，但也至少有八个，如果你感觉不安全的话，你可以走渡口!”

“嘿，我这位哥们只是随便问问而已!”董行忙道，似乎并没有因铁头刚才扫了他的面子而生气，其厚脸皮的功夫，连林渺都要叫绝。

林渺生长在宛城的混混堆之中，对董行这样的人绝不陌生，董行至少也应是混混中油条级的人物，对这样的人，他反而有点亲切感。看着董行表演，就好像看见了宛城的那帮兄弟一样，看来，天下的混混都差不多。

铁头把大铁桨向地上一插，竟立在地面之上，木桨则抛上船，取出腰刀，将船底的冰棱敲下，这才将船体扛了起来。

金田义和林渺诸人都为之咋舌，这铁头的力气之大确实够惊人，将这条长有丈余、宽达五尺的渔船就这样给扛了起来。这只船，至少有数百斤重，可铁头如没事人一般。

董行对此见怪不怪，向林渺不无得意地道：“看到了吧，我这兄弟天生神力……”

“再说我是你兄弟，我扭断你脑袋！”铁头的嗓音如破锣般冷冷地道。

“哦，不是，不是，我说错了！”董行慌忙打住话头，尴尬地道。

林渺诸人不由得大感好笑，这董行看来真是遇上了恶人。

铁头将船放上河边的冰上，冰层极厚，竟然稳稳当当地让船留在上面。

“这冰层太厚，我不想花力气开河道，走过这片冰层，你们在那谷口的礁石上等我，那里常年不结冰，在那里上船！”铁头说着提起铁桨踏上冰层。

船底也有一层薄冰，是以船体极为轻松地在冰面之上向那礁石边滑去。

“这倒省力！”猴七手自语般道。

“这里结冰了，倒有些麻烦，我们到礁石那儿去吧。我这位朋友就是脾气大了点，人倒也不坏，你们不用怕他！”董行小声地说道，却不敢再称铁头是兄弟了。

金田义也觉得有些好笑，懒得跟董行计较道：“走吧！”

“咦？”林渺正准备迈步，突地隐隐捕捉到一阵急促的蹄声传了过来。

“可能是官兵要来了，我们快点走，否则只怕走不了了。”林渺提醒道。

“啊！”董行一听急了，问道：“你怎么知道？”

“你没听到这蹄声吗？”林渺反问道。

“那还不快走？”董行似乎也隐隐地捕捉到了这点声音，真的急了。

林渺诸人快步来到礁石之畔，铁头的船前头已入水，他则迅速跃入船中，铁桨哗地挥出，船尾的坚冰顿时爆裂，他的大桨一前一后，顿让船身挤开那已碎裂的冰块而快速向礁石边活水激流处划去。

蹄声越来越响，林渺不由得抬头向那山谷入口处的小道上望去，忽见一人一马迅速进入山谷，不禁失声叫道：“是他！”

“谁？”金田义扭头却没看到马背之上的人，不由得惊奇地问道。

“侏儒！”林渺惊讶地叫了一声，身子却迅速向谷顶掠去。

“哎……哎，你去哪儿？官兵要来了，还不走?!”林渺这一去，倒急了董行，是以出声大叫道。

“什么，官兵来了?”那驾船的铁头倏听董行这么一说，不由得惊问道。

“不知道，有马蹄声传来!”董行也无可奈何地道。

“哎，伙计，你去哪儿——”铁头目光落到林渺的身上，不由得吃了一惊，因为林渺纵跃之速快若飞鸟，顷刻间便掠上谷顶，这般身法倒让铁头骇然，但他的目光很快落在了那匹驰入谷中的马匹之上，不禁失声惊呼：“大哥!”

董行诸人正吃惊和不解的同时，铁头已将船上大锚飞速抛上了岸，跃身上岸向那谷中的马匹赶去。侏儒跌下马背，撞开篱笆门时呼了声：“兄弟!”他并没有看到自山谷赶来的林渺和铁头，此时的他确实已是伤疲不堪。

“朋友！你没事吧?”侏儒正挣扎站了起来，却发现身边风起，一道身影疾落而过。

侏儒吃了一惊，他并没能看到来者是谁，本能地反手一刀。

刀势依然凌厉快速，一闪即斩向林渺腰际。

林渺吃了一惊，倒退一步，他都来不及出剑相架，但幸亏他的步法灵动至极。

“是你!”那侏儒一刀斩空，却发现林渺并不是追击他的人，而是在客栈之中赠他神弩的年轻人，不由大感意外。

“你没事吧？快，那边有船，我们快过河去!”林渺耳听蹄声越来越近，他确不想让这侏儒死在薛府家将之手。此刻侏儒身上虽然血迹斑斑，脸色苍白，但衣服之上竟似结了一层冰霜，仿佛是自水中爬出来，在这冷风中水渍却结了冰。

侏儒眼中闪过一丝希望，露出一丝笑意，却自背后掏出一物，惨然一笑道：“谢谢你的弩……”

林渺心中一热，伸手正欲接，侏儒的身子却向后轰然倒去。

“朋友！”林渺吃了一惊，忙探了一下侏儒的鼻息，尚未断，知是伤疲过度，于是迅速脱下身上的貂裘裹紧侏儒。

“大哥，你怎么了？发生了什么事?!”铁头如一只受伤的老虎般扑了过来，一手拨开林渺，掀开貂裘，惨呼道，只是侏儒已经昏迷了过去，并不能听到铁头的呼叫。

“他是你大哥？”林渺吃惊地问道。

“不错，他是我义兄，你对他做了什么？”铁头怒问道，他也急昏了头。

“来不及了，他杀了薛青成，你快带他渡到对岸，我挡一下追兵！”林渺立身而起，问道：“有没有箭？”

铁头一怔，脸色顿变，也同时清醒了过来，知道林渺并不是伤害他大哥的人，而这时他也听到了那急促而至的马蹄之声。

“有！在我的屋中！”铁头忙点头道。

“好，你带他上船，我自己去拿，你的船在河水中间等我！”林渺说完，身子如一柄刀一般，轰然破开篱墙，射入乱林之中。

铁头几乎在同时听到了自己家门碎裂之声，他也不再犹豫，抱起侏儒迅速向小船方向跃去。

铁头家居极为简陋，屋内东西甚少，一张大弓和两壶羽箭则挂在墙上，十分显眼，是以林渺并没有费力气便已背上羽箭。

再跃上谷口之时，一队有近百人的骑兵已经在十丈开外。

林渺出现在谷口，有如一尊金刚，战意高昂，杀气逼人。

“嗖……”林渺大弓一松，冲在最前头的人还没弄清怎么回事便已中箭落马。

“嗖……嗖……”连珠三箭，第二名骑士躲开了，但第三骑正中咽喉。

“宛城林渺在此，入谷者杀无赦！”林渺举弓高声暴喝。

林渺一上来便射杀两人，顿时让追兵吃了一惊，减缓了马速。

战马在浓如烈酒的杀气紧逼之下，皆止步不敢前移。

“希聿聿……吁……”追兵的队伍有些乱，这条道并不宽阔，此刻林渺挡道，他们若不能击杀这个对手，那便不可能冲入谷中抓那侏儒。

“杀!”那领头的骑士大怒，大刀一挥，暴喝着向谷口狂冲而至。

百余骑也再不犹豫，有些跃下马背向谷口扑来，这群人正是薛府的家将。

林渺有些吃惊，这些人的身手都极为敏捷，看来还真不好惹。不由得大笑着手持已上满了箭的天机弩喝道：“让你们尝尝厉害!”

“呀呀……”天机弩十矢齐发，又在这么短的距离之中，根本就没有人可以抗拒，冲在最前的几人非死即伤，几匹战马中箭倒下，使后方的骑士更乱了阵脚。不过林渺根本就没有机会再上第二轮箭矢，这些人便已冲入了两丈之内。

林渺将天机弩反手抛向谷内正欲上船的金田义，他相信金田义绝不会让他失望，因为这里距河边并不远。是以，他绝不能让对方冲过他的防线，否则这些人便能够发现正逃逸的铁头诸人了。

“嘶……”林渺大弓划过一道美丽的弧线，射了出去。

攻来的薛府家将避开了，但那冲来的战马却避之不开，林渺随后一阵低啸，身子也划出一道美丽的光弧，撞向那疾冲而来的对手。

与此同时，金田义准确地接住天机弩，再跃上已划开岸边丈许的船，道：“在二十丈外等他!”

“那他怎么上船?”铁头担心地问道。

“他下来之时，我们再向岸边靠近一些，没关系，我们向那结冰的地方靠近!”金田义吩咐道。

铁头不明白这些人为什么会这样助他大哥，但却在为林渺担心，尽管他意识到林渺的武功极高，可是对方有近百好手，林渺以一己之力又如何能敌这些人呢?

在内心深处，他很感激林渺，不仅仅是因为林渺的豪气，更因为林渺这种不顾自身安危的勇气。

第四十章　霸气初露

侏儒缓过气来，感到了一丝暖意，林渺的貂裘可以给他当被子盖。是以，他冰凉的身体有了一丝暖意，睁开眼，却见到了铁头，忙问道："这是哪里？"

"大哥，你醒了，这是船上，我送大哥先去对岸！"铁头见侏儒醒来，顿时大喜道。

侏儒顿时松了口气，缓缓坐了起来，扫了小船上的众人一眼，神色顿变，急问道："那位恩公呢？"

"他在岸上阻挡追兵！"董行觉得林渺有些傻气，漫不经心地道。

"什么？"侏儒目光投向岸上，果见林渺正在谷口奋力狂杀！顿时一立而起，沉声责备道："兄弟，你怎能让他为我挡追兵？快！掉头！"

"大哥！"铁头感到有些惭愧，怯怯地道："是他让我们在河心等他！"

"兄弟，你真糊涂，人家与我萍水相逢，却为我而战，我鲁青岂能置身于事外？死则死矣，若是恩公有个三长两短，我鲁青有何面目活于这世上？掉头！"侏儒激昂而坚决地道。

"不可！"金田义忙阻止道。

"是啊，我们若回去，他们会杀了我的！"董行怯怯地道。

"你这胆小鬼，再啰唆，我丢你去河中喂鱼！"铁头怒叱道。

董行的脸色发青，却还真不敢说话，望着铁头，就像望着活阎王一般。

"我们龙头不会有事的，他既如此决定，自有道理，我们这便让他也上船吧。"猴七手也忙阻止铁头调船头。

“这里距岸有十余丈，恩公如何能上船呢?”侏儒急了，质问道。

金田义和猴七手也无言了，虽然他们对林渺很自信，但是这个问题却很实际。

“有了，有没有长绳子？我们只要将绳子搭上岸，那一切就好说了!”金田义突地道。

“有！这个就交给我去做!”铁头眼睛一亮道，说着放下大桨，自甲板之中取出一根鱼刺一般的长箭，箭身长有五尺，粗若拇指，有三个三寸宽的倒钩，而箭尾则是一根粗绳子。

“这是什么东西?”金田义不由得讶异地问道。

“这是我猎鱼用的鱼箭，只要被我的鱼箭射中，再大的鱼也休想逃过我的手掌心!”铁头不无傲意地道。说话间，铁头找出一张人高的铁胎大弓，弓箭对准岸上的一棵大树。

“哚……”鱼箭若流星赶月般透过树身而入，船头的一堆绳索“呼”地一下滑出。

绳索一头踩在铁头的脚下，是以并未被冲力全部带去。

金田义一看船与岸之间搭起了一根绳桥，顿时大喜，向山头发出一阵长啸。

林渺闻得金田义的长啸，心中微安，他没想到这群薛府家将这般难缠，虽然被他宰了近二十余人，但是他身上也添了七八道伤口，若非这些人畏惧他手中宝刀的神锋，只怕他早已身负重伤了，可是此刻他仍杀得极为艰难。

金田义这一声长啸倒使他精神振作了一些，那群薛府家将却吃了一惊。

林渺岂会放过这个机会，一转刀锋，便向河边杀去，可是这群人密密层层地围着，他根本就杀不出重围。虽然他神刀锋利，但是他进，敌退，他退敌又进，紧紧地把他挤在中间。不过，这些人一时也拿不下林渺，只好随着林渺身形的移走而移动，就像一群分食的鱼儿，不停地围在这块大食物的周围攻击，咬一口便退一步，另一只又来咬一口。是以，林渺心中也感到一阵苦涩，如果他根本就脱不开身的话，又如何能找机会上船呢？何况船又在河中间，这一段宽达十数丈的距离，如果这些人不给他缓气的机会，他根本就不可能横渡而过。

船上的铁头和鲁青诸人见到这般情景，也都骇然，林渺就像是一只被蚂蚁粘满了的水蛭，滚过来滚过去都无法甩开这些围攻的人。

金田义和猴七手也惊住了，他们没想到追兵竟这么多，而且还大多都是好手。

“哼，想借机逃走，门都没有！”一名薛府家将也看到了那连于树与船之间的绳索，立刻挥刀斩去。

“他们在船上，给我放箭射死他们！”一名家将发现了船上的众人，呼喝着指挥道。

林渺眼睁睁望着绳索被斩断，却无可奈何，他又宰了几人，却再次平添了几道伤口，不过却来到了河谷之畔，望着那满河谷的坚冰，林渺心中蓦地一动，大喝而起，刀锋一转，化成一道亮丽的彩弧。

“山海裂——”林渺声如焦雷，刀锋似乎将天光尽引而来，阳光射至刀上，自刀上反射至冰面，再自冰面反射而回，整个虚空似乎在刹那之间燃烧了起来，亮得让人无法睁眼。

光芒吞没了所有的人影，包括林渺，而在这让人心颤的光雾之中，似有一股疾旋的风暴，使得光影摇曳无定。气流若潮水一般发出锵然爆响，如有无数流体小球在相互撞击，其音其劲只让每一个人若置身于洪流海涛之中。

远处的战马受惊而狂嘶，有的掉头便逃，仿佛巨大的灾难便要降临一般，远近的树木更是有如摧枯拉朽一般倒下。

河中船上的众人全都惊叹了，他们绝没想到世上会有这么奇异的招式，更感觉到了那暴绽的杀机自光团之中四面辐射而来。

人影四散倒射而开，身在光影之中的薛府家将一个个也都惊骇无比，他们根本就无法看清四周的环境，只觉得四面八方都是疯狂的刀气，这团突如其来有如风暴的光暴几乎摧毁了他们的意志，他们脑海之中除了退却便没有更多的念头。

“啊……啊……”一些人在这个时候并没有想到身边就是黄河，在飞退的时候竟坠落河中。在这寒冬腊月之时的河水冰寒得让人难以承受，是以他们禁不住发出了一阵阵惨哼，慌忙自河水中爬起。

“救我……救……”有些人跌入了那激流之中，由于后跃力度过大，跃入激流，根本没来得及反应，便已被浪头卷走，是以发出绝望的惨呼，但大多数是退到山石之上，也有的跃上冰面立足不住滑倒。

“别让他逃了！”光影暴散之时，有人终于看到了林渺，只是林渺竟然赤足奔行于那冰面之上，顺着坚冰，直向河心的小船靠去。

事实上林渺这一招根本就没有什么杀伤力，他只是想造成混乱，以借机突围，而他唯一的突破口就只有黄河这结了冰的一方！唯有让这些人退后在不知情的情况下落入河水之中时，才不能及时出手来阻止林渺的逸走，而事实的结果并没有让他失望，这些人真的跌入河中，有些人在冰上立足不稳，根本就来不及阻止他逃逸。如果这一切是发生在平地之上，那么林渺的这一招便不会有多大的效果了。

不过，待这些人意识过来之时，林渺已奔出了五六丈之遥。

林渺光着脚，便不会打滑，是以落足稳健，而更让他意外的却是，冰面的寒气自脚底透入体内时，他丹田之中所存的一股莫名的热流竟自动生出抗拒，使体内的生机自然而然地激活，身体真气也如一个极度通风的房间，在寒热之流对流的情况下，他只感到身上的伤势似乎再无大碍，本来的疲惫一扫而空，真气越行越顺畅，仿佛有使不完的劲。

奔出十余丈，便出了山谷，而距河心的船尚有十五丈之遥，林渺一声长啸，脚下的坚冰竟暴散成无数晶莹透明的小块，飞溅而起。

“呀……”林渺在冰块飞溅而起之时，大袖一拂，无数小块的碎冰化成漫天的寒光直射向河心的天空。

林渺的身子如大鸟一般腾空而起，划过一道绝美的弧迹，追上那些洒落的碎冰，如云中漫步一般，踏着下坠的坚冰直向小船凌空横渡过去。

岸上的薛府家将一个人都愣住了，他们也傻眼地望着那一双赤足在黄河上的虚空之中错步乱踏，却飘然若仙的林渺，一时之间都不知该做什么。

船上的几人也都看得心神俱醉，他们没料到林渺竟能借碎冰横渡虚空，更被林渺那绝世身法给深深地震撼。

“放箭，快放箭！”岸上薛府有些人很快意识过来，他们知道，若任由林渺这样表演下去，借这些碎冰，足以横渡向那小船，但他们绝不能放走这样一个可怕的敌人。

“绳子！”金田义突地也意识过来，急呼道。

铁头和鲁青立刻回过神来，此刻林渺已只距小船不过四五丈的空间了，但是在林渺的身后却涌出一阵疾箭。

“嗖……”林渺的足尖轻点一块下坠的坚冰，身形再凌空升上丈许，劲箭自脚下射过。

“哗哗……咕……”冰块、乱箭零乱至极地坠入水中，惊起一串串水泡。

林渺拔高的身子再斜掠向小船，但因冰块之力不大，无法让他弹得更远一些，便在小船三丈外向河中坠落。

“嘶……”金田义手中的绳索如灵蛇一般射出，卷向林渺的腰际。

“小心箭！”猴七手惊呼。

林渺正要伸手抓住绳索，但身后的箭雨如蝗般射至，如果他抓住绳索，必被射成刺猬，无奈之下，只好咬牙，用力下沉。

“哗……”林渺有如一颗巨石般没入奔涌如潮的河水之中，那一簇箭雨也全部落空，洒在小船周围。

“龙头！”猴七手惊呼。

“恩公！”鲁青也惊立而起，呼道。

铁头的目光则一眨不眨地盯着下游。

董行的脸色很难看，因为他发现水面上冒出了一些血花，林渺如果是中箭落水，在这种寒冬腊月里，且这一段河道水流如此湍急，能否生还尚是一个极大的问号。他不想林渺死，尽管最初他觉得这个年轻人很傻气，可是他却感受到了这个年轻人的一种让人心颤的气质，这让他向往，也让他崇慕，是以他不希望林渺死。

“哗……”众人正心神不宁之际，小船边突地水面炸开，一道人影若跃过龙门的大鱼般带着一股冰寒水珠翻上小船。

小船摇晃了一下，便听得一声轻呼：“快开船！”

“恩公！”鲁青大喜，这翻上小船的人竟正是刚才在三丈外落水的林渺。

船上众人看清上船之人竟是林渺后，皆大喜，董行却惊呼：“你们要放箭了！”

金田义操起木桨，横立船尾，箭雨赶至之时，他挥桨护住船身丈许空间，箭矢根本就射不过来。

“妈的，来看看老子的厉害吧！”猴七手抬起天机弩，对准岸边聚集的那群毫无防备的薛府家将呼道。

“嗖……”天机弩十箭齐发，那一排利箭平射而出，如追风逐电般挤入岸上的人群。

“呀……”这一击竟伤了六人之多，岸上之人哪里想到船上竟有这般的利器？而且天机弩体积小，猴七手上箭时他们根本就没看到，如果是大弓的话，他们定会加以防备，可是这一刻却是在没有防备之下。

岸上的众人大惊，慌忙散开找位置藏身，等他们再开弓放箭时，小船已在三十丈开外，那只有两百步的弓，其力道已经大弱，根本就构不成太大的威胁，何况有林渺和金田义这两大高手拨挡？倒是天机弩的射程可及千步，对对岸的威胁依然强。这一刻，鲁青才真的见识到了天机弩远程的力量。

“恩公，快把这衣服穿上吧！”鲁青忙把貂裘还给林渺，因为林渺也全身湿透，这寒冬腊月的，他怎能还穿着对方的貂裘呢？

“不必，我已是寒暑不侵，你自己披上，我调息一会儿就会好的。”

“你身上这么多伤口！”董行担心地道。

“龙头，我为你上药吧。”猴七手忙拿出金创药，给林渺敷上。

林渺却闭上眼睛，静坐着一动也不动。

“呜……呜……”岸上的薛府家将见大弓已经无法再威胁到船上之人，但他们却不想眼睁睁地看着这几个人就如此溜走，是以吹动号角召唤附近河面上和渡口的官兵来支援。有的则迅速掉转马头而去，至于他们想去干什么，或是要干什么，这些都似乎没有必要追究。

林渺身上的伤口颇多，虽不会致命，但这十多处伤口，或深或浅，也绝不好受，肩头还中了一支箭。不过，所幸这支箭是他沉入水中之后才射中，被水力相阻之下，箭射入的并不深，也无大碍。不过，这么多伤口，看起来都有些触目惊心。

鲁青虽也受伤数处，但大多是因太过疲劳，又因其是自水道中潜出洛阳，在那刺骨冰寒的水道中受冻，这才使其伤情显得有些沉重，但无性命之虞。

铁头操舟之术确实精到，以一人之力驱动载有六人之舟穿行于激流洪涛之中而无半点慌乱，其力气大得惊人，一只巨桨使舟行若飞，虽然河面甚宽，却也只用了一炷香的时间便越过了河心最险的急流，转入了缓水区。

船上之人刚松口气之时，却见上游几点黑影迅速靠来。

“不好！他们开船追来了！”金田义出言道。

铁头回头望了一眼，也认出了那几个黑点正是官府的战船，不由得哂然道：“待他们追到时我们已经上岸了！”

“那快点，我来帮忙！”猴七手也找一根木桨，帮忙用力划。他知道，如果在这黄河之上这等小船与那些战船相遇，他们完全可以像捻死一只蚂蚁般碾碎他们的这只小船，若想逃命，便唯有上岸。

官兵的战船行走极速，三张大帆齐张，所有的桨一起划动，可以看出为了追击林渺诸人，这些官兵都尽了全力，毕竟，薛青成不是一般人，他的死几乎使整个洛阳城都为之震动，慑于薛府的势力，洛阳太守不能不倾力缉拿凶手。

铁头所言没错，在河面之上，官兵不可能有机会追上他们，毕竟双方相距太远，官船再快，也不是飞鸟，只要过了河心的激流，再驱船到对岸便是一件很轻易的事，不会出现太多的阻碍。

当林渺诸人上岸之时，战船尚在里许之外。此刻林渺身上已经干透，这河水的冰寒与云梦泽之中的寒潭相比简直是小巫见大巫，根本就没法比。是以，他根本就不在乎，他的体质确实已经寒暑不侵了。

“我们现在该去哪里?”猴七手望着那载满了追兵的几艘战船，有些担心地问道。

董行的脸色也很难看，这几船的追兵，不下数百人，如果被追上的话，他们唯有死路一条，这一点是毋庸置疑的。如果船上只有普通官兵，林渺尚不惧，但是其中却夹有许多薛府家将，这些人之中虽没有极厉害的高手，但每一个人的身手都绝不弱，要是被这群人缠着，不死也要脱一层皮，连林渺都对这些人无可奈何，是以他们绝不能让对方追上。

“去轵城!”鲁青断然道。

“他们有马，我们根本就快不过他们，先去庄集，那里有马买，距此仅七八里路!”董行断然道。

“就去庄集!”林渺扭头望了望那战船之上的战马，显然这群人也不会轻易让他们在岸上逃脱，已准备了他们可能会逃到岸上。

“因我而连累了诸位，我实在心中难安!”鲁青歉然道。

“朋友何出此言？天下人管天下事，路见不平拔刀相助是应该的，何况是英雄重英雄，如果兄台这样的人死于那些小人手上，世界岂不是太寂寞和无趣了吗?”

“恩公相救之德，我们兄弟两人定铭记于心，永不相忘!”铁头也诚恳而感激地道。

“如果恩公不弃，我兄弟二人愿为恩公马前小卒，听候恩公差遣!”鲁青屈膝感激而坚定地道。

“不错，恩公要我们上刀山下火海，我们兄弟也绝不皱眉!”铁头也屈膝跪下道。

“两位快起来，有事我们先去了庄集再说!”林渺心中大喜，但仍提醒道。

“如果恩公不允，那我兄弟二人只好留此阻击追兵，以谢恩公之恩情！”鲁青固执地道。

“龙头，你便答应吧。”猴七手望着快要接近的战船，也有些心焦地提醒道。

“好吧，既然二位有此心，我林渺岂能再推却？快起来，我们立刻去庄集！”林渺催促道。

铁头和鲁青大喜，忙起身跟着董行向庄集奔去。

庄集是通向河内城的要道，距河内并不远，而河内仍是朝廷的地盘，与义军的射犬城相互对峙。也可以说，河内是洛阳北面的大门，有河内在，洛阳便不会担心受到北方战火的骚扰。

不过，庄集似乎独成一体于河内与洛阳之间，也是义军经常活动的地方，但对于这一些，官兵只能睁一只眼闭一只眼，因为他们无法在庄集驻军，也不可能将庄集中的每一个人都抓了，至少庄集也是他们的后路。庄集之中有自由流动的物资，对河内城只有好处而无坏处。

事实上，庄集之中并无固定的行业，许多都是流动的交易者，附近的乡村百姓有什么东西，也会拿到这里交易。因此，在白天，这里或许比较热闹，但到了黄昏，交易之人差不多都走了个干净。

林渺诸人冲入庄集，许多人都已经准备收拾东西返家，他们只用了盏茶时间便赶到了集中，而背后急促的蹄声已经清晰可闻，他们几乎是将集中的马抢走的，那马贩还没弄清是怎么回事时，林渺诸人便已把他的马给骑走了，然后抛出一块金子，也不管够不够，不让那马贩有开口的机会，便绝尘而去。

“哎……”马贩又惊又怒，待要追时，薛府的骑队也风驰而过，让马贩吃了满口的灰尘，气得马贩破口大骂，可却没人理他。最后还只得捡起地上那块与他理想中卖价要差一截的金子，拂了拂灰尘，又安慰起自己来：“妈的，幸亏还不是强盗，有这块金子总比没有好，就算他妈的有两匹马儿得了瘟疫死了好了！”

“我们在这里也不能待得太久，如果能够把炉址转移到其他更安全的地方，或许会更好！不过，我们至少还有两三个月的时间可以准备。”小刀六端着茶杯淡淡地道。

“为什么？有什么地方比小长安集更好呢？这里水陆两路畅通，而且往来商人众多，我们的货物才能够以最快的速度运出去！”刑迁忆不解地问道。

“问题是，这里尚是朝廷的地方，如果义军与官兵交战起来，当他们突然发现，义军所用的都是我们打造的天机弩时，你猜严尤会有什么反应？”小刀六反问道。

刑迁忆皱了皱眉，这确实是个头痛的问题。

“你认为姜先生一定能够与王常答成协议吗？”游铁龙尚有些不放心地道。

“当然，我对姜先生很有信心，他一定会给我们带来好消息。只要我们挑起义军与官兵之间不断地装备竞赛时，就是我们大赚特赚的时候！”小刀六阴阴地笑了。他知道，仗打得越热对他越有利，他并不在乎义军与官兵谁赢谁输，因为他只会无条件地支持他最好的兄弟林渺，这或许有些残忍，但这个世道本身就不是一个公平的世界，为了目的，不择手段并不是从他开始。

“我们必须快一些将我们的生意做到别的地方去！汝南便由迁忆兄去主持打理，淮阳则由陈二寨主去主持，我们先在这些地方扎下根，往后之事等姜先生回来再作商议！”小刀六像是三军统帅一般。

刑迁忆和陈通并没有异议，因为这不只是在为小刀六办事，也是为林渺，为天虎寨谋利，更是在为他们自己创造机会。

天虎寨一直都差不多是自给自足，但是如眼下这般大张旗鼓地做生意却是首次，而刑家本是数代为商，只是到了刑迁忆父亲一辈，经营不善，加上朝政不好，这才将家业亏空，可是刑家人对生意一道却不陌生。

“入林!”董行一马当先向后面的林渺诸人呼喝着冲入官道左侧的一片密密的树林中。

林渺诸人一怔，如果这般冲下去，只要再有一个时辰便绝对可以抵达青犊军所活动的地方，那样就不会再惧这些追兵了，何以董行会让他们入林呢？不过既然董行入林了，他们自然也便跟着入林。

“前方的官道上设有官方的哨卡，这般直去，只能自投罗网!”董行入了林之后才解释道。

“你怎么知道?”铁头不解地问道。

“我前几天才从轵城回来，官兵欲堵死青犊军与外面的粮草营运，想封锁轵城所有外通之路，是以任何自南方去轵城的人都会被检查!”董行粗略地解说道。

“可这鬼林子，我们的马根本就跑不动!”铁头有些愤然地道。

“他们的马一样跑不动，人说逢林莫追，他们讨不了多大的便宜，林子那端有条小道通往五尾山，这条路目前还是安全的!”董行毫不在乎地道。

铁头心想也是，自己马慢了，对方的马自然也不能快。

“你那铁桨太重了，马儿都快被压死了，我劝你还是丢掉吧!”董行突地扭头笑道。

“放屁，再胡说，我一桨打破你的头!”铁头怒道。

董行做了一个鬼脸，此刻他似乎并无一点惧意，似乎对那些咬尾而追的追兵根本就不当回事。

“喂，董行，你是不是故意带我们乱窜呀?”猴七手也出言问道。

“怎么会？如果你不相信我，可以走你们认为好走的路去，好心没好报!”董行怨道。

“前面好像有喊杀声!”林渺突地开口道。

“喊杀声?”董行一怔，旋又惑然问道：“不可能吧?”

“不错，是喊杀声!”林渺侧耳倾听，然后肯定地道。

“那我们该怎么办?”董行倒不敢怀疑林渺的话，见林渺那么肯定，也怕了，忙问道。

“他们自后面追来了，除非我们想杀回去，否则我们便只有向前冲！”林渺扭头，已听到身后林子之中传来了一阵马嘶之声。

“管他是什么人，我们杀出去，让他们知道这只大铁桨的厉害！”铁头心一横，一马当先，大铁桨挂于马侧，直向林外冲去。

“是大彤的战士！”董行也冲出树林，却见在坡谷之间，两队兵马杀得正酣。

“这是河内的守军！大彤的人已被围在那山坡上！”鲁青指了指三里外的那小山坡，也正是大彤义军拼死相护的山坡道。

林渺虽然听说过河北的义军，但是却从来都不曾了解其情况，而且对河北的形势也不太熟悉，是以，他并不知道那被困的便是大彤的义军，但仔细打量三里外那小山坡上的一队人马，只见那摇晃的大旗之上，果然有个斗大的“彤”字。

“咦，在山坡上被人护着的是个女的！”林渺的目光似并不受空间的限制，清楚地看出，那杆大旗边站着的是一个全身披挂的女人，虽然面容看得不是太真切，但是却可明确地辨出是个女人，而且身上似乎挂满了血迹，衣甲有些不整，不过神态似乎十分镇定。

“女的？”董行和铁头诸人无法看清那山头之上人的面目，而且这些人都是顶盔带甲，男女几无分别，是以无法分清。

“如果是女的，那定是火凤娘子！”董行肯定地道。

“官兵是他们的好几倍，只怕他们撑不了多长时间，现在只是瓮中之鳖了。”猴七手淡淡地道，他并不太关心这些义军的事，因为这些人与他并没有交情。

“你好像对这些义军很熟？”林渺扭头向董行问道。

“那当然，我可是他们的贵宾，上江、大彤、铁胫、五幡、青犊，哪一路义军的龙头不会对我客客气气的？”董行不无得意，傲然道。

“哦，那你是什么人？”金田义反问道。

“别听他胡吹！他只不过是洛阳城中的一个混混无赖而已！”铁头不屑

地道。

林渺不由得脸微热，这董行是洛阳城中的混混无赖，而自己也不过是宛城中的混混无赖，是以他也感到脸热，只不过铁头和鲁青并不知道而已。

金田义和猴七手也知道林渺的身份，是以他们也略感尴尬。

董行不屑地耸耸肩，并不辩驳，却向林渺道：“我看公子一定是不甘南方寂寞，想到北方来闯一番天下的，如果我没猜错的话，眼下就是最好的机会之一！”

“哦，何以见得？”林渺惊讶地反问，其余的诸人也都惊讶，尤其是金田义和猴七手，因为他们知道董行的猜测半点也没错，顿时收起了小觑之心。

“你是宛城之人，而且又被尊为龙头，相信身份非同一般，而南阳义军有平林、下江、新市，还有刘秀的舂陵军，南郡又有秦丰，还有张霸的残余，江夏有羊牧，但是你不会是他们的龙头，而天虎寨的刑风、伏牛山的申屠勇也不会是你的人，你被尊为龙头，却不见所闻，料是在南阳难以抬头，不过看你生具霸气，眉目间锐气逼人，定是不甘寂寞，胸怀大志，而你在黄河边所表现的一切，足以说明你有招才纳贤之心，这样的人不能发展于南方，便必会来北方找机会！相信我没有看错你！”董行侃侃而谈，似乎有着绝对的把握自己所说与实情相符。

林渺越听越心惊，他确实对董行这个人看走眼了，此人心思之细密，眼光之独到，而且对南方情况了解的程度都让他不能不吃惊，此刻他确实相信董行刚才所说与那几路义军的关系密切绝不会是吹牛的话。

金田义和猴七手也听呆了，心忖：“这人好厉害，不过，还好，他根本就没想到我们龙头已是天虎寨的主子！”

“哈哈哈……”林渺欢笑问道：“那你认为我们出手对今日的战局有什么作用呢？别忘了我们身后的追兵也快到了，而且这些追兵是义军的数倍，仅凭我们几个人的力量，出手不也等于是送死吗？”

董行高深莫测地笑了笑，道：“我想你一定有办法，否则我劝你还是回南阳，北方确实不适合你！”

“大胆！”铁头见董行对林渺如此无礼，不由得怒叱道。他想好好地教训一下董行，却被林渺喝住了。

“不得无礼！”林渺叱了一声，目光紧紧地逼视着董行。

董行依然高深莫测地与林渺对视，并无半丝惧意，但却也不开口说话。

林渺深深地吸了一口气，淡笑道：“你说得没错，不过，我希望你不是一时胡猜！”说完林渺向鲁青道：“你伤势无碍吧？”

“休息了这么长时间，已经好得差不多了。”鲁青肃然道，事实上他只是受寒气所侵，又太累了，伤势并无碍。

“铁头、田义、七手，你们与鲁青一道绕到北面冲杀官兵；董行，你可以在一旁看戏，也可以呐喊，便喊：‘山上的兄弟们，援军来了，杀啊……’”

“那你呢？”董行问道。

“我便引这群薛府的追兵去攻他们南面，然后我们就一起自北面突围！”

“你引这群追兵去杀官兵？”铁头讶异地问道。

“不用多问，立刻行动，你们小心一些，相互照应，只要冲乱他们的包围圈便可，无须冲入包围之中！”林渺说完一打马便向山坡冲去。

铁头诸人也不再犹豫，打马便绕向山坡的背面。

坡顶上的义军站得稍高，他们老远便看到林渺一人单骑风驰电掣般向山下冲来，而林渺身后不远处，更有一队骑兵冲出，他们正在纳闷不知这些人是什么来头时，林渺已连人带马杀入了官兵的包围圈之中。

官兵有数千人，但义军却只有数百，是以竟被困死在山头无法突围，地上到处都是尸体，显然刚才经过了一场血战，义军被逼得只好退守山头了。

“山头上的兄弟们，杀呀，援兵已到——！”林渺宝刀高举，声若惊雷般响遍整个山谷。

官兵本来正准备第五轮攻击，欲一举击溃山头之上的义军，却没料到自背后竟杀出这样一个大煞星，待他们发现之时，林渺已杀入了人群之中，他们连放箭的机会都没有，同时他们更看到林渺之后又有数十骑向山下疾冲而来，这些官兵让林渺侥幸突破防线，已经后悔，怎能再让这数十骑杀入阵线之内呢？他们根本就不知道那近百骑只是追击林渺的追兵，还以为是与林渺一起的义军援兵，因为薛府家将并不会穿官兵的衣服，这些官兵自然认不出这些人便是薛府家将，于是大喝着下令放箭拦住薛府的家将。

“杀啊……”林渺差点没笑破肚皮，他带马横移，如一阵旋风般，根本就无人可挡。不过，马战之时，龙腾刀似乎显得稍短了一些，是以他夺过一杆长枪，如出水蛟龙一般，方圆丈许之内，几乎是风雨不透，那些官兵的兵刃碰上即飞，人撞上即死，左挑右刺，如入无人之境。

坡上的义军看到来者如此神勇，全都精神大震，狂喊着便自坡头杀下，一时气势如虹。

官兵两面受敌，而林渺又如战神一般，使他们阵脚大乱，哪有心思抵挡，斗志大丧。

“哪里来的野小子，吃老子一棒！”一声怒喝，一个有如黑煞神般的巨汉驱马飞驰而至，挥动着一只巨大的狼牙棒，当头向林渺狂砸而下。显然他见林渺无人能挡，只在片刻之间官兵便死伤近百，他这才赶来迎敌。

“当……”林渺只觉双臂一震，长枪几乎弯成了一张弓，战马低嘶退了小半步，不由得暗自一惊，忖道：“此人好大的力气！”

那黑大汉也不好受，双臂震得发麻，呼道：“好大的力气！”

林渺战马斜错，枪身外弹，以横扫之势倒击黑大汉的腰际，速度快极。

“当……”黑大汉的反应速度也绝不慢，在错马之际，便已估到林渺会有这么一招，是以狼牙棒尾倒钩，截住林渺的枪身。

“砰……”黑大汉仍然吃了一击，闷哼一声，带马冲开，林渺的枪竟像软蛇一般，在枪身被挡之际，枪头如蛇尾般击中黑大汉的腹部，再弹开。不过，这一击并不能造成任何伤害，只是有些痛而已。

“呼……杀……”林渺枪身弹回之际，抖出漫天的枪影，罩向那抢攻而来的官兵，只杀得人仰马翻。

薛府家将见前方是官兵，哪里会想到这些人会向他们放箭？在没有防备之下，那数百利箭几乎让他们伤了一小半，战马几乎死去一半，这使他们又惊又怒，疾呼道："是自己人！是自己人……"

"兄弟们，快给我杀过来呀，杀光这群兔崽子！"林渺向薛府家将挥臂高呼。

官兵哪肯相信这些薛府家将是自己人？见杀来的一个林渺已是这般可怕，要是让这些人也杀了过来，那他们还有得活吗？是以，不管薛府家将怎么喊，他们照射不误，这下可气坏了这群薛府家将，这群官兵不顾他们死活地乱放箭，也激起了他们的杀机和怒意。

林渺却在官兵中边杀边大笑，其得意之态，几乎是夸张得有些过分，看在薛府家将眼中更是怒不可遏，恨不得扒了林渺的皮，将之煮食了。在狂怒之下，有几个人几乎失去了理智，向官兵阵营中冲杀而来。

林渺毫不在意，他正是要对方如此。

"杀！杀……"义军虽只有数百人守在山头，但是这阵冲杀却将官兵的防守击溃，官兵迅速溃败，山上的官兵下撤，使得山下的官兵更乱。

"杀啊……义军兄弟们，杀呀，我们的援军到了！"山北面的铁头诸人听到南面的喊杀之声，也开始向山坡下的官兵狂攻。

于是山坡四面的官兵全都乱了套，南面官兵尤其惨，那群薛府家将也杀了进来，这些人绝不手软，凡是向他们进攻的官兵都杀，事实上，这些官兵已与薛府家将结下了仇恨，是以这些人自然不会客气。

官兵见这些人杀了进来，自然也都围上去攻击。林渺策马在官兵之中迅速移动，一路走一路杀，而薛府家将则追在他身后一路追一路杀，惨只惨了官兵。

那黑大汉也大怒，刚才被林渺赢了一招，而此刻追不上林渺，却可以挡住薛府家将，巨大的狼牙棒每一击都力带千钧，别看他打不过林渺，但对付薛府家将还是绰绰有余的。

"呼呼"两棒，便将两名薛府家将震下马背，这些人一落马背，立刻被赶来的官兵乱刀砍死。

黑大汉精神陡振，顿时大感扬眉吐气，林渺在那里一气乱杀，他无法制止，打又打不过，本来就窝了一肚子火，此刻力杀两敌，也觉得这些人并不是那么可怕，更是杀得兴起，那七八十斤重的狼牙棒，左挥右舞，只震得那群薛府家将东倒西歪，官兵们见主将如此神勇，也精神稍振，一气狂攻。

“啪啪……”林渺长枪洒得风雨不透，射来的暗箭都坠落在枪势之外，他也不再恋战，向坡顶杀去。

这些官兵并无什么高手，不像薛府家将一般死缠烂打，而且这长兵刃在马背之上灵活自如，加之官兵们被这突如其来的两头夹击打得昏头昏脑，哪里能挡住林渺？只被林渺杀开一条血路，直冲上山坡。

坡顶的火凤娘子显出极度的讶异，她并不认识林渺，但却被林渺纵横于敌军中的那股气势所震。

“谁知那是什么人？”火凤娘子指着林渺问道。

坡上守护火凤娘子的众义军将领皆摇头，事实上，他们没有一个人见过林渺，自然不会认识这样一个不速之客，但是林渺单枪匹马冲过官兵的防线，冲上山坡的英武之姿却深深地烙在众将的心中。

“挡我者死！”林渺斜拖长枪，身子微伏于马背之上，双腿夹马，遇兵杀兵，遇将挑将，仅眨眼间便冲上了坡顶。

坡上众将神色顿紧，林渺身上的杀机与气势之烈只让他们也禁不住打了个寒战。

林渺一带马缰，“吁……”战马打了个旋，停在众义军将领三丈之位，倒提长枪，目光投向大旗之下的火凤娘子，高声问道：“敢问可是火凤娘子所率的大彤义军？”

“正是火凤，不知壮士如何称呼？”火凤娘子忙抱拳行礼，客气地道。

林渺露出阳光般灿烂的一笑，双手合枪一抱，在马上行了一礼道：“在下宛城林渺，适逢其会而已，此刻实不宜久战，我们最好自北面突围而出，还望火凤娘子下令！”

火凤娘子不由得扑哧笑出声来，林渺对她的称呼叫得那么别扭，这使她忍禁不住。同时她也对眼前这个看上去有些狼狈，却气势逼人、也颇为俊秀的年轻人大生好感。

林渺似乎明白火凤娘子在笑什么，只是耸耸肩，咧咧嘴，也跟着笑了。

火凤娘子身边的众将似乎也被这气氛所感染，感到一阵轻松，似乎忽略了周围所存在的危险，仿佛在林渺身上找到了一种让他们振奋的力量。

火凤娘子神情一肃，扭头向北面望去，却见北面一光头大汉手持一柄镔铁大桨，翻如云，挡者披靡，而另外几人虽然无其勇悍，但也使官兵阵脚大乱。

“为何不自南面突出?”一名义军将领讶异地问道。他见南面的形势比北面更乱，才会有此一问。

林渺一笑道：“南面那些兄弟乃是洛阳薛子仲府上的家将，他们只是来追杀我的，北面才真正是我的兄弟!”说完林渺一声长啸，也不管火凤娘子如何决定，策马便向北面狂驰而去。

“北撤!”火凤娘子将帅旗一挥道。

攻下南面的义军顿时回撤，南面那些官兵本已大乱，一时之间不明所以，竟不敢向坡上追逐，因为那仍有三十余名薛府家将纵横掠杀，但却被官兵围于其中，冲不出来。山坡之上的义军既然撤了回去，他们自然乐得来全力对付这群顽固的骑兵，就这样薛府家将不仅没能抓到林渺，反助林渺杀了百余名官兵，若不是那黑大汉相阻，他们只怕也追上了坡顶，但是他们却遇上了这黑煞神，连林渺都不想被其缠住的对手，是以这群薛府家将也损失惨重。

薛府家将之所以能杀得林渺逃窜，是因为他们人多，而且力量平均。但此刻官兵的人数比他们更多，他们虽然力量平均，却没有高手，是以突破力不强。因此，林渺能单枪匹马在官兵中杀进杀出，他们人多却反而杀不出重围。这一刻，他们便开始后悔了，后悔不该太冲动而陷入这等僵局。

“我们是洛阳薛太爷府中的家将，你们全给我住手……”一名家将终于忍不住呼了起来。

“老子管你是谁，格杀勿论!”黑大汉怒吼道，到这一刻，对方杀了他这么多兄弟，便是天皇老子他也不会放过。

那群薛府家将已是哑巴吃黄连有苦难言，平日里他们在洛阳城中向来是横行无忌，是以今天受了这群官兵的窝囊气，他们便没考虑后果就冲了上来，可是他们知道，此刻他们说什么话都不可能让这群官兵相信，唯一可以做的便是杀出重围，然后再来找这些人算账，同时，他们对林渺的恨更是难以言述。

只不过，在这一刻他们知道自己中了林渺的诡计已经回头不及了。

南面的义军迅速撤回坡上，南面包围的官兵似乎也觉察到了一些不对，但是他们并不敢贸然进攻，他们的心神仍未能完全定下来，刚才林渺那一通横冲直撞的冲杀已让他们心有余悸，在没有弄清虚实的情况下，他们唯有尽力稳住自己的阵脚。

刚才的那一阵大乱，想这么快便恢复过来并不容易，林渺与薛府家将及义军的那一轮冲击，几乎让南面官兵折损了六七百人，使南面官兵剩下不到五百能战之士，这点人数，只要义军不从这一面冲下来，已是他们的幸运了，哪还敢追上山坡讨打?

北面的官兵遇上了铁头这力大无穷的猛人也是倒霉，那巨大的镔铁船桨重达一百五十余斤，长有丈许，桨头四尺，便像一扇大门一般，那些刀枪剑戟之类的东西在这沉重的巨型兵刃面前就像是牙签一般，碰上便飞，遇上就折，桨风过处，那群官兵便东倒西歪了，更别说碰上铁桨之人。那些官兵在铁头面前几乎无一合之将，一桨便可将人砸成肉饼。两名偏将欲上前拦截铁头，但一人自腰身被铁桨击断，另一人连兵刃带人头、马头一起被铁桨击碎。

铁头是杀得兴起，越打越畅快，见官兵就杀，那些官兵见到铁头的战马来了，都吓得纷纷逃开，北面的主将也只硬接了铁头五击，便落荒而败，兵刃被打折，更被震得口吐鲜血，他们怎么也没有料到铁头有如此神力。

官兵们只有在远处用箭射，但是这些利箭被桨风掀动，力道大弱，射在铁头身上，连皮都射不破。铁头仿佛是一身铜皮铁骨，刀剑难伤，这使得官兵更是骇然若死。

林渺又自南面杀到北面，如出闸猛虎，长枪狂挑狂刺，那些官兵在林渺面前便如龙卷风下的禾苗，劲风一过，便倒一大片，在主帅都败走的情况下，这些官兵哪有再战的勇气，纷纷抱头逃命去了。

山坡上的义军再冲下来几乎是没遇上什么阻碍，便直接突出包围，而且还追着那些逃兵屁股后面杀，使他们大出闷气，待东面和西面的官兵攻上山坡之时，义军几乎都已经走光了，连断后的一些人也撤下了山坡。

此刻那些薛府家将也杀出了包围，能够逃出去的仅只有八人，其他的要么死在乱刀之下，要么便死在乱箭之下，这确实是他们的悲哀，但却又无可奈何。

官兵对这逃出的八人也追了一气，不过并没有多大结果，这冲出的八人是见机得早，而且武功也是这些薛府家将中拔尖的。只是，他们仍免不了负伤累累，这一战确实是他们今生难以忘怀的。

义军杀出重围，便立刻向轵城赶去，他们虽然杀得南北两面的官兵大败，但西面和东面的官兵数目仍比他们两倍还多，要是再战下去，其结果实难预料。是以，他们必须赶去与轵城的义军会合，事实上，他们本是来解轵城义军的危机的，却没想到在路途却中了埋伏，被官兵堵在这片林子之后，苦战之下，火凤娘子中箭受伤，大彤众将只好护着火凤娘子退至山坡死守，只盼轵城义军听到消息前来救援，却没有料到在吃紧快绝望的关头杀出了一个林渺与薛府家将，使围困他们的官兵损失惨重。

董行在半道之上横马插入众人的队伍之中，向林渺问道："薛府家将呢？"

林渺手中长枪一摆，傲然笑了笑道："应该完蛋了，你终于敢出来了！"

董行一阵干笑，不以为耻地道："我又不会武功，与其出去送死，不如留着有用之躯做些有用的事。"

林渺嘿嘿一笑道："希望如此，你去护着鲁青与七手跟火凤娘子一起先走，我去挡追兵！”

“你还回去？”董行扭头望了一眼自坡顶追来的官兵，吃惊地问道。

“当然！”林渺肯定地点了点头。

“龙头，你身上伤口都裂开了。”猴七手担心地提醒道。

“是啊，林兄弟，你身上流血太多，你不能去，这事就交给我们的人吧！”火凤娘子见林渺身上到处都在淌着血水。他身上本就染有许多官兵的鲜血，再加上自己的血，都快成了一个血人，看了让人触目惊心。

鲁青心知林渺身上这么多的伤口都是在黄河对岸与薛府家将交手时留下的，心中不禁微感内疚，而见林渺这浑身是伤，仍毫气干云地要回头阻击追兵，他心中更涌出了无限的敬意。

“主人，让我一人去就可以了！”铁头大桨一挥，也是豪气冲霄地道。他被林渺激起了无限的斗志，更深以林渺为傲。

“让我们去，林公子护着我们二当家的去轵城好了！”大彤众将也都被林渺的这份义气和斗志所感，都深深地生出敬意和感激。这一个萍水相逢的年轻人居然为了别人的安危而丝毫不在乎自己的生死，虽然他们知道林渺武功超凡，但是此刻林渺已受了如此多的伤，他们岂能让林渺再战？

“主人，你便不要去了！”鲁青也急道。

“龙头，你陪火凤姑娘一起去轵城，我与铁头一起去！”金田义肃然道。

林渺对金田义的话比较在意，见他如此说，也便不再坚持，提醒道：“小心，安全回来见我！”

金田义点点头，他也受了几处轻伤，不过并无大碍，他没有铁头那天生的神力，更不像铁头那般天生就是一名悍将，但他也是个好手，在江湖中也算是小有名气，这些官兵还不怎么放在他眼里。

“走！”林渺一打马与义军大部人马快速向轵城赶去。

“林公子！”董行并马赶到林渺身边，小声提醒道：“让你的人不要再称你为龙头或主人，最好掩饰一些，否则会比较麻烦。”

林渺心中一愣，他倒没有意识到这个问题，或许是被猴七手叫惯了，并不觉得有什么不妥，经董行这么一提醒，确实觉得有些不太妥当，不由得谢道："多谢先生提醒!"

董行只是淡然一笑，倒像什么事都没有发生一般与林渺并肩而行。

"刚才火凤问我你是什么人，我说你是宛城林家的长公子，此次前来北方只是想做生意，你的那个手下本是占山为王的盗贼，被你收服了，所以让你当了他们的龙头，而铁头和鲁青则更好说，因为她认识鲁青!"董行若无其事地道。

林渺却大大地吃了一惊，确实，猴七手当人面唤他为龙头，实容易惹人怀疑，董行便是根据这些才会猜出他来北方的意图，只是他没料到董行竟会为他圆谎，不由得问道："你为什么要帮我圆谎?"

"因为我们是朋友!"董行神秘地笑了笑道。

林渺也不由得笑了，董行的语气不似作假，他倒觉得这人有时精明得让人吃惊，有时又坦白得让人感到可爱，倒确有几分痞气。不过，在痞气之中也隐藏着智慧。

林渺忙小声地叮嘱猴七手和鲁青。

"林公子，我们二当家请你收下这些金创药，还望先把伤口包扎好!"一名义军将士赶了上来，递过一个瓷瓶。

林渺接过瓷瓶，不由得扭头向火凤娘子望去，却见火凤娘子也对他露出感激的一笑，突然之间，他觉得这位义军的二头领也是个极动人的尤物。

"替我谢过二当家的。"林渺道。

"你助我们解了今日之围，我们应该谢谢你才对，你又是董先生的朋友，那便与我们是自己人，何须说客套话?"那将士诚恳地道。

林渺不由得扭头望向董行，董行却只是淡淡一笑，似有种不无得意之色，这让林渺好笑，不过这一刻他也明白，这董行与义军之间确实有着密切的关系，只是不知这个人在义军之中究竟是怎样的身份，当然，对于这个人，他确实不敢再大意。

猴七手也受伤颇多，他的武功并不怎么高明，虽然身法灵活，但在马上的功夫却稀松平常，要不是铁头护着，只怕都活不了！是以，这一刻只好随军而行。

鲁青也有数处伤口，又疲惫不堪，实不宜再战。现在林渺这三人都是有伤在身了，倒还真需要金创药，不过，林渺的精神仍很好，没有半点疲态，这让他自己也感到奇怪。

轵城并不远，青犊义军已经接到了突围而出的大彤战士的求救，是以他们已经调集了两千战士快速来援，但却在半道上遇上了火凤娘子后撤的义军。

虽然大彤义军死伤惨重，但是火凤娘子无碍，仍能突围，这使他们大为欣慰。而此时，铁头和金田义所领的两百阻止追兵的战士也乘快马赶回，但所剩却只有三十余人，余者尽皆战死。

铁头和金田义也极为狼狈，金田义身上伤痕累累，唯铁头身上伤势不重，他一身铜皮铁骨，普通刀剑难伤。只是他浑身染满了鲜血，却不是自己的，他身上的衣服却是破破烂烂的，也不知被砍了多少刀，大铁桨仿佛是被血水浸泡过一般，尚在滴着鲜血。

官兵尾随而追，铁头座下的战马屁股上还插着两只羽箭，看上去极为好笑。

大彤一些断后的将领只剩下三人，不过，就这两百人阻官兵约有半个时辰，这便给了火凤娘子及那大部分伤疲义军喘气的机会，让其与青犊军接头。

见铁头与金田义安然而返，林渺心中倒松了口气，至于其他的人，他并不在意。

官兵似乎也意识到青犊援军已到，便不再强追，因为青犊军赶来时那扬起的尘埃已经告诉了他们，再追下去，只会将自己陷入被动的死局，是以掉头而去。

青犊军也不敢追，因为近来，河内的官兵对青犊军四面封锁，到处都设下了伏兵，这使青犊军不敢四处乱活动，一不小心便会中伏，是以官兵退去，他们也没有什么追逐的必要，现在最要紧的还是将这些大彤的义军迎回轵城。

轵城也是一个商业盛行的城市，因为其地处黄河北岸，沾了洛阳的光，自洛阳北运的商品许多都要自轵城转过，因此，轵城也便成了商品聚散地之一。

在黄河北岸还有另一个商品集散地——湿集，不过，这却是属河内官方的，北方诸义军与南方通商便多由轵城中转，这便使得轵城的地位显得尤为重要。

青犊军在这座城中也驻了大量的兵马，他们必须控制此城，这可以说是他们和上江、大彤、铁胫、五幡几支义军的南方门户。

轵城的义军头领是青犊军中第二号人物铁叉阎罗阎进，此人在北方义军中的名头极响，本是南太行九洞十八寨的盟主，但是后来败在北太行大枪王贞天的手下。九洞十八寨也各自分散，阎进便只好领人加入了青犊军，成了青犊军中的第二号人物。

上江、大彤、铁胫、五幡这几支义军都与南太行九洞十八寨有着极深的关系，是以，他们也都与青犊军相互援助、支持，这也是官府拿这些人没办法的原因，便是想各个击破都不可能，除非官府能够将这五支义军同时击灭。但是，那样还会有尤来、高湖几路义军相互支持，也便是说，如果官府想清剿其中一路义军的话，便必须几路同时作战，可是南方的绿林、东方的赤眉几乎让朝廷焦头烂额，对付北方义军已无大将派出，又怎能几路大军同时作战呢？官府也是没办法可想。

阎进满脸青须，豹眼环目，一头长发随风而舞，一袭黑长的风衣，斜插长剑，自有一番肃杀之气，与之相对，好像对峙一个混世魔王，给人的感觉便像此人随时都有可能拔剑割下你的头颅，而且是不问情由的。

“让贤妹受累了，哥哥我迎接来迟！”阎进在一干将士的相护下大步向火凤娘子行来，大老远便朗声道。

火凤娘子被贴身的丫头扶下马背，忙还了一礼，道：“哥哥何用说此见外之话？今日小妹能活着来见哥哥皆因董先生的几位朋友，否则小妹真的就要埋骨黄土了。”

“哦?”阎进的目光投向浑身浴血的林渺和铁头，不由得吃了一惊，并不是因为他认识这两人，而是因为这两个血人让他看得触目惊心，他从这两人身上的鲜血可以看出这几人在那一战之中杀得是如何惨烈。

“在下宛城林渺见过阎将军!”林渺和铁头诸人也跟着火凤娘子下马，拱拳道。

“哈哈哈……”阎进突地欢声朗笑，大步行向林渺，亲切地拍了一下林渺的肩膀，道：“果然是年少英雄，你救了我小妹，要我阎进如何谢你?”

“阎将军言重了，你等高举义旗乃是为百姓争气，我身为万民一员，出手相助又岂敢邀功?”说到这里，林渺眉头微皱。

阎进突地意识到自己的手拍在了林渺的伤口之上，不由得吃了一惊，道：“你身上怎受这么多的伤?”旋扭头向身边的人吩咐道：“快，扶林少侠去包扎伤口!”

林渺此刻也觉得有些累了，这么多的伤口，虽然勉强为其止血，但仍不免失血过多，使他感到有些疲惫，是以并不推却，便被一干青犊将士拥着去包裹伤口了。

第四十一章　初临北方

林渺居然在包好伤后沉沉地睡去，他确实有些累了，自洛阳赶到轵城，之间几乎没有喘一口气的机会，而且这之间又是激战连场，流血颇多。是以，他竟沉沉地睡了过去，醒来之时，天色已经大黑。

“现在什么时候了？”林渺惊问道。

“啊，公子醒了？”一名倚在他床边睡着的小婢一惊而醒道。

“现在什么时候了？”林渺望了望窗外，只见窗外一片黑沉沉的，但却隐隐有鸡啼之声传来。

“现在已经五更天了！”那小婢忙就着微弱的灯光看看刻漏道。

“啊……”林渺讶异，肚子却“咕”地一下叫出声来，忙问道：“有没有什么东西吃的？我好饿！”

那小婢怎会没有听到林渺肚子乱叫的声音，窃笑道：“我早就为公子准备好了鸡汤，只是公子昨夜睡得正香，不敢吵醒公子，我这就去热了给公子吃！”

林渺实在有些饿了，听说鸡汤，不由得吞了一口口水，心中却颇为这小婢的体贴而感动，道：“那你快去吧。”

小婢掌灯出了屋子，林渺再看看自己身上的伤口，由于所受的都是一些皮肉之伤，虽然有十余处，却并无大碍，加上一些绝好的金创药与一个晚上的休息，竟全都结疤了。当然，这与他奇特的体质也有关系，其体质自我修复能力极强，有的伤疤已脱落，露出红嫩的肌肉，不过与其他地方的肤色有些不一样。

或许是昨夜没吃饭，又失血颇多的原因，林渺显是饿极了，小婢端来的几有一大盆热人参鸡汤，他竟一口气将之喝完，那一只炖得极烂的鸡也毫不客气地吃完，只吃得满嘴油腻，额角冒汗，小婢一边看着一边窃笑。

“有没有热水？”林渺试探着问道。这大冷天的，他倒有些不好意思折腾这小婢。

“有，膳房里有人在做饭，公子稍等，我去给你准备！”小婢乖巧地道。

“我要洗个澡！”林渺突然道。

“啊，公子身上的伤口还没有完全好，热水会让伤口涨裂的！”小婢吃了一惊，提醒道。

林渺笑了笑道：“没事，已经全部好了，你看！”林渺伸出手背，指着一个刚脱落的疤痕道。

小婢讶异地望着林渺，犹豫了一下，终还是出去了。她仍不敢相信昨天林渺那满身是伤的样子，一夜之间竟能全好，便是金创药再好，也不会一夜之间疤痕全脱呀，不过，林渺既然吩咐，她便只好去做了。

舒舒服服地泡了个热水澡之后，天色已经放亮，身上的疤痕也已全部脱落，就像新生一般，有着说不出的舒坦。昨天穿的衣服已经破破烂烂，而且早已被鲜血所污，所幸那件貂裘是在鲁青的身边，没被弄脏弄破，这是小晴在他离开宛城前去给他买的，只这一件貂裘便花了三百两银子。

当然，银子并不是问题，问题是这乃小晴买给他的，而小晴也跟幽冥蝠王去了，也不知道什么时候能够相见，睹物思人，是以他对那件貂裘格外珍惜，在他昨夜熟睡之时，已有人将貂裘送到了他的房间。

屋外的霜露极重，这几天的天气极好，并没有下雪的痕迹，不过前一些日子北方倒下了一场大雪，只是现在早已雪化冰消了。

寒意极重，深深的庭院之中，林渺也不知置身何处，但院子四周影影绰绰，显然是有义军战士把守，也便是说，这里可能是青犊军的重地。

林渺伸展了一下手脚，四处踱了一圈，那些义军战士对他极为恭敬，事实上林渺昨天浑身浴血的那种气势把很多义军战士都给怔住了。他们没有料到，一个浑身浴血的人仍能够昂然于马上，而第二天又生龙活虎的，这简直有些不可思议。林渺并不在乎别人的眼光如何，他颇感悠然自得。

“林公子这么早就起来了？”董行的声音显得有些意兴盎然。

林渺转过身来，见董行步子轻快，淡淡一笑道：“你也不晚呀！”

董行嘿嘿一笑，不置可否，问道：“伤势好些了吗？”

“托董先生的福，没什么大碍，只是有一事想请董先生指教！”林渺淡然一笑道。

“哦，林公子有事何不直说？”董行讶异道。

“昨日董先生说，如果我想在北方发展便该出手，而眼下，还请先生指点我，该如何去发展？”林渺神情一肃，逼视着董行，淡漠地道。

董行一怔，倒没料到林渺如此直截了当地问这个问题。昨天他确实是说过这样的话，可是那时候是因为火凤娘子形势危急，他不得不这般说，只希望林渺能解义军之围，至于林渺有没有什么发展，或是林渺是不是来北方发展，他也没有把握，只是赌了一把。可是林渺今天把这个问题当真，且来质问他，他竟不知该如何回答，只得干笑一声道：“这个问题便要看你怎么去把握机会了，也不是一时半刻的问题……啊！”

董行一句话还没说完，便被林渺一把给揪了起来，便像抓小鸡一般提着便向屋子里走去。

“有话好好说嘛，你这是干什么？”董行吓了一跳，他可是知道林渺的厉害的，只要一抓，便可捏死他，此刻他心中有鬼，更是有些吃惊，不知该如何是好。

“坐下！”林渺哐当一下关住房门，把董行抛到椅子上，冷冷地道。

“有话好好说，你别急嘛！”董行声音有些发软地道。他感到自林渺身上散发出来的气势，使他有点喘不过气来，那不是一种杀气，而是霸气，使他打心底有点发虚发紧。

“你只是在利用我们！”林渺冷漠地道。

“我，我怎会是这种人呢？”董行只感到一个头两个大。

“哼，你究竟与义军是什么关系？”林渺冷冷问道。

“这个，这个……”

“如果你不说清楚，我可以杀了你，然后离开轵城，你相信我可以做到吗？”林渺的语气之中带着一丝冷酷的杀机。

董行不由得打了一个寒战，他知道林渺确实可以做到这一点。昨天林渺纵横于官兵阵中的场景他也看得清清楚楚，而且在薛府那百余家将的围攻之中仍能够力杀而出，虽然受了伤，但是其武功之高仍不能不让董行吃惊。在轵城对林渺根本就没有防备的情况下，林渺如果杀了他再出轵城，只怕根本就不会有人留难，等别人找到他的尸体之时，只怕林渺早已远走高飞了，是以他的脸色颇有些难看。

“我并没有得罪你吧？”董行苦着脸道。

“我最讨厌别人拿我当枪使，利用我的人，他便要付出代价！”林渺冷冷道。

“可是，可是我们不是朋友吗？”董行仍哭丧着脸道。

“朋友?!”林渺不屑地冷哼了一声，道：“你骗谁？只看你那一脸春风得意的样子，便知昨晚你受到了最热情的款待，而我们的功劳也全都被你所得，是吗？若是朋友，连你的身份都不敢告诉我吗？”

董行无可奈何地叹了口气，道：“你也太小看我董行了，我何用拿你昨日的事去邀功？我与义军的关系也是朋友，我之所以受到款待，是因为我给他们带来了南方义军最新的消息，而这个消息也很可能与你昨天那张强弩有关！”

“与我昨天那张强弩有关？”林渺心中一动，淡然问道。

“不错，此次绿林军联军惨败于宛城，听说与一个叫小刀六的人有些关联，就是这个人所制出的一种强弩，击溃了义军的主力，而你也是来自宛城，相信应该听说过小刀六这个人吧？”董行淡淡地问道。

“哦，原来你是义军的探子，为义军收集情报的人！”林渺恍然。

“也可以这么说。”董行无奈地道。

“哈哈……”林渺笑了，松开董行，笑道：“刚才无礼之处，你是不会计较的，是吗？你说过我们是朋友！”

“这就算是朋友了？岂有此理！”董行不忿地道。顿时明白林渺刚才是故意要逼出他的身份，心中的确有些气恼，不过，打也打不过林渺，更不能找人帮忙，只好翻个白眼自认倒霉了，但仍不死心地道："那你认不认识小刀六？"

"当然认识，而且还与他颇有些交情，我的那张强弩便是他送的！"林渺坦然道。

"这就太好了！"董行大喜，但旋即神色又一整，问道："你能不能给我们弄些这种强弩来？"

"我去弄？有没有搞错，他送我这一张都嘀咕了好一阵子，还是我死缠烂磨才拿到手的，你还要我弄一些？"林渺故作为难地道。

"哎，我又不是要你去白拿，我们是出钱买，是去和他做生意的，又不是讨！"董行解释道。

"这个，这个只怕有些问题，如果被官府知道了，那他还能在宛城混吗？支援义军可是杀头的大罪呀！"林渺故作犹豫地道。

"所以我才要你帮忙啊，我相信你一定有办法的！"董行道。

"可是小刀六有没有办法却是另一回事呀……"

"你别给我装糊涂了，刚才还说是朋友，现在朋友有事情，你就不帮了，是吗？"董行不耐烦地打断林渺的话，问道。

"好吧，让我想想办法，不过，我现在不能回宛城，因为我还有很重要的事去邯郸，我可以帮你给他写封信，看在我的面子上，他应该不会太吝啬，至于能不能成还要看你们怎么去做了。"林渺装作无奈地道。

"那也就只好这么办喽！"董行见林渺不能亲自回宛城，微有些失望，不过他也知道，不能够勉强林渺，或许林渺确实有要事在身，他总不能太强人所难。不过，如果能得到林渺的介绍信，至少也多些希望。

"如果你愿意留在这里，他们会非常欢迎你的！"董行试探着道。

林渺不由得笑了："我无论去哪儿，都会有人欢迎我！"

董行也不由得笑了，林渺并没有说错，像林渺这样的人，河北的任何一支义军都是欲求难得的。昨天，他亲眼看着林渺把薛府的追兵引入死局，不仅解了自己的围，更解了大彤义军的围，足见此人智慧过人，拥有如此智慧和武功的人，正是义军所求的良才，也正因为如此，使得林渺不会轻服任何人。是以，董行也不多说。

“咚咚……”一阵敲门声打断了林渺和董行的思路。

“你去开门吧！”林渺向董行递了一个眼色，淡淡地道。

董行无奈，只好去打开房门，开门之时不由得讶异地呼道：“凤二当家的！”

“哦，董先生这么早就来了？”火凤娘子的声音中透出一丝略微的惊讶。

林渺也讶异，没料到火凤娘子这么早便亲临他的住所。

“凤二当家早！”林渺微欠身，淡淡地道。

“林兄弟伤好了些没有？”火凤娘子关心地问道，语气倒是极为真诚。

今天火凤娘子并不是戎装，而换成了女儿装，一头青丝稍束于脑后，一身湖绿色的小袄，虽是冬装，仍然勾勒出那迷人的线条，颦笑之间，带着一种成熟女人那妩媚秀丽的风韵，确实是个动人的尤物。

“些许小伤，何足挂齿？有二当家的妙药，现在已是疤脱伤愈了。”林渺满不在乎地道。

“昨天你那血人的样子真是有些吓人，我以为你不会这么快就康复的，看来我是低估了你！”火凤娘子浅笑道。

“那二当家是不希望我这么快便康复喽？”林渺笑着反问道。

“哪里的话，我还没谢过你出手相救之恩呢！”火凤娘子白了林渺一眼，转过话题道。

“我有事，先走了，你们聊吧！”董行极为识趣地转身便走。

“把我的几个伙计唤起来！”林渺扭头唤了一声。

董行应了声便出去了。

火凤娘子望了林渺一眼，讶异道：“他们的伤势尚未好，这么早便唤起他们，难道你要走吗？”

林渺点头道：“不错，我是要走！”

“去哪里？是这里不好吗？”火凤娘子神色微变，问道。

“自然不是，只是我尚有一些私事要去邯郸。”林渺悠然一笑道。

“很重要的事?”火凤娘子又问道。

“可以说是很重要，如果不能做好这件事，或许我会遗憾一生，这也是我前来北方的主要原因!”林渺并不想隐瞒，他觉得眼前这个女人不会存什么恶意，他也无法将此时的火凤娘子与征战沙场、不可一世的战将相提并论，他倒觉得火凤娘子有些像已逝的包嫂，美丽而又温柔。

“是什么事?我可以为你出点力气吗?”火凤娘子试探着问道。

“这只是我自己的事，谢谢二当家的好意。”林渺婉然谢绝道。

“不要叫我二当家，这样似乎很别扭。”火凤娘子笑了笑道。

“那我该怎么称呼呢?”林渺反问道。

“我既可称你为兄弟，你便可以叫我姐姐，不知我可以高攀吗?”火凤娘子眼中闪过一丝狡黠的神采，反问道。

林渺一怔，哑然失笑道：“是我高攀才对，那我便称你为凤姐好了，不过姐姐向来都不容易做哦!”

火凤娘子不由得也笑了，如春风里绽开的鲜花，甜美而柔腻，两个浅浅的酒窝似乎盛满了欢快和欣喜。她款步来到桌旁，取下两只小碗，提壶便斟上两碗热茶，这才递给林渺一碗，爽朗地道：“来，为我们能成为姐弟这得之不易的缘分，以茶代酒干一杯!”

林渺一怔，随即也爽朗地笑着接过小碗，与火凤娘子的碗当空一碰，道：“我为有这样一位巾帼不让须眉的姐姐而干!”

“我为有这样一位智勇双全的弟弟而干!”火凤娘子也欣然回应一句，然后便一饮而尽。

“哈哈……”林渺与火凤娘子放下茶碗，相对而视，同时爆出一阵欢快的笑声。

“你既是我兄弟，兄弟有事，姐姐自不能袖手旁观，不知弟弟前去邯郸所为何事呢?”火凤娘子笑罢，肃然问道。

林渺不由得咧嘴笑道：“一开始便被凤姐算计了。”

火凤娘子不以为意地笑了笑，却并没有反驳。

“我此次前去邯郸实是因为湖阳世家与王郎之子的婚事!”林渺吸了口

气道。

“哦，就是白善麟的女儿与王贤应的婚事?”火凤娘子讶异问道。

“凤姐也知道这件事?”林渺吃了一惊，问道。

“自然知道，因为王郎前两天派人向我们下了请帖，正是因为此事!”火凤娘子解释道。

“哦，不知帖子上写的是何时呢?”林渺急问道。

“说是明年的元宵之日，以图双庆，我们还没决定去还是不去呢!”火凤娘子说到这里，不由得讶异地问道：“难道兄弟你也收到了请帖?”

林渺黯然一笑道：“没有!”

“那你又是去干什么?”火凤娘子惑然问道，她实在有些弄不懂林渺此举有什么意图和目的。

“我要他们无法如愿!”林渺狠声道。

火凤娘子吃了一惊，讶异地望着林渺，却没有说什么，她似乎感觉到了林渺那透自心底的恨意，知道其中定有原因。

说到这里，林渺目光中略带一丝伤感之色，郁郁地道：“因为白家小姐与我有过约定，而这一切都只是被白善麟逼的。”

火凤娘子神色顿变，她立刻明白这之中是怎么回事，不由得愤然道：“岂有此理！白善麟怎会做出这种事？这之中究竟发生了什么事?”

林渺深深地吸了一口气，将自己在白府的遭遇及与白玉兰之间的关系也都讲了一遍，他不觉得有隐瞒的必要。

火凤娘子神色微变，听完后肯定地道：“兄弟你放心，姐姐我一定会支持你，到时候我们便一起到邯郸城闹上一通，定要把我的弟媳给夺回来!”

林渺不由得苦苦笑了笑，他知道火凤娘子所说的是真的，但是却更明白，王郎和白善麟也绝对不是好惹的，这件事若把大彤义军拖下水了，只怕会对大彤义军今后的发展极为不利。不过，他也不知道该说些什么。

王常的神色间露出了一丝笑意和欣然，他知道众将的心神有些松动了。

“我想问大家，我们起事的目的究竟是为了什么？”王常趁热打铁地问道。

众将微微沉默了片刻，王常又道：“说的伟大一些，我们起事是为了天下受苦受难的兄弟们，为了不让那千千万食不裹腹、衣不遮体的苦难百姓们再受折磨和痛苦，为了还这世界一片清明，所以我们起事，所以我们要让昏庸无能的王莽去见阎王！当然，我们心中也都明白，我们不仅仅是为了天下的百姓，为了受苦受难的兄弟们，也同样是为自己寻求出路，建立不世的功业，让我们的子孙后人也都远离苦难，但无论我们的目的是什么，我们必须打倒王莽！必须要把强于我们十倍、百倍的敌人打败！而事实上，仅靠我们这一支孤军，我们又有多少胜算呢？就算我们能够击败强敌，可是我们又要付出多少代价？付出多少时间？如果我们能少付出一些代价，早一点结束这场无休止的战争，早一点建起我们不世的功业，为什么我们不去争取？为什么不去选择？”

王常说到这里，顿了顿，目光扫视了一下众将，吸了口气又道：“难道说就只是为了咽不下那口气吗？就是因为这口气而要让我们的兄弟流更多的血、流更多的汗吗？是的，人争一口气，可是我们是成大事者，不应拘泥小节，难道我们希望别人在背后骂我们无容人之量吗？”

众将都低下头去，王常的每一句话都是正理，事实上他们心中何尝不明白，如果不与刘寅联军，在官兵大败刘寅之军后，那么官兵的矛头便会直接指向下江兵了，那时下江兵真要成为一支孤军了，所承受的压力也会倍增，是否真能成事还是个未知数。但，会有更多的将士流血牺牲那是可以肯定的，王常之所以没说这些，是因为他知道众将一定明白这之中的道理，他根本无须说得太明白，给众将一个考虑的空间或许会取到更好的效果。

“纵观天下形势，赤眉势大，可独当一面，北方势乱，官兵难理头绪，唯我南方诸路义军是朝廷的重点对象。是以，王莽会派出严尤、严允、梁丘赐、甄阜这些大将对付我们，如果我们不能撑过去，不给他们一点颜色看看，我们将永远都难有抬头之日，永远都不能够建功立业！试想，如果让赤眉军破长安，让樊祟称帝，我们又岂有地位？我们所谓的不世功业，樊祟会给我们吗？我们所面对的敌人不仅仅是朝廷，还要与东方的赤眉军比速度，谁先破长安，谁便拥有更大的权力与优势。因此，我们耗不起，必须集中最强大的力量以最快最强之势打倒王莽！所以，联合南方诸军之力是唯一可行之法，至少，我们都曾是共事绿林的旧友，也只有我们的联合，才能够与之平等地分功！是以，我希望大家能认真地考虑一下我所说的话！”王常又语重心长地道。

“常帅所言甚是，我们岂能因一时之气而耽误大计？我听常帅的！”一名将领终于忍不住开口道。

一人开口，便立刻有许多人跟着附和。

“敢问常帅，何以平林、新市联合舂陵军，以强势而败给了弱势呢？”成丹仍有些放不下心，质问道。

“这也是我此次与他们合作的关键，因为他们若想要我们与之合兵，便必须答应我们几个条件，否则我们宁愿孤军作战，也不会与其合兵！”王常肯定地道。

“几个条件？”成丹眼睛微微一亮，反问道。

“不知常帅欲提出哪几个条件呢？”张卯也讶异问道。

“首先，在行军作战之时，只能全军一帅！至于其他的条件，我正想与大家共同商量！”王常正色道。

众将一时也都兴致勃勃地议论开了。

猴七手和金田义的伤也并无什么大碍，再有一两天的休息便不会有事，而鲁青的伤势也不严重，只是昨日太过疲惫，有一个晚上的休息已完全恢复了斗志，而铁头昨晚则是多喝了些酒，一觉睡到大天亮，他基本上没受什么伤，自然无甚大碍。

董行还真将他们找到林渺的屋外。

“你真的要立刻离开？我看你们还是先养好伤之后再去邯郸吧？”火凤

娘子关心地道。

“谢谢凤姐好意，我无心再呆在这里，早一天到邯郸了解情况，也会多一分把握，如果有可能，便和姐姐再相聚吧！”林渺淡然道。

“那好吧，不过，在轵城出去的几条要道之上都有官兵把守，你此行可要小心！”火凤娘子提醒道。

林渺要走的消息很快便在大彤义军中传开了，于是有许多义军将领都来挽留，连阎进也来了。

阎进倒是真的想将林渺留下，但是连火凤娘子都不再坚持，他知道，便是坚持也是没有用处，是以，他只好盛情款待一顿，这才送林渺出城。

林渺暗自庆幸，至少这轵城之行他并不是全无收获，至少与大彤和青犊两支义军结下了一点交情，今后在河北发展之时，行事多少会方便一些。尤其火凤娘子，至少大彤义军明里或暗里会助他一把，也可以说，这个收获是意料之外的，虽然他得罪了洛阳薛府的人，但是又得了铁头和鲁青这两名猛将，至于那个董行，虽然怕死而且有些痞气，但却也是一个极为难得的人才，这样的人去搜集情报倒确实是物尽其用，如果将来把这个人也给拉拢过来，也确实会是一件好事。只不过，眼下林渺实没有心思去准备太远，他必须先了结邯郸之事，才能去为将来的事准备，但是他却明白，邯郸之事绝不易与，尤其王郎，在河北势力深广，一个不好，很有可能命丧邯郸。但邯郸即使是龙潭虎穴他也要闯上一闯，不过，却先要与义兄任光联系，让任光助自己一臂之力，至于那几路义军与王郎也有些交情，除火凤娘子之外，他还不敢将消息告诉任何人，他也相信火凤娘子会给他保密。

小刀六确实有些兴奋，尽管姜万宝与王常立下了一个赌约，但他觉得这个赌约值。虽然很可能会少得那十七万两银子，但事实上这之中的成本却顶多只要十万两，但如果拿到那一百万两，那时候，他们便有钱了。何况，姜万宝还接下了刘寅的四千张强弩和一万折叠弩的定单，而且价钱是四十两一张的强弩，之中至少有十万两可以赚，这样看来，生意并不是太难做，钱也不难赚，只要路子选好了，便可以从中取巧去大赚一笔。

“怎么办？我们怎能在这么短的时间内赶出这么多货？”姜万宝现在担心的是无法在规定的时间内赶出这么多货。因为军方尚要赶制两千张，连定金都已经付了，而王常的则答应两个月中供货，刘寅的虽然答应三个月，但是以眼前的形势，一时也难以赶制出这么多的货。

“这个不是问题，问题是没钱无法赚，现在有钱还怕赚不了吗？我们不如便去宜秋或是春陵再开一家大铁铺，在那里为王常或是刘寅供货，刘寅和刘秀这两个人还是可以相信的，我们为他们生产，他们一定不会反对，这样的话，我们更可以将兵刃卖给南郡和随州，相信秦丰对这玩意也定然会很感兴趣，这个人也是南郡的大户，他们口袋钱多，不怕他不给我们钱！”小刀六兴奋地道。

“这倒是一个好主意，不过，就算是春陵开一个，只怕仍难赶齐这么多货，毕竟那里无法像宛城一般有这么多的材料。”铁仁提醒道。

“这又有何难？我们可以自水路运料过去，另外我们还可以在宜秋也开一家！以我们目前的资金，周转这些还不成问题。”小刀六吸了口气道。

“这些义军又不可能每个月都要货，我们这样处处开花，在完成了他们的这些货单后，岂不是很多人都没事做了？”李霸担心地提醒道。

“这个问题并不重要，因为这小长安集我们会舍一段时间，在官府追究我们售兵刃给义军之时，我们便离开小长安集，全部转移到宜秋和春陵，因为这两个地方至少是安全的。所以，那时候这里不用生产了，而宛城被破之后，我们又可自宜秋再搬回来。因此，宜秋和春陵只不过是个过渡点，我们根本就不需要其拥有多大规模，即使损失，也损失不了多少。至于铁矿方面，我们只出力不出钱，我们走了，损失的只是齐家和朝廷，不关我们的事。”小刀六说到得意之处，不由得笑了起来。

“不过，宜秋和春陵之事必须要秘密行事，否则只怕会弄巧成拙！”姜万宝提醒道。

“这是当然，这事便让刑风大哥亲自去办，你先与王常和刘秀打一声招呼，让其出面，这件事情就好办了！我想王常和刘秀不会连这么一点薄面都不给吧？”小刀六淡然道。

“这个好说，不过，我想我们不应该把视线放得这么近，我们大可放得更远一些，如果有可能的话，甚至可以把我们的弩机让寿通海给我们卖到罗马国或是天竺等国，相信定有前‘钱’途！”姜万宝提议道。

“啊……”小刀六眼睛一亮，姜万宝的提议确实是一个极为诱人的想法，不过旋又有些丧气地道：“眼下我们这边都忙不过来，那些事还是等一些日子，待小长安集安定了下来再说，何况中原这么多义军的生意也够我们头大一阵子。不过，与寿通海合作倒是一个非常好的想法，只是这个人的门槛太高了，不怎么好交往！”

姜万宝心道：“这话倒不假，寿通海的门槛确实很高，要想与这样的人合作没有真才实料是不行的，而且眼下己方的资金并不充足，虽然这一月来赚了个满盘，但各行加起来也不过是三十多万两现金，加上本钱也不过是五六十余万两，这不过是人家九牛一毛而已！”

不过，姜万宝倒还真佩服小刀六的赚钱能耐，借别人的钱赚钱，好像是行行都想去试。当然，这也是沾了严尤的光，这才左右逢源，大把大把地捞财。

但话又说回来，有了银子再去赚银子也不是一件难事，就怕没本钱，自己才刚起步，以后的时日仍够长的，他很坚信林渺和小刀六是不会让他失望的。

天虎寨的兄弟也出了许多力，若不是天虎寨中人才济济，实难将生意做到各行各业去。不过，招兵买马之事也是极需要钱财，是以，每一刻钱财都可能紧缺，不过所幸小刀六这些日子自外地通过天虎寨向宛城贩粮和贩运私盐，虽然贩运私盐是犯法的，但是那群官兵和大小官吏见小刀六连严帅都这般照顾他，哪会说什么？是以才会大赚特赚。

小刀六是不怕投机之人，只要有赚钱的买卖，只要不伤天害理，他都敢去试，这是他天生的胆量，更是一个善于抓住机会、把握时机的人，在宛城中他有虎头帮的人收集消息和去开通生意渠道，外有天虎寨和严尤的大名罩着，可以说是官匪相通，财源滚滚。

严尤都不知道自己那日召见并嘉奖小刀六会给小刀六带来这般的商机，而且似给了小刀六一道护身符，严尤此刻在棘阳，所以宛城成了小刀六胡作非为的天堂。

宛城最有力量的齐家也成了小刀六的合作伙伴，他们自然也不想得罪小刀六，那样他们也将与官方的关系闹僵，吃亏的仍是他们。是以，小刀六虽然不太富有，却也风光无限，偶有闲暇则向无名氏习武，或是与姜万宝讨论一下生意经及眼下形势，还会去看看杜林或姜万宝给他挑的书简，学两句诗词装装风雅。

而天虎寨和姜万宝也为他招来了一些确实有特长的人才，至少这些人的来源可靠，又颇有头脑，而白才和苏弃则将自己昔日的好友和兄弟也招来，这些人大多都是有一技在手，或是极具头脑，也有江湖好手、浪子之流的。

反正一切的发展都显得极为正常，势头也极好。

"合兵并无问题，因为我们有着共同的目的，那便是澄清天下，造福黎民，但是我必须先声明几个条件！"王常开门见山地道。

"常帅有何条件请说！"刘寅见王常答应合兵，心中甚喜，他确没看错王常。

"虽然我与寅帅相交甚深，但眼下是关系到我军上下两万多将士的切身利益，我不能不为他们考虑，否则的话，只要寅帅一句话，我王常绝无任何异言！昨日我与众将商议了许久，众将皆说寅帅与玄帅必须应了这几个条件才肯合兵。第一条便是军无二帅，我不希望前后无法协调，是以合兵后必须只有一个主帅！"

"这一点绝对没有问题，便是常帅不说，我们也会这样做的！"刘寅肯定地道。

"第二，合兵之后，军资共享，不得因人而异！"王常又道。

"这一条也没问题，既已合兵，则同为一家人，自然是军资共享了！"刘寅肯定地道。

王常明白刘家因有极厚的底子，而且早年便开始准备起事，无论是军资还是后备都要比下江兵充实很多，是以他才会有此一说。

“第三，军中要定下明确条例，专人掌赏罚，做到一视同仁，赏罚分明！”王常又沉声道。

“这一点也没问题！”刘寅肯定地道。他知道王常这一条是针对平林军和新市兵而定的，但他也确实觉得那两支义军纪律太过散漫，要严治一下。

“第四便是，军中要节俭，前线不准饮酒，将士同等，不可因人而异！”王常再道。

“这一点也可以商量！”刘寅想了想道，他知道刘玄和王凤可能会有些不乐意。

“第五，全军要重新编制，职责分明，纪律严明！”王常又道。

“这个……”刘寅神色有些为难，他不知道刘玄听到这一条会怎么想，如果全军重新编制，到时会出现什么样的情况，那确实很难说，但让各军明确职责、严明纪律却是一件好事！可，如果他立刻答应，要是刘玄和王凤反对呢？那会怎么办？

“如果寅帅不能答应我这五个要求，那王常也无法向寅帅承诺什么了！”王常见刘寅有些为难，不由得叹了口气道。

“好！我答应你，大哥，这件事便交给我去办！”刘秀突然开口道。

刘寅一怔，望着刘秀却不知该说什么。

“哈，如果文叔将军可以答应，并能做到的话，我王常定不负所望！”王常爽朗地笑了笑，伸出大手与刘秀握在一起。

“三天之内，我一定给常帅一个答复！”刘秀自信地道。

李通和刘寅望了刘秀一眼，心中却担心刘玄和王凤会怎么想。不过，这也是没有办法的事，如果没有王常联合的话，那么他们三支义军便要散伙了，那结果也是一样，倒不如答应王常的要求。

“好，那三天后我便等你的消息！”王常也爽快地道。

林渺诸人避过朝廷驻军之所，并不走大城，本来是魏郡之都邺城的路要好走一些，但他却走降虑城，因为降虑乃是尤来义军活动的地方，他并不想惹太多的麻烦，他必须尽快抵达信都面见义兄，然后再商量邯郸的事。

这一路上急赶，仅四日便抵信都，进入信都城，林渺和金田义诸人都极为讶异，因为城中家家门前都挂着白色小幡，也有许多行人都在头上扎着白幡，竟似乎是满城戴孝一般。

“怎么会这样？这里究竟发生了什么事?”铁头讶异地问道。

林渺心中升起了一丝阴影，想到任光的父亲任雄病危，难道说是老太守已病逝，这才会满城戴孝？

林渺确实没有猜错，老太守任雄半月前病逝，是以信都城全城百姓皆挂幡戴孝。当然，这都是因为任雄昔日在信都之时，爱民如子，将信都保得相对安稳宁和的原因。

信都城的百姓有感任雄对信都的功德，是以许多人都自主戴孝。

太守府并不难找，林渺几人也换上头巾来到太守府。

太守府四处都挂着白灯笼，大门虽然是开着的，但却有装备精良的战士把守，使得气氛很是肃穆。

“干什么的?”卫士挡住林渺诸人问道。

林渺诸人也都下马，金田义出言道：“你去通知任光公子，便说他的义弟林渺来了。”

那卫士一听，神态立变，客气地道：“那请几位先在外稍等，我立刻便去禀报公子!”

卫士确实不敢怠慢，虽然他不知道林渺是谁，但是只要眼前之人是任光的义弟，那来头又岂会小？何况对方又是挂孝而来，再怎么也是个客人。

林渺诸人有些惊讶，为什么门口所立的不是任府的家将和管家之类的，而是这群官兵呢？这确实有些不合常理，因为老太守去逝半月有余，总会有些人前来吊丧的，而这些人岂会不先接待入府？这是最起码的礼节，可是眼下这些官兵并没有迎他们入府，而是在府外相候，于情于理，这都有些让人不解。

不过，很快，便有脚步声自府内传来，最先出现在门口的便是任光。

任光有些清减，但依然是精神极好，虽略有伤蹙之形，却仍沉稳从容如昔，一身孝服使其更是显得坦荡。

“三弟，果然是你!”任光见府门外候着的几人，不由欢喜地唤了一声。

“大哥！小弟不知伯父之事，是以才来迟了，逝者已逝，还望大哥节哀顺变!”林渺抢上几步与任光把臂，略带伤感地道。

任光不由得叹了口气，道：“三弟所说甚是，来，先去上炷香!”

任光身后是一群也身披孝服的家将，于是将众人引入府中。

灵堂便设在后院的正堂之中，林渺诸人皆叩拜一番。

“那边尚有几位远来的客人，我要过去招待他们，三弟便与我同去吧。”任光转换话题道。

“哦?”林渺心中却在暗猜那几位客人的来头，他估计太守府这样戒备很可能是因为那几位客人。

“你们几位远道而来，旅途劳顿，不如先去休息片刻吧。”任光又向金田义诸人道，随即转向身旁的一位老者吩咐道：“勇叔，先带几位去休歇，安排好住食!”

林渺并不反对，这只证明，他猜的并没有错，那群人很可能是一些身份极为重要的人。

……

走入会客厅，林渺顿时吃了一惊，他竟然发现那群人的装束跟他在宛城交手之时的西王母门下的空尊者一模一样，乍看他还以为是空尊者及其一干属下，但仔细看却不是。

客厅之中有一长者正在与这些人闲聊，见任光带着林渺进来了，立刻起身向林渺拱了拱手道：“这位想必便是我任贤侄的义弟林渺林公子了?”

“这位是家父至交耿纯叔父!”任光立刻抢先介绍道。

“晚辈正是林渺，见过耿叔。”林渺毫不拘谨地道。

耿纯呵呵一笑，立刻向林渺引见坐于他身边一个与空尊者装束相同的人物道：“这位乃是西域婆罗门王母座下苦尊者，这几位是婆罗门的日、月、风、云四大上师。”

林渺微欠身施礼，心中却暗自吃惊，这些人果然与空尊者有关系。只看这些人，没有一个不深具高手风范，尤其是那苦尊者，沉稳如山岳，让人无法揣度。

日、月、风、云四位上师也对林渺还了一礼，基于林渺是任光的义弟，他们也不能不以礼相敬，只那苦尊者似自恃身份，只微欠身，算是还礼。

“三弟便与我同坐吧！”任光领着林渺便坐在耿纯的身侧。

“林贤侄刚自南方而来，不知对宛城外的义军与严尤交战大败之事可有了解？”耿纯突地掉转话头问道。

“这个消息属实！因为小侄正是自宛城而来！”林渺应了声道。

“哦？”耿纯讶异低应了声，随即又问道：“不知当时的战况如何呢？”

“义军势大，却中了骄兵之计，欲困死宛城，但忽略了背后早已由严允伏于城外的精兵，在内外夹击的突袭中，刘玄和王凤先败而牵动义军大局，在义军整合之际，再次遭袭，一直被官兵追杀至棘阳，幸有李通事先伏于那里的义军接应，这才使义军未遭全军覆灭之危。但棘阳随后失守，义军只得退至淯阳，不过，形势不容乐观！”林渺淡淡地道。

任光的神色微微变了一下，耿纯却笑了起来，摇摇头道：“刘玄和王凤终是难成大事之人！”说至此，耿纯把话头一转向苦尊者笑了笑，问道：“尊者所说的‘禅那’可是与中土大学所禅述的静虑之意相同呢？也即是静以修身，虑以养神，这便是尊者之禅那？”

“先生所说正是，我们的教义便是要身心兼修，禅那所指为瑜珈与观慧，是变化气质而修习身心之法，先生的静以修身、虑以养神之解释确实精到。”

“那尊者所述之法门又是从何而入呢？”耿纯又问道。

“所谓方法不一而足，世有事万便有万法，所求之境皆为相，若要将之综述，不外四禅入定，又称为九次第定……”

“何为四禅入定呢?”任光也问道。

“初禅，心一境性，定生喜乐：就是可从某一件事物入手，初步到达心境宁静，统一精神与思虑，集中一点，没有另一纷杂的思念岐差，从而渐渐引发生理与生命本能的快乐；二禅，离生喜乐：也便是由初禅再修，心境的宁静更为凝固，喜乐的境界更为坚定，有脱离身心压力苦恼的感觉；三禅则是，离喜得乐。这一阶段是说，由前所引发心理上喜悦的经验，已经熟悉而静谧，成为异乎寻常的习惯，唯有乐境的存在；四禅却是舍念清净。前面三禅之时仍有感觉意识存在，但到了四禅之时，舍除感觉而达到无比寂静的境界，才为究竟。”苦尊者娓娓道来，其音浑然。

林渺本来不知所云，因为他根本不知道这之前的话题是什么，但是听到苦尊者这番话，不由得心头一动，脱口问道：“尊者所言可是武学的修习之法?舍念清净，非是无念，而是念不在己心不在己身，而是存于天地，存于空虚，心中无念，无比寂静则外念尽显于心，尽收灵台，身若无波之水，虽静无涟漪，却可倒映周围一切。不知我所说可对否?”

林渺此语一出，会客厅之中的人皆为之一怔，继而苦尊者爆出一阵欢快的笑声，赞道：“林公子真是冰雪聪明，举一反三，一点就通，禅那本就可自万物入手，若自武学入禅同样可以抵达禅那的最高境界，也便是舍念清净的层次，那也是一种境界!”

任光和耿纯也笑了，他们对林渺这般机敏的思维也颇感兴趣，任光倒不意外，因为他知道这个三弟绝非凡俗之流，倒是耿纯也对林渺刮目相看了。

“那入定又何谓呢?”耿纯又问道。

“说是入定，实是四禅包括四定，而四禅之外仅有四空，统名为四禅入定。四禅外的四定一是色无边处定，是在光景无边的情况中，得到身心的宁静；二是空无边定，是在空灵无边中，得到宁静；三是识无边处定，是在从未经验的精神境界中得到宁静；四是非想非非想处定，是为超普通感觉知觉的境界中得到宁静。所谓非想，就是不是意识思想的情况。非非想，是说并非绝对没有灵感的知觉。”苦尊者悠然禅述道。

这些话，林渺听得虽然明白，却仍不知其禅述的有何目的。

太守府内任光听苦尊者的法论后，便淡淡地问道。“这便是尊者的小乘法所求证的东西吗?”

“不错!”苦尊者点头应是。

“尊者所求目的只是宁静吗?”林渺有些愕然地反问道。

“只有宁静之中才能得生智慧，才能够得生真知！宁静才是万物遁生的摇篮!”苦尊者解释道。

“尊者所言确实绝妙!”耿纯赞道。

“我有一点不明，既然我们在真之中求宁静，在感知外得安宁，又何必要再于宁静之中去追索凡俗之念呢？这岂不是前后矛盾吗?”林渺并不肯罢手，对于这西王母门下的尊者，他并无太多的好感，就因为那个空尊者在宛城之外对怡雪居然那般无礼，是以，他对这群怪模怪样的异域怪人并没什么兴致，只是他不明白任光和耿纯为什么会对这群人如此客气。

“宁静之中生出的智慧岂是凡俗之念可比？所谓当局者迷，旁观者清，当一个人脱离尘俗去细看凡俗之时，便会能清楚一切的真知，而这些真知是没有杂念的，又岂是凡俗可比?”苦尊者傲然反问道。

“那尊者修习是何禅法，以何行禅那之功呢?”林渺淡然问道。

“我西王母门下所修自是婆罗门之欢喜禅而抵禅那之功!”苦尊者淡然应道。

“何为欢喜禅?”任光也讶然问道。

“欢喜禅是为男欢女爱之法。”耿纯接口答道。

任光和林渺脸色皆稍变，顿时明白何谓欢喜禅了。

“这也能入禅?”林渺脸微变道。

“自然能够入禅，这是自生理上最基本的快乐，万事皆为法，万物皆有灵，何事何物不能成禅?”苦尊者坦然道。

“那尊者今次前来中土也是想将欢喜禅法在我中土发扬光大吗?”任光淡然问道。

“这也是我此来中土的一个原因之一，而更重要的原因却是来找出我婆罗门的叛徒摄摩腾，以正我婆罗门之门规!”苦尊者略带傲意地道。

“摄摩腾？这名字好怪!”林渺不由得嘀咕道，忖道：“我倒想看看这个人长得究竟是一副什么样子，不过，我看这些婆罗门的人怪里怪气的，定不是什么好东西。”

“对于中土，我们仍不太熟悉，还要望耿庄主能念在法王的面子助我一臂之力!”苦尊者对耿纯倒是极为客气。

耿纯笑了笑道：“那我只好尽力而为了，不过，关于贵派之内的纠葛，我不能亲自插手。”

“那就先谢谢庄主了，我们只要庄主能够帮我查出摄摩腾的行踪，其他的事便由我们自己解决!”苦尊者对耿纯之话并没有不悦，反而显得更为客气。

“如此，几位可先住于我庄中，待我派人去打探此人的下落。”耿纯点头道。

林渺望了耿纯和苦尊者一眼，又望了望那一直都没有出声的日、月、风、云四大上师，他觉得很是无趣，于是笑问道：“尊者尚没有修到静、空的境界吗?”

苦尊者脸色顿变，连耿纯和任光都为之色变，哪有林渺这样问话的，这不是摆明着气苦尊者吗?

果然，苦尊者冷冷一笑道：“说来惭愧，我虽苦修数十载，却仍未能达到静、空之境，林公子可是有何指教?”

“何敢指教？我只是感到奇怪，何以贵门之中无一人达静、空的境界?”林渺并不在乎大家的反应，依然毫不留面子地道。

“公子此话是什么意思?”苦尊者顿时更恼。

任光欲言又止，一个是他三弟，一个是耿纯的客人，他实不好说话，但他相信林渺所说一定有其道理。

“如果贵门之中有达静、空之境界者，那又何来门规？何来叛徒？万物皆空明，舍念清净，看不破红尘俗事，何能做到？更何以能做到‘色无边处定、空无边处定、识无边处定和非想非非想处定呢'？是以，我才有此疑问！"林渺坦然无惧地道。

众人顿时沉寂，苦尊者的眸子里闪过一丝异彩，神色间微有些惭愧之色，口气和缓地道："公子所说或许有理，但这是我婆罗门内的教务，既然我等未达空宁之境，便要执行这些戒条！"

林渺见苦尊者如此说，他也不好再逼人过甚，便笑了笑道："我只是随便说说而已，尊者休怪。"

"无妨。"苦尊者道。

"好吧，我已让人为诸位准备了斋宴，不若先去用膳吧？"任光转开话题道。